未读

UnRead
·
文艺家

漫游在

伟大故事
诞生之地

The New York Times

文学履途

［美］《纽约时报》 主编

The
New York
Times

董帅 译

北京联合出版公司

FOOTSTEPS

前　言

　　旅行还只是我的爱好而非职业时，我曾去法国的里维埃拉寻找夜生活，却发现自己被那天魔幻的光线弄得目眩神迷。当我注意到一座建筑的小牌匾上写着"亨利·马蒂斯曾在这里居住"时，我惊奇那天每一个清醒的时刻都变得像一场梦。去那儿以前，我所知的是马蒂斯和尼斯之间没有任何关系：在那个时刻，我忽然明白了，这座城市曾如何地激发他，令他创造出了和这里一样值得崇敬的作品。

　　在旅行中，我们都曾经历过类似的时刻——闯进一名艺术家（包括用文字来作画的人）曾经踏足的地方。每每看到竖立在公园中央的雕像，一条用名人的名字命名的街道，或者一座用故居改造成的小博物馆，我们都会感到惊奇。但这并不该是我们意料之外的事。

　　整个世界就是一个装满田野、森林和城市广场的遗物箱，这些景致曾引领我们中的佼佼者创造出流芳百世之作。触摸着这些遗物，我们这些旅行者变成了信徒，会思考他人是如何成为他人，又是怎么创造出那些作品的。我们会四处打量，并情不自禁地思索，这座小山和清晨的雾气是否给过他一丝火花？这个地方对他来说是灵感源泉还是偶然路过？自 1981 年，解答这类问题成为"文学履途"最鲜明的任务，那时《纽约时报》把"文学履途"当作一个短期栏目来运作。它在接下来的多年间时不时地出现，直到成为一个完整的专栏。

如果不论出处的话，这些篇章中的巧妙构思几乎和《纽约时报》一样古老。1860 年刊登的一篇文章记录了一次前往埃文河畔斯特拉特福（Stratford-upon-Avon）拜访"世界级的天才大师"莎士比亚的出生地和墓地的旅行。报道忠实地记录了这个世界闻名的天才作家曾经留下的足迹："周围的环境静谧，安宁，无比美丽。我想，那个曾在这里度过童年的人应该汲取了这周遭的特质，变得温柔、善良、充满爱意，这一点儿也不奇怪。"这篇古老的文章便是"文学履途"系列的早期样态，探寻了一个作家的个性、作品与其周遭环境之间的关系。

这一系列作品涉猎广泛，每篇文章写作的切入点也和那些文学巨匠各自的风格一般多样。例如《马克·吐温的夏威夷》这篇文章，作者仔细查阅了马克·吐温在夏威夷岛上居住的 4个月中寄出的信，而不是回溯马克·吐温的小说。《奥尔罕·帕慕克的伊斯坦布尔》则是另一种风格，让这位诺贝尔文学奖获得者做导游，带领我们穿行于这个他住了 60 年的城市，他称其为故乡。

而这些文章都有一个共同点——每篇文章都给读者提供了一个崭新的视角，用来重新看待这个艺术家和他的缪斯之地。

通常来说，一个不寻常的组合就已经非常新颖了——在埃塞俄比亚的兰波，那是该诗人的人生中极少被提及的经历。但也有时，像达希尔·哈米特与旧金山那样，这座城市在转型之前一直和这名小说家紧密地联系在一起。事实证明，在资本浪潮的席卷下，这座城市的冷峻气质已经所剩无几。

随着"文学履途"的发展，《纽约时报》的触角开始伸向更远的地方。从美国、欧洲，到阿根廷（豪尔赫·路易斯·博尔赫斯）、马提尼克（艾梅·塞泽尔），还有越南（玛格丽特·杜拉斯）。我们还加入了当代知名作家，例如牙买加·琴凯德（Jamaica Kincaid）和埃莱娜·费兰特（Elena Ferrante），追踪了他们的足迹。

与此同时，我们也在寻找一些能够用同样的热情来注视这些地方和人的作者。寻找我们最好的足迹，及时捕捉他们对于某位作家和场域的热爱。

这样的消遣，通过提供一个目的，使得在路上的旅行者们沉浸于当下的情境。确定的任务让我们更好地去感知当下，而非闲逛、刷新自己的社交信息或惋惜国际漫步的花费。用这样的方式去了解世界，可以使我们从寻常的工作中更好地抽离出来。这样做会让我们变为旅行者，而非游客。

而一旦作者如此，即使读者不亲身旅行，也能有所感知。"这次旅行仿佛是一场真正的爱丽丝梦游奇境记。"一位读者在看过关于刘易斯·卡罗尔与牛津的那篇文章后来信写道。我们经常会收到不少提及"文学履途"的读者邮件、评论和信件，好像他们自己也参与了这次旅行一样。

　　真正的文学就是异想天开，作为读者，我们经常会在合上小说的那一刹那体验到一种困惑，些许惊讶于自己坐在家里的躺椅上，而不是几百里外、几百年前的世界里。最重要的是，"文学履途"能够让热心的读者通过翻动书页旅行。翻开它，你便会由它带领着环游世界。

莫妮卡·德雷克

目录

美国

–

United States

杰克·凯鲁亚克

纳博科夫

费雪

达希尔·哈米特

马克·吐温

蕾切尔·卡森

H. P. 洛夫克拉夫特

玛丽·奥利弗

菲利普·罗斯

弗兰纳里·奥康纳

马克·吐温的夏威夷

劳伦斯·唐斯
Lawrence Downes
—
《纽约时报》的编辑记者。

※
原刊于 2006 年 5 月

和其他度假胜地一样，夏威夷也徘徊在幸福与无聊之间。戴维·洛奇（David Lodge）曾在他的讽刺小说《天堂消息》（*Paradise News*）中描写过这样的窘境，想象一队挂着腰包的游客在威基基海滩的步道上来回走着，好像到天堂朝圣的人一般，没有别的地方可去。他们看上去很开心，但是内心却渐渐浮现出一个疑问，从他们的眼神里透露出来：

"好吧，这儿真不错，不过这儿就只有这些吗？就这样了？"

当然，并不是只有这些。夏威夷温暖的阳光下潜藏着一段动荡的历史，一个蕴含了悲伤与美丽的维度。这也是将夏威夷与其他地方——比如劳德代尔堡（Fort Lauderdale）或坎昆（Cancún）那样的沙滩啤酒度假胜地——区别开来的东西：它拥有一个复杂的灵魂。

而要找到这个灵魂，则需要离开威基基海滩，一层层挖掘出潜藏在美景之下的故事。这需要一名正确的向导，一位给这所有美景作过注释的作家。

许多著名作家都写过夏威夷。罗伯特·路易斯·史蒂文森、杰克·伦敦和赫尔曼·梅尔维尔都曾在前往其他地方的途中路过这里。但是仅就他们写下的少量关于夏威夷的文字来看，基本都是虚构的，或运用了深刻的隐喻，而且现在已不太有人提及。詹姆斯·米切纳则是另一个极端，他写得太详细了：在他1959 年的小说《夏威夷史诗》中，他几乎把整座岛都写完了，从火山写到传教士，纵贯 4000 万年，恐怕也写了 4000 万页，谁说得准呢。但这两种写作都不是希望能有充实旅程的你所需要的。

你需要的是马克·吐温。

1866 年，马克·吐温在这座岛上度过了 4 个月，那时的他 31 岁，尚未成名。他曾应邀为《萨克拉门托联合报》（*The Sacramento Union*）写作，从三明治群岛 [1] 上寄回了 25 封信，即使一个半世纪后，这些文字读起来依然鲜活有趣——你能从中预感到天才的光芒，这也是我读过的关于夏威夷最好的旅行文学。

马克·吐温的夏威夷里有船长、捕鲸人、传教士、蚊子、芬芳馥郁的花丛，还有成千上万只猫。法国、英国和美国在这座群岛上相互角力，干着一般殖民地上都会进行的勾当。由于

---

1 夏威夷群岛旧称。

疾病肆虐和文化压迫，夏威夷原住民肯纳卡毛利人的人口数量骤降，传统生活方式也受到毁灭性打击。但夏威夷依然保有自己的主权，拥有经过选举选出的立法机关，以及一位35岁的国王：威武肥胖的卡米哈米哈五世（Kamehameha V），卡米哈米哈王朝的最后一任国王。这是一片集壮阔历史、热带奇观和肮脏败坏于一身的土地。

为了完成"踏遍这片土地"的任务，马克·吐温租了匹马上路，直到骑出了鞍疮。他曾在月色下骑马穿过一片影影绰绰的平坦沙地，四处散落着人骨。那是一片古战场的遗址。他曾在基拉韦厄火山爆发途中爬上山顶，在一个有雾的夜晚站在火山口的边缘，他的脸被流动的岩浆映得通红。他曾徒步穿过雾气弥漫的山谷。他还试过冲浪。

是的，这让人想起哈克贝利·费恩：美国最杰出的作家划着一块木帆板出海，等着"那种特别高大的巨浪打过来"，他曾见过赤裸的原住民这样干过，但他被那巨浪打得人仰马翻。

"除了原住民，还没人真正掌握过冲浪的精髓。"他这样写道。

他还试图和原住民妇女一起裸泳，但是他一下水，她们就跑了。

他可能还尝过芋泥，盛在一个公共的葫芦碗里，用手指捏着吃。但是当我读到他写的这一段时，我怀疑他应该没吃："不同人的手指都伸到同一个碗中，给碗里的食物加了不同的泥垢、颜色和味道。一位身材高大的先生，只穿了一件沾满泥土、布满油污的汗衫，将手指插进芋泥中，试了试，摇摇头；随后他用手指轻轻抓了抓，查看一番，然后搔了搔头发，又从里面找到合适的吃了；然后他又把手插进芋泥里，拿出这只手来擦掉眉毛上流下来的脏汗，接着又试了一番，拿出来又擤了下鼻子——'咱们走吧，布朗。'我说。我们就走了。"

这一段摘取自《马克·吐温从夏威夷寄出的信》（*Mark Twain's Letters from Hawaii*），这本书连同《夏威夷的马克·吐温：在三明治群岛的野外生存》（*Mark Twain in Hawaii: Roughing It in the Sandwich Islands*），是我探寻马克·吐温足迹之旅的起点。这场旅行从火奴鲁鲁市中心开始，这里已不是之前的那片荒野，但是在玻璃幕墙反着光的高楼大厦之间，我们仍可以找到旧日国度存在的遗迹。最显眼的便是伊奥拉尼宫（Iolani Palace），这是一栋维多利亚风格的"玩具屋"，装饰有刻着凹槽的圆柱和锻铁，抛开雅园（Graceland）不算，它就是美国领土上唯一的王宫。

马克·吐温从没见过这栋建筑——它于1882年才建成——但是在皇宫草坪上，现在长着一棵巨大木棉树的地方，他见到了2000名夏威夷人手举火炬，在国王妹妹维多利亚·卡马马努公主的葬礼前夕，为她默哀。

"每天通宵达旦，持续一个多月之久，"他写道，"众多默哀者来到皇宫周围，点燃桐木火炬，唱起葬礼挽歌，跳着草裙舞，为死者恸哭哀号。"

现在你能听到的只有汽车的轰鸣声；皇宫位于火奴鲁鲁

的商业区，挨着州首府。而埋葬公主的努阿努山谷（Nuuanu Valley），则是一个更加令人印象深刻的地方。在葬礼那天，马克·吐温匆匆赶到了那里，站在等候的队列中。

夏威夷的皇家陵寝包括几座地下墓室，以及一个建在草坪上的珊瑚砖小教堂，两边列着成排的椰子树。这应该是岛上最具历史氛围的地方了。守陵人威廉·凯赫凯·迈奥霍（William Kaiheekai Maioho）就住在旁边的小屋里，他已经是他们家族的第六代守陵人了。他把窗户打开，让阳光照进来，坐在一条长凳上，开始讲过去的故事。

他的声音轻柔，讲述了关于皇家葬礼和陵寝维修的漫长历史，然后带我去看卡米哈米哈的后代卡拉卡瓦的家族陵墓。白色的大理石墙上刻着一长串金色的名字，它们是每一位夏威夷的小学生都会背诵的首领名字：卡拉卡瓦，卡皮欧拉尼，凯乌拉尼，卡拉尼阿那欧里，以及利留卡拉尼，夏威夷王国的最后一任君主。

拜访过他们的陵墓之后，我更想要深入了解夏威夷王室的过去，我跟随马克·吐温的脚步前往大岛，卡米哈米哈国王在那里出生，1983年喷发的基拉韦厄火山至今仍有岩浆顺着缓坡流进翻腾的大海。

马克·吐温骑着马花了几个星期才走遍大岛，现在如果租辆车的话，两三天就能看完所有热门景点。去基拉韦厄火山的话，要开出希洛城外，沿着高速路缓慢爬升，途中会路过拥有狭小院落的铁皮顶房屋，院子里种着铁树、香蕉、火炬姜，还会路过更加现代的建筑群，譬如停满了车子的购物中心。岛的这一面也有一种异域末路的阿拉斯加的感觉，充满了各种金发脏辫和全身按摩沙龙。高速路的捐赠商是雷尔教派，这个宗教支持人类克隆，并相信第一批人类是造访地球的外星人所创造的。

若真是这样，那基拉韦厄火山的上半坡很可能是它们的着陆区。馥郁葱茏的阔叶林地逐渐变成了由姜和铁芒萁组成的林下植被，中间参差点缀着桃金娘。很快你就将处于寒冷而无比荒芜的夏威夷火山国家公园之中，在这里，公园工作人员每天要检测空气质量以及岩浆流的状态，而含硫的烟雾一旦过浓，就会很危险。

火山酒店就坐落在冒着蒸气的火山口边缘。马克·吐温曾在这里住过，当时它还只是一家简陋的小旅社，不像现在这样气势恢宏，大堂内拥有一个巨大的壁炉，上面挂着夏威夷历代国王和王后的画像。

火山酒店有火山风景房，但其实位于纳马卡尼派奥营地（Namakanipaio Campground）的小木屋能带给你更接近马克·吐温的体验。在高耸的相思树、桃金娘和桉树下，这里是像马克·吐温那样欣赏火山喷发的绝佳地段。

在过去的 23 年中，不仅是基拉韦厄的山顶在喷射岩浆，在南坡的普沃山火山口，也不断有熔岩喷出。岩浆掩埋了数公里的山坡，还有街道、房屋、沙滩——将它们覆盖在嘎吱作响的黑漆之下。火山口之路从山顶蜿蜒而下，好像缠绕在枕头上的一条松松的丝带。这条路经过很多过去的熔岩遗址，每一处都标明了日期，即使是 20 世纪 50 年代喷发后的遗迹，至今也依然荒无人烟——只有一堆崎岖的棕黑色石头，像是撒了一地的咖啡渣。

在这样的纬度，夜晚总是突然降临。流动的熔岩在白天是不可见的，但到了晚上，它们会变成闪烁着橘色光芒的条状带，从山坡上倾泻而下，将浮起的云气都染上颜色。烟流在海边升起。聪明的游客会穿好靴子，带上手杖和手电筒，一路爬到覆盖路面的岩浆之上，沿着已冷却的熔岩徒步，去就近观赏那些闪着光的石头和岩浆流。

若从路上直接望出去——尤其在有望远镜的情况下——风景依然绝佳。这是令人震撼的场面，可惜的是，我们看不到马克·吐温曾经见过的冒着泡沸腾的熔岩湖：

> 我们脚下的巨大地层像墨一样黑，貌似表面光滑平整，但就在其 2.5 平方公里之内，它被撕裂成上千条燃烧的火的河流！这看上去就像午夜的天空中，无数条闪电组成了一张马萨诸塞州的铁路网图。想象一下——想象墨黑的夜空被纠缠愤怒的火焰之网撕碎！

从火山国家公园开下来这一路，车子会绕过美国领土的最南端，然后开上凯卢阿–科纳（Kailua-Kona）的海岸线。在街道的路边立着一块牌子，标出了马克·吐温当年栽下的那棵围涎木。

霍那吾那吾国家历史公园，一般被叫作"避难之城"。这里是一处拥有几百年历史的宗教避难所，是全岛深厚历史中的一个超现实的地方。马克·吐温曾为其巨大的石墙惊叹不已，那些建筑始建于16世纪，当时尚未发明抹在砖缝之间的灰浆，但这些石墙直到今天仍屹立不倒。和马克·吐温形容的一样，潮汐池里挤满了前来觅食的海龟。

这里离凯阿拉凯夸湾（Kealakekua Bay）就只有很短的距离了，夏威夷原住民曾在这里终结了詹姆斯·库克的传奇人生。"暗杀库克船长的这段历史平淡且未经修饰，一点儿都不浪漫，而且在仔细研究后，裁定为自卫杀人。"马克·吐温如此写道，不愧是以毒舌闻名的美国人，"在岛上，他在所到之处皆受到原住民的热烈欢迎，他的船只上堆满了人们送来的各种各样的食物。但他却以侮辱和暴力来回馈这些好意。"

从那里前往大岛的主要旅游地凯卢阿-科纳的路上，我得出一个结论，那就是库克船长的死亡只是一个暂时的不和谐音。马克·吐温将这里描绘为："你能想到的最安宁、最静谧、最有周末感觉的地方。"但是现在，这里的主路阿里大道，已经变成威基基海滩的卡拉卡瓦大街的俗气复刻版，一切建设只为无所不用其极地赚游客口袋里的钱。

这里看上去一点儿也不夏威夷，但是这里拥有卡米哈米哈国王的科纳海滩酒店——这座城市面向当地居民的主要酒店，承接婚礼和夏威夷式宴会。它保留了20世纪70年代的装修风格，但是更重要的是大厅和门廊上摆放了许多夏威夷艺术品。这是一家酒店，也是一座博物馆，里面的墙上悬挂了许多皇室成员的肖像，前台上还摆放了一座卡米哈米哈国王的木质半身像。

自助晚餐就是夏威夷食物的盛宴：芋泥、卡鲁瓦烤猪、米饭，还有"波克"（poke）——一种古法腌渍生鱼。那天晚上的泳池酒吧旁，一桌穿着背心、戴着太阳镜的本地人，一边喝着大罐的啤酒，一边弹奏着尤克里里。我仰面漂浮在游泳池中，望着墨色天空上闪耀的猎户座，心想：再没有比这更夏威夷的体验了。

但是确实有比那还要夏威夷的事物：那座被修复的夏威夷古神殿，或叫"heiau"。我曾在天黑后到过那里，跟着一排天然气火炬一直走到水边，那里有一个草棚，以及一座火山石平台。一个标牌上写着：这座平台，就是守陵人威廉·凯赫凯·迈奥霍的先祖曾经给卡米哈米哈一世准备下葬的地方。马克·吐温引述了一份1844年的历史资料，详细描述了卡米哈米哈国王的葬礼过程，值得注意的是，在那次葬礼上，牺牲了300条狗来"代替人殉葬"。

在平台后的草坪上，一场户外派对刚刚完结。乐手们在收拾乐器，尚未离开的宾客们还在聊天，水面漆黑，在火把的橘色火光映射下显得波光粼粼。桌子上摆着访客名簿以及相册，原来是为一名1岁婴孩办的儿童烤猪宴。这是一个典型而古老的夏威夷传统。

真实的夏威夷有两个故事版本，一个几乎已在时光中失落，另一个才刚刚开始，而这两个版本，都在提基火把的照射中隐藏在游客的眼皮底下。马克·吐温应该会喜欢的。

那座鼓舞了凯鲁亚克的山峰

※ 原刊于 2012 年 11 月

伊桑·托德拉斯 - 怀特希尔
Ethan Todras - Whitehill
-
作家，和妻子、女儿一起生活在马萨诸塞州西部。

穿过茂密的杉林，我爬上裸露的山脊，就是那儿——那座小白房子，在1956 年的夏天，杰克·凯鲁亚克曾作为一名林火瞭望员在那里度过了 63 天。我一直觉得孤凉峰瞭望台应该是空空荡荡的，安静地纪念着"垮掉的一代"的声音。但实际上这间小屋的百叶窗四面皆是打开的，门也半开着，里面有一个身材矮小的端坐的侧影，正向外注视着傍晚雾气迷蒙的天空。

那个人站了起来，走到门口，我感到头晕目眩。这一定是凯鲁亚克的灵魂兄弟，他一定可以讲出那些孤独的日与夜是如何启发了《孤独天使》（*Desolation Angels*）、《达摩流浪者》（*The Dharma Bums*）和《孤独旅者》（*Lonesome Traveler*）。他是一个瘦小的黑发男人，自我介绍说他叫丹尼尔·奥特罗，曾是一名海军后备军，在伊拉克服役过两次。而我记得，凯鲁亚克在孤凉峰上的时候是 34 岁，也曾在海军服役，跟随商船队出过海。

奥特罗已经在这里待了一整个夏天，几天后就要离开了。

13

他邀请我进棚屋坐坐，这里就像是一个船舱，桌子、厨房、床和好像天体观测仪一样的火灾巡视器全部挤在这一个小房间里。我的目光落到了角落里的书架上，上面摆着一排凯鲁亚克的书。

我和奥特罗简单交谈了几分钟，然后我终于开口问了他那个著名前辈的事。他深吸了一口气，显然他经常被问这样的问题。"我试着读过，不过……"他指着那排书说。我才发现，那排书原来并不属于这位凯鲁亚克的灵魂兄弟。它们看上去是崭新的，没有被翻阅过，好像是刚从亚马逊包裹中拿出来的一样。"我和那家伙，恐怕并不能心有灵犀。"

我完全理解他的感受。大学毕业的时候，我叔叔送了我一本《在路上》，衷心希望我读完后能像他一样找到改变人生的意义。而且这极有可能：我也爱旅行，大学主修英语文学和政治经济，而且之后成了一名写作人士。但实际上，我觉得这本凯鲁亚克的"杰作"无聊又琐碎，花了两年时间才读完。

但自从去年我搬到西雅图以后，我开始不断听说有关孤凉峰的事。自我上次读他的书已经过去了十年，我决定再给凯鲁亚克的"自发散文体"一次机会。我拿着他的自传和一些相关的小说，找了几个朋友，在秋天的一个周末，向北喀斯喀特国家公园（the North Cascades）进发。

在孤凉峰上徒步的好处是，既有轻松的走法，也有辛苦的走法，随你选。从西雅图出发三个小时后，你就能来到徒步小径的起始点，白日里的徒步者可以花钱乘船从罗斯湖度假区沿湖直接到达山脚下，湖边的营地靠近闪电峰，你可以从那里选择开始进行夜晚的荒野徒步。但是对于那些想要在凯鲁亚克待过的山顶过夜的人来说，比如我们，要经历的事情就要艰难得多：你要背着第二天所需的水（更不用说扎营装备）爬海拔3500米的山，因为8月雪线融化，孤凉峰峰顶极其干燥。

尽管凯鲁亚克本人来回都是乘船，但我和我的妻子、朋友都选择从高速路下来就开始徒步，只在回程时坐船。毕竟，凯鲁亚克在西北森林中度过了两个月的时间。我们尽管路程更长（整个行程将近50公里），但只有三天时间。

第一天，我们徒步行进了25公里，一路穿过肾蕨和俄勒冈葡萄灌木丛，偶尔停下来，眺望罗斯湖的清澈湖水，我们正是沿着它的边缘在行进。但是美丽的风景并不会缩短25公里的行程，当我们蹒跚着走到闪电峰营地的时候，脚已经不听使唤了。

很多人都忽略了一点，其实《在路上》出版于1957年，那是在故事原型事件发生的十年之后了。在1956年的夏天，凯鲁亚克仍然默默无名，在美国的货车、酒吧和荒野中游荡，试图寻找生命的真谛。自然对他来说是一个新东西，他与诗人盖瑞·施耐德（Gary Snyder）有过一段短暂但热烈的友谊，正是施耐德把徒步与山峰这两件事带到了他的生命里，这段经历曾被记录于《达摩流浪者》中。施耐德是一名土生土长的太平洋西北地区居民，他自己曾在瀑布山做过两次林火瞭望员，也是他给凯鲁亚克推荐了孤凉峰的工作。

在7月的一个潮湿清晨，凯鲁亚克乘船抵达了孤凉峰山脚，披着斗篷，用骡子驮着给养上山，好像一个"坐在马背上裹得严严实实的僧人"。而对于我们的徒步之旅来说，我们自己就是骡子。奥特罗说，尽管每年夏天每天都有几百人在白天爬上孤凉峰，但是能在孤凉峰营地过夜的人屈指可数，那里位于山顶沿山脊往下 1.6 公里的地方，视野和山顶一样开阔。这不怪那些游客，毕竟为了能这样做，我们需要多背很多饮用水，背包重量超过 18 公斤。但是我们所获得的，是凯鲁亚克的整座山。

我简直迫不及待地想去看贺祖米山（Hozomeen），四座山峰尖角并列，难以置信地对称。"贺祖米，贺祖米，我此生见过的最美的山峰。"凯鲁亚克曾这样写道。这座山是他永恒的陪伴，是他的朋友，同时一直折磨着他。"荒凉赤裸的岩石和山峰，在无边的林野上挺立上千米……弥漫着蓝色烟雾的山顶巨石。"

爬上山脊的那 1 公里，视野更加开阔，可以更好地欣赏峡湾状的罗斯湖（Ross Lake），还有杰克山（Jack Mountain）7000 米以上的美景。在某些时刻，我们可以瞥到几眼贺祖米山的样子，但直到来到从瞭望塔大声呼号才能听得见的地方，我们才感受到那座山的威力。它的海拔不高，只有 2460 米，也就比孤凉峰高 600 米——但是，我的老天，贺祖米山看上去并不像人间之物，而更像是猛兽。凯鲁亚克总是把它和喜马拉雅雪怪联系到一起，但是在我眼中，它就像喀斯喀特之龙的背脊，翅膀合起，等待夜晚降临，开始捕猎。

就在山顶上，我遇见了奥特罗。和很多林火瞭望员一样——包括凯鲁亚克——奥特罗在那上边没什么可干的事，只能观察有没有林火、睡觉和读书。尽管他不太关心凯鲁亚克，但他对那些因为作家而爬到山顶的游客非常热情。他这里所有凯鲁亚克的书都是徒步者送给他的。有些徒步者还会趁奥特罗没注意的时候把诗——凯鲁亚克的或者他们自己写的——塞进他的书页里。瞭望所里并没有留下凯鲁亚克曾经在此生活过的记录，但是奥特罗给我展示了一种在《孤独天使》中提到的空军用纸，用来记录视野范围内经过的飞机数量的表格，凯鲁亚克用它来卷烟抽。如果我想触碰凯鲁亚克的灵魂，奥特罗建议说："你可以倒立着看贺祖米山，很多人都这么做。"

和奥特罗聊了一会儿之后，我们沿山脊北坡下山，阳光从预言峰、多堡峰以及特雷峰上穿过，倾斜着洒到我们身上。我们的营地就在旁边，所以我们可以在山顶待到天色半黑，沉浸在孤凉峰的景色里："狂暴的落日倾洒在海浪泡沫般的云层纸上，穿过你无法想象的峭壁，那峭壁就像你是一个孩子，用铅笔画出来的一样，带着对未来玫瑰粉色的希望。"（《孤独旅者》）

黄昏时分起风了，我们连忙走下山脊，钻入睡袋。那天的夜色很美，我们直面黑色幕布般的夜空里闪烁的群星。

当我计划这次旅行的时候，我以为这个夜晚将是我"理解"垮掉派诗人的最后机会。但事实上，我已经是凯鲁亚克的拥趸了。我不是他书的拥趸——那家伙在写完《孤独天使》之后更需要一个好编辑（比找地方洗澡还要紧）——而是他人生故事的拥趸。他的经历已经在丹尼斯·麦克纳利执笔的传记和其他一些地方有所呈现，读上去就像一个经典的悲剧，要么起码也是一个高级的好莱坞电影剧本：一位敏感的年轻人为了改变世界，努力寻求世界的真谛。他一生都没有找到那个真谛，但是他的追寻之路令他出了名，并激发了整整一代人追随他的脚步，而他无力应付这突如其来的声名大噪，酗酒而亡。

从孤凉峰上下来三个月后，凯鲁亚克得知，维京出版社要出版《在路上》了。这本书表面上是他人生的巅峰，而实际上是他走向终结的开端。在山中度过的时光里，他的文字和修辞都达到了前所未有的高度，这也是他追求真理的最后一次冒险之旅。在那之后，他就被不怀好意的媒体变成了讽刺漫画，然后蒙上了一层阴影。在凯鲁亚克的主要作品中（全部是坦荡荡的自传体），只有《大瑟尔》讲述的是他离开孤凉峰之后一年里发生的故事，该书按时间顺序记录下了他自己逐渐陷于酒精泥潭、最终精神不稳的全过程。

第二天下山搭船之前，我赶在日出前重新爬上了山脊，这次只有我的朋友乔西陪着我。我们一到达山顶就迅速分开了。空气清冷，有股神秘的气息，我拿出之前专门撕下来的《孤独天使》的篇章，在淡紫色的清晨，向凯鲁亚克的山峰朗读了他本人的告别。"钟表不会嘀嗒响，没有人会思念，寂静就是山下的雪与岩石，自始至终，贺祖米都将若隐若现，不带有悲伤地哀悼。"凯鲁亚克这样写道。他总结了每一位将要离开荒野的徒步者心中回响的告别辞："再见，孤凉峰，感谢你的陪伴……我想要的只是一个冰激凌蛋筒。"

滋养身心的房子

※ 原刊于 2008 年 8 月

米歇尔·格林
Michelle Green
—
自由记者，目前常驻纽约和哥伦比亚郡。

在一片月桂树、杨梅树和槲树的掩映之下，那座白色的灰泥墙房子就位于索诺马县（Sonoma）的月亮山谷中，门前环抱一片缀花草地，成片的黄色花海中点缀着明亮的紫色花朵。铁丝围栏和牛圈还保持着原样，但是那群曾经以 M. F. K. 费雪种下的葡萄藤为食的牛群已经不在了。同样消失的，还有那个警告路人远离牧场的牌子。在这里，费雪在 1971 年建了她最后一所房子，称之为她的"终老居"，并在上面挂了一块牌子，写着"闲人免进"。

身为一名作家兼美食家，玛丽·弗朗西斯·肯尼迪·费雪以充满感性和极度个人化的文字定义了一种新的文体。在其诞生 100 年后，她那所位于格伦艾伦（Glen Ellen）的故居已成为只有知道的人才找得到的地标。虽然从沿着葡萄园边缘的 12 号高速公路上很容易就能看到那座未完工的房子和临时的葡萄贮存仓，但那所房子并没有任何外部细节显示，它曾是一位文学巨匠最后的避世之所——1992 年，费雪正是在这里离世的。

这位作家解放了美国人的味蕾，但在这片富饶的葡萄园以及盛产各种食物的土地上，却只留下了如此小的一个印记，无疑是一件矛盾的事。在这里，本地产的橄榄油和赤霞珠葡萄酒齐名。由琼·里尔顿执笔的传记《美食诗人》(*Poet of the Appetites*) 曾提到，密林掩映的格伦艾伦中曾有过一个意大利风格的品酒室，但是在小镇历史协会的地图上，并没有留下关于费雪的任何记录。

在索诺玛山谷，我想要接近费雪，那个度过了精彩一生的女人。她在法国经历了文化觉醒，那里拥有着她对于爱情和变幻美食的回忆，在这些故事中，她令我看到了活在当下和滋养灵魂之间的联系。她写道：

> 在我看来，我们对于食物、安全感与爱情这三个基本需求是如此地混合交融、纠缠不清，我们无法脱离其他两个而只考虑其中任何一个。所以，当我在写饥饿的时候，我实际上写的是爱情和对爱情的渴望；写温暖的时候，写的是对它的爱与饥饿……然后对于温暖、富足和美好现实的饥饿感得以满足……它们其实是同一件事。

丧偶一次，离婚两次，费雪在几段婚姻间生下孩子，并宣称"有过几段美好的风流韵事"。在身为好莱坞编剧期间，她曾和喜剧演员格劳乔·马克斯约会；不久之后，她与《时尚先生》的编辑阿诺德·金里奇也交往了一段时间。她完全理解美食诱惑的精妙之处，曾在一篇非常著名的文章中阐释过一些小技巧。

在那篇名为《W是浪荡女》（*W Is for Wanton*）的文章中，费雪描述了什么才是欲擒故纵："我会用让他迷乱的方式挑逗他，让他兴奋，然后给他奉上他原以为自己会讨厌的食物……我会和他在温柔乡的云端中争吵。"到了最后，"给他一杯加水的苏格兰威士忌，再给自己一杯干马天尼。"紧接着上三道中等分量的菜。丰富的食物与大量的酒？除非你想"全身而退"。

令我印象深刻的除了这个无耻的小技巧以外，还有那张她坐在房子里的照片。在她去世后结集出版的作品集《终老居》（*Last House*）的封面上，印着一张费雪的照片，她站在阳台上，脸上露出柴郡猫一样的微笑。在书里，她描述了住在"小小的蓝色雏菊"花海中那所"宫殿"中的乐趣，住在那里的感觉令她想起法国的葡萄园，以及她的第二任丈夫迪尔温·帕里什。在他们结婚两年后，帕里什就去世了。

她还描写过前来拜访的客人，他们都曾为萦绕在她周围的愉悦气息而感到迷醉："空气清甜，当他们走向车子的时候，鞋底会踩碎刚掉落的桉树蓓蕾，他们看呆了，几乎在原地愣了一分钟。我拾起一些蓓蕾，放进他们的手心。"

坐拥"终老居"的那片牧场现在已经完全变了模样。1979年，作家的一名建筑师朋友大卫·普雷德尔-布弗里将这片535英亩的土地捐给了奥杜邦峡谷牧场（Audubon Canyon Ranch）。在1994年他去世以后，山猫、灰狐、响尾蛇在奥杜邦峡谷牧场的布弗里保育区自由横行。纳帕县和索诺玛县的三、四年级学生会来这里上自然教育课。想欣赏红冠啄木鸟和红腹蝾螈的人得提前报名徒步导览。

自然中心由过去的一座谷仓翻新改建而成，对公众开放，但是普雷德尔-布弗里曾住的那栋地中海风格的房子则是不开放的，终老居也是如此。从山坡上走下来不远，会经过一个高大的钟楼，后面就是终老居。30年前，农场工人会在黄昏时分敲动那口巨大的钟。现在，那座楼是加拿大鹅每年筑巢的地方，里面藏有一个秘密摄像头，专门用来记录孵化过程。

由于保护区属于私人财产，我无法贸然拜访，于是我打了很多电话过去，向自然中心约定了行程。当车开到草甸旁边，我放缓车速，仔细观察。当靠近费雪的小木屋时，我心中涌现出一种甜蜜的似曾相识的感觉：向外延展的屋檐和拱形的露台，它看上去和费雪在世时别无两样。但是保护区的管理员南希·特尔博维奇却警告了我的行为。她说道："住在里面的那个男人，可不喜欢别人敲他家的门。"

但她带我去看的东西也很精彩，这让我对自己想要偷窥作家房子的念头感到愧疚不已。在参观完自然中心后，我们散步下山，前往普雷德尔-布弗里的庄园。

她带领我穿过房顶很高的房间，屋里充满了历史气息，这里的主人——拉德纳伯爵五世之孙，曾在这里度过了他的童年：繁复的窗帘，正式的画像，闪闪发光的水晶灯。苔绿色的厨房里，铜器闪烁着微光，镶金框的风景画流光溢彩。屋外有个泳池，完美模拟出一个自然池塘的样子，它的旁边围着一圈盛放的紫藤。

普雷德尔–布弗里是个不拘一格的人，在与爱丽丝·阿斯特离婚后，他在格伦艾伦拥有一群朋友，其中包括约旦王后和马娅·安杰卢。1968年，他给费雪去信，进行了自我介绍，随后费雪就邀请他来到自己在圣赫勒拿镇（Saint Helena）的房子吃饭。圣赫勒拿位于纳帕山谷，是一座充满了茉莉花气息的小镇。她的两个女儿都长大了，她也准备过简单的小日子；两年后，她提议在他的土地上建一栋房子。

费雪给了普雷德尔–布弗里3.94万美元，让他来建一座她形容为"深受自己古怪癖好影响的小屋"。他为她设计了拱形的红木天花板、黑砖地板，还有一间奢华的卫生间，面积有另一间卧室那么大：中国红的墙面很适合挂艺术作品。

厨房是开放式的，像船载厨房那样简单的一栋。它的亮点在于水槽上的那扇窗户，当人们在水槽前刷洗的时候，可以在窗外果园投射进来的光线与阴影中沉思。曾几何时，查克·威廉姆斯、茱莉亚·蔡尔德，还有詹姆斯·比尔德都在这扇窗前伫立。

费雪的卧室有一个露台，从那里可以直接看到钟楼，房间里挂满了以前旅行中带回的纪念物：一张来自威尼斯的海报，以及来自法国的耶稣诞生像。书架上的绯红内饰和大门入口的红色遥相呼应，整座房子的中心是一个坐卧两用长椅，看上去就像女王的宝座。

一切都恰如其分。她的朋友，小说家安妮·拉莫特写道："她似乎能把这房子穿在身上，古典又简约，像一条完美的裙子。"

和费雪一样，这座房子也在不断进化，艺术品源源不绝地被运送进来，让人目不暇接。

"费雪的房子生机勃勃，令人兴奋，"玛尔莎·莫兰曾这样说，她给费雪当了 12 年的助理，"当你走进她的空间，能感觉整个人都活了。"

费雪搬到格伦艾伦的时候，已经 62 岁了，孑然一身。在接下来的 20 年中，眼疾、关节炎、帕金森病，种种疾病令她逐渐衰弱。与此同时，她的作品取得了很大成功，其中包括《普罗旺斯的两座小镇》（*Two Towns in Provence*），这为她引来了大量的访客。她的同事们，譬如爱丽丝·沃特斯，曾来探望过她，比尔·莫耶斯也来和她讨论过爱情、离开和老去的事情。

前来朝圣的人们会带来食物，所以这座房子里一直萦绕着香草、面包和成熟奶酪的香味。费雪的待客方式很简单，她通常先上点本地葡萄园产的"普通葡萄酒"，再来点烤杏仁或者烤西红柿，配上橄榄油和罗勒。她自己会喝一种粉色的鸡尾酒，由金酒、苦艾酒和金巴利苦酒调制而成。

"她从来不拒绝别人，"莫兰回忆说，"她喜欢和人聊天。哪怕在最后的日子里，她还是慷慨分享她的精神世界，甚至在她已经快不行的时候，依然在分享。"

费雪去世后，她最大的仰慕者之一约翰·马丁，住进了终老居，现在仍然住在里面。他曾是普雷德尔-布弗里的牧场领班，现在是这片保留地的管理人员。费雪去世三个月后，他搬进了这个房子。

"她是世界上最好的女人。"马丁说。他是一名很有活力的苏格兰人，留着短短的白色短发。"我将她看作是我的朋友。我在1986年来到这里，当时住在牧场宿舍，她对我说：'哪天你要是犯事进了监狱，先给我打电话。'"

我在格伦艾伦的一家市场，第一次拨通了马丁的电话。他很有礼貌，同时也很谨慎。他听我解释了来意，邀请我前去拜访。

门打开时，他的小狗费格斯就在他的脚边吠叫个不停。他穿着短裤和马球衫，请我进入前厅，在那里可以看到金色的草甸和万里无云的晴空。一只大鸟从面北的窗前呼啸而过。"红头美洲鹫。"他说。

和很多与名人有关的人一样，马丁也很注重保护自己的隐私。他说，每个月至少有一次，费雪的书迷会"跑到这儿来，我再把他们赶跑"。

无论从哪个层面来说，这座房子都属于他了：费雪那个中国红的书柜现在是蓝色的，弗吉尼亚·伍尔夫和布里伦特·萨瓦兰的书已经没了，曾经存满红酒的壁柜里现在塞满了桌上游戏棋牌。露台上新添了一顶阳伞和一块人造草皮，那里曾经摆着费雪的那把带有扇形椅背的椅子。

马丁那晚要早些离开，庆祝自己的生日。当他带我看完整个屋子后，费格斯吠叫得更加急切了。于是我直接问了：当年和费雪一起住在这里的时光是怎样的？

"费雪会给我送来一张画着火柴女孩的卡片，请我过来。"他向我描述着，一边斜倚在露台栏杆上，眯着眼睛望向夕阳，"我曾和她一起看电影。她管这个叫'别说话吃你的爆米花俱乐部'。"

马丁说，费雪的书现在依然影响着很多读者，他们对她最后住在终老居书写爱情、温暖和"满足饥饿"的生活充满好奇。直到今天，他这个地址还能收到寄给费雪或费雪家人朋友的信。

"我最近刚收到一封信，是一个女人写来的，她病得很重，"他说道，"她想来这儿看看，因为她一直深受费雪的鼓舞。"

这让我想起费雪曾写过的关于遗物的一段话："唯一能留在世上的东西，就是一个人的精神……我所留下的，会融入空气，化为烟雾，散为一阵水汽，像这样落在某样东西上，也许它们会微微闪现一丝光芒。"

我们在厨房里，我问马丁，他是否感觉过那丝光芒。如果换了另一个文着大花臂的男人，估计会哈哈大笑、不置可否，但是这个人并不会，他认识那个令人神魂颠倒的费雪。

"哦，有过。"他答道，他的语气就好像我们在讨论他花园中的仙人掌，或者费雪在水槽中发现的小黑蛙，或者那只她称为"我的常客"的猫头鹰。马丁转过身来，带我走向那间华丽的卫生间。

"每次我穿过这扇门，走向卧室的时候，它都会在我身后自己关上，"他说，"我知道那是费雪。"

黑色旧金山

丹·桑茨坦
Dan Saltstein
-
《纽约时报》旅游版的编辑。他也为艺术娱乐、书评和美食版撰稿。

※ 原刊于 2014 年 6 月

旧金山这座城市,以其多年来的急剧转型而闻名,在最近的一次转型中,大量的科技投资注入了这座城市,似乎把它过去的肮脏角落全部洗刷干净,到处变得面目一新。有很多证据可以证明这种剧变,而且很容易被人拿来嘲弄:4 美元的昂贵手工面包,每日来往于市中心和硅谷之间的员工班车,到处堆放的再生木材。但是,在过去的一个世纪里,这座城市却呈现出另一种气质,并与一个神秘的电影体裁有着紧密的联系,而这个体裁与现在的城市风格完全是背道而驰——黑色电影。

恰似黑色电影中的那些人物,你很难接触到黑色电影的本质精髓:那是海湾涌来的一片雾气,缓缓笼罩了城市的街道;栖息于酒吧置酒架上的一种孤独的魅力;从你背后升腾起的一种毛骨悚然的感觉。这类体裁着迷于暧昧与朦胧。

也许,在旧金山寻找黑色电影的踪迹,注定会遇到谜案。

田德隆区边上的那间公寓，至今还保留着过去的陈设，它究竟仅仅是达希尔·哈米特（Dashiell Hammett）的家，还是说，同时也是他笔下创造出的最出名的人物——萨姆·斯佩德的家呢？附近那家装修成地下酒吧风格的鸡尾酒吧，以某位20世纪20年代的神秘女人的名字命名，而她究竟是谁呢？小巷尽头的那扇门又通往何处？那里可是哈米特最著名的小说《马耳他之鹰》（*The Maltese Falcon*）里面的关键位置。

总而言之，这座城市现在依然是黑色电影的大本营吗？

我的探寻从田德隆区开始，穿过联合广场和诺布山，再往上走到北滩，这一路我遇到了形形色色的人，他们互相并不认识，但对那个时代充满着同样的情感，并专注于用各种方式纪念那个黑色时代。在那时，黑色意味着浪漫，而故事中的堕落主人公在最后会以失败收场。如果说黑色电影的精神——或起码是对它的缅怀情绪——依然萦绕在这座城市之中，那很大程度上都是因为这群人的努力。事实证明，尽管黑色电影的时代已经暂时过去，但在这座城市里，依然留存着感激之情。

不论从精神上还是从灵感上，引领我在这座城市穿行的向导，就是哈米特。尽管他只在旧金山住了不到十年，他与这座城市或是黑色电影之间的紧密联系是不容争辩的——他的早期短篇和长篇小说成了黑色电影的原始文本，塑造了像斯佩德这样非传统意义上的英雄角色。

唐·赫伦是哈米特的忠实拥趸之一，我和他在联合广场的弗勒德大楼前碰头。私家侦探全国事务所的旧金山分部曾经就设在这栋大厦里，而哈米特在20世纪20年代初曾在这里就职。这栋大厦也是在1906年旧金山大地震中幸存下来的几栋地标建筑之一。不过，它也经历了变革：现在它是Gap和Anthropologie两家服装品牌的特卖场，常年人满为患。

尽管如此，这里依然是由赫伦带队的黑色电影之旅的常规一站。赫伦从1977年开始就在旧金山组织这样的导览活动，这个和蔼的男人外表不修边幅，留着乱蓬蓬的白胡子。但是我们聊了一会儿后，他说了一句话，让我的心猛然沉了下去。赫伦说，哈米特的文字，其实并不算真正的黑色作品。

"哈米特几乎算是个先驱了。"他说，"他所写的东西，是黑色电影的雏形。"

他的作品在当时被称为硬汉小说或成人小说，后来才被提炼为黑色电影，成为一种发展轨迹模糊不清的体裁。"黑色电影"这个词在20世纪40年代末到50年代初才开始流行，最早是由法国影评家创造的，用以描述那个年代的一种美国类型电影（1941年，约翰·休斯顿拍摄的《马耳他之鹰》被公认为第一部黑色电影），这类电影大多改编自20世纪20年代至30年代出版的小说。因此，哈米特的作品，正是黑色电影的雏形。

现在已经很难想象，除了信用卡账单以外，这栋大楼还能成为什么东西的发源地。但是哈米特作为私家侦探的经历，给予了他其他推理作家所无法拥有的信息量与写作风格。他于

1922 年离开侦探事务所，开始转行写小说，那时他才刚刚来到这个城市不久。而到了 1923 年，他已经在一本名为《黑面具》（*Black Mask*）的畅销杂志上发表了一些故事。

那些故事后来演变成哈米特最著名的两本书：一本是《血腥的收获》（*Red Harvest*），书里塑造了一个无名侦探；另一本就是《马耳他之鹰》，塑造了比无名侦探更出名的后起之秀——萨姆·斯佩德。不过，让赫伦第一次迷上哈米特的，依然是他笔下那股纯粹的力量。赫伦直言不讳："我真的喜欢他的故事。他的小说。"这直截了当的断句，好像是直接从哈米特的早期篇章中摘出来的一样。

赫伦和我离开游人如织的联合广场，前往田德隆区，那个臭名昭著的脏乱街区。哈米特本人曾在那里居住，并让笔下的很多故事发生在那里。在所有旧金山的老街区里，这个街区的风貌是保存得最完整的，拥有很多 20 世纪 20 年代的建筑，还能时不时看到装饰艺术的风格。这里的人口结构已经改变，但是书中角色的感觉还是保留了下来。在波斯特街（Post Street）上，我们路过了一家中国咖啡馆，各个肤色的本地人在店门口的人行道上排着队，半个街区以外，几个流浪汉正从门廊夺门而出。田德隆区犯罪率依然居高不下，主要是因为这里活跃的毒品交易。

赫伦时不时停下，指给我看和哈米特的工作与生活相关的地方。吉里剧院（Geary Theater）依然光鲜夺目（现属于美国音乐戏剧学校），《马耳他之鹰》里面的反派——乔尔·凯罗，曾经在这里观看了戏剧《威尼斯商人》。赫伦提醒我，小说中的一个细节暴露了情节发生的时间：在书中，那场话剧中的夏洛克这个角色是由英国演员乔治·阿利斯扮演的，这说明这个故事发生于 1928 年的 12 月初。

我们继续在田德隆区穿行，赫伦指给我看《马耳他之鹰》里面出现过的酒店原型，还有波斯特街 891 号，这里是哈米特居住和写作的地方。

我们年轻的作家，一定在这建筑门口撞见过某个令人印象深刻的人。他很高，像电线杆一样瘦，由于在"一战"期间服兵役时患上了肺结核，他的体重一直没怎么增加过。他的脸瘦长，面孔英俊，留着一头灰色的蓬巴杜发型。

在哈米特的写作中，他极其迷恋旧金山的地理细节，几乎到了一种滑稽的程度。他喜欢把地名像化学方程式那样堆叠起来："夹在莱文沃思和琼斯路之间的潘恩街"，"布什街上的加菲尔德公寓"，"走到加利福尼亚街"。

但是我们接下来要去的地方比上述几个地名都要重要——布里特街——在《马耳他之鹰》的情节里，萨姆·斯佩德的搭档迈尔斯·阿切尔被书中的女反派布莉吉·奥肖内西枪杀身亡。（赫伦告诉我，25 年前，他曾和诗人劳伦斯·费林盖蒂有过一次交谈。劳伦斯曾接过一个活儿，用文学作品的典型人物为相关街道重命名，他为哈米特重新命名了布里特街，因为哈米特曾短暂地在这里居住过一段时间。）

布里特街上挂了个小牌子，上面并没有提及《马耳他之鹰》

的书名，只是欣然写着："在这个地方，萨姆·斯佩德的搭档迈尔斯·阿切尔被枪杀，凶手是布莉吉·奥肖内西。"

接近巷子的时候，赫伦开始喋喋不休地分析、讲述书中的关键场景。和书里的斯佩德一样，他"走到护墙边，把手放在潮湿的砖上，望向下方的市德顿街"。他强调说，那天让墙变得潮湿的雾气是"稀薄、湿冷、沁入骨髓的"，哈米特这样写，不仅是为了渲染气氛。"要记得，那是个发生在冬天的故事，"他说，"所有细节都是有深意的。"

我们走向市德顿街。赫伦说布里特街的尽头有一扇门，他一直想知道门背后是什么，后来他发现了答案。半个街区以外就是改过名字的迈斯狄克酒店（Mystic Hotel），已经快要装修完毕了。我们走上一段楼梯，被人领入布里特屋，这里是一个地下风格的酒吧，在酒店的前部，而那个空间曾经确实是一家地下酒吧。酒吧还没开业，我们又被领上几层楼，来到一扇没有牌子的门前——然后就回到了布里特街的尽头。（后来我发现，地下酒吧的客人都从这扇门进出。）谜题解开了。

回到酒吧，我和赫伦坐下，他点了杯啤酒，我点了杯黑麦威士忌。我们随便聊着天，中间聊到了黑色电影到底应该如何定义的问题。他开始列举《马耳他之鹰》里面的重要元素。

"蛇蝎美人、谋杀、城市——发生在夜晚的诸多故事，"他说，"这些要素一起组成了这个完美的概念。"

然而，最重要的元素，是那个并不完满的结局。

"其实萨姆·斯佩德没有赢，"他说，"隐隐有种失败的味道。"

我们出门的时候，一位正在为晚间营业做准备的调酒师问了我们关于哈米特的事，他对此所知不多。"他写过这个巷子，是不是？"他问道。

布里特屋只是这座城市曾经数不清的地下酒吧中的一间。在我第一天的行程里，理论上我已经拜访了哈米特在那个年代曾去过的三个地方。

位于金融区的盾屋（The House of Shields）是一个迷人的地方，它于1908年开张。在禁酒令期间，喝酒这件事都转移到了地下室里。我到得有点早，但里面已经坐满了人，他们中有刚下班的爱酒人士、鸡尾酒的热衷者，还有很多游客。酒吧在几年前翻新过一次，以前的陈设依然保留得很好。内部挑高很高，但是空间狭窄，有很显眼的置酒架、精美雕刻的灯具，还有以其为之命名的盾，围在一面巨大的镜子旁边——除了这面镜子，所有陈设都是原来保留下来的。我点了一杯绿点鸡尾酒，是曼哈顿变奏版的，里面加了黄色的查特酒。这是一杯现代鸡尾酒，但是给人的感觉是对的。

哈米特是个酒鬼，几乎可以肯定的是，他的大部分时间都在地下酒吧度过。他的小说和信件中提到过各种各样的酒——大部分都是直接喝的，他显然不挑。他极少写鸡尾酒，即使写了也是极其简单的那种。在《马耳他之鹰》里，萨姆·斯佩德喝的是一瓶预调酒——"曼哈顿鸡尾酒"，是他藏在办公室抽屉里的。

我穿过街，来到皇宫酒店和它里面的那间豪华的花园餐厅，萨姆·斯佩德曾在这里吃过午饭（"他狼吞虎咽地吃完了"），然后在傍晚的光线中，来到北滩，这里是旧金山的意大利裔美国人的社区，也是20世纪50年代"垮掉的一代"的核心区域。

在哥伦布大道一侧，就在城市之光书店对面，便是托斯卡咖啡馆了，这里曾是很多垮掉派作家集会的地方。托斯卡咖啡馆开业于1919年，在哈米特刚来旧金山的时候，它还是一家新店。接下来的几十年中，它逐渐变得门庭若市，招待过很多的当地人和名人。2013年它差点被关停，而这里的大厨阿普莉尔·布鲁姆菲尔德和她的合伙人肯·弗里德曼接手了这家店，重新翻修——但也小心翼翼地保留了它的年代感。

也许这里的长沙发不再是破破烂烂的，但依然被留在原位（而且上面一般都坐满了人——自从翻修后，这个地方已经成了城里最热门的去处之一）。"卡布奇诺之家"是一种产自禁酒令期间的酒精饮料，如今，已经有了加入阿玛尼亚克酒、波旁酒、手工巧克力、有机牛奶的升级版（顺便说下，里面不含咖啡）。而我点了一杯水果三宝颜鸡尾酒和一份意式鸡肝卷。这也是一道响应布鲁姆菲尔德的"从头至尾"烹饪理念所创作的典型菜肴。（这应该也是萨姆·斯佩德所认可的理念，在《马耳他之鹰》里面，哈米特曾写过他把腌猪脚当零食吃。）

离开托斯卡咖啡馆，我来到遍布北滩的密集小巷子中。在这里可以好好欣赏这座城市，同时，身处其中也会有不知道角落里会突然跳出人来的紧张感。如果你想要寻找黑色电影中那种阴郁的氛围，这里也许是最好的地方。〔在哈米特的大陆侦

探社小说《螺丝起子》（*The Big Knockover*）里，有一场屋顶追逐戏就是在这儿发生的。〕

康斯托克酒吧（Comstock Saloon）就在哥伦布大街上。这栋房子建于 1907 年，从那时起，就一直以酒吧的业态存在着。2010 年，这家店的新主人将它命名为"康斯托克"，里面包含了原来的酒吧，并在地下室添了一套瓷砖小便池——这在前禁酒令时期的只许男人入内的酒吧中很常见。这里供应的都是经典酒，我点的是一种源自 20 世纪 20 年代、名叫"限 12 英里"的鸡尾酒，这个名字取自禁酒法案的一项规定：在离岸 12 英里[1] 之外的地方才允许饮酒、贩酒。

几天后，我来到一处因为和哈米特有关系而受惠颇多的地方：约翰烤肉店，位置就在联合广场。店里的墙上挂的不是明星照片，而是本地警察的肖像，招牌上还写着一句宣传语："马耳他之鹰的家"。其实不是这里，起码从字面上说不是。餐厅二楼玻璃墙后面摆放的那只鹰，是一个大号的复制品（也是散落在这座城市里的众多老鹰复制品中的一个，而电影里的那只老鹰道具，很可能本有两只，其中一只在 2013 年拍卖时拍出了 400 万美元的天价）。但是约翰烤肉店确实曾经在书里提到过，尽管只有一句：萨姆·斯佩德在等车来接他的空当，在这儿急急忙忙吃了个午饭。

恐怕再找不出一个比隐藏在地下酒吧里的地下酒吧更适合

1　12 英里约合 19.3 公里。

旧金山黑色电影协会的地方了，而且还是在田德隆区。从琼斯路前往欧法雷尔的路上，我路过了一扇毛玻璃窗户，上面写着"威尔逊与威尔逊私家侦探事务所"。获得密码之后，我得以进入了"波本与波旁"——一个灯光昏暗、挤满了人的鸡尾酒酒吧。迅速穿过一堵假墙后，我走进了"威尔逊与威尔逊"，这个地方是献给黑色电影、禁酒令时代的酒以及它的名字所暗示的私家侦探交易的一封情书。

这封"情书"的寄信人是布莱恩·希伊，他在旧金山开了五家酒吧——还有两家即将开业，其中的一家就开在托斯卡咖啡店的隔壁，是药剂师主题风格——他着迷于学术研究，别人觉得他这是胡闹，他自己则一脸严肃。而在田德隆区的选址，也是经过了慎重的研究分析后的结果，他说，研究对象也包括哈米特。

"哈米特写作的基石，就是现实和真实环境，"在店内 20 世纪 20 年代风格的爵士与摇摆的背景乐中，希伊说道，"当然，还有硬汉风格。"

而田德隆区，他接着说："则是旧金山所有具备硬汉气质的街区中最硬汉的那个。"

他补充道："然后，说到现实，你一踏出这扇门便是了。"

希伊在研究中发现，禁酒时期，这个地方是弗兰克·伊皮斯威奇开的"饮料吧"；到了 20 世纪 20 年代，J. J. 拉塞尔又在这儿开了个"香烟铺子"。

"这些家伙，"希伊说，一手指着店里的酒保，他们正在给年轻的顾客们调酒，有些穿着得非常正式，"他们就是我的侦探，正在调查鸡尾酒的历史。"

他们的调查结果，令这里的鸡尾酒变得特别复杂多样，比哈米特曾经见过的还要多。我们聊着，我小酌了一口"吐真剂"（苏格兰威士忌＋苦酒＋棕糖肉桂糖浆＋菠萝汁＋甘草酊）。这地方非常注重细节，大门入口精心装饰得犹如戏剧舞台，菜单里夹带了一套法律卷宗，里面有照片和手工部件，线索指向这个酒吧的名字。

酒吧名字巧妙地化用了一个至今无解的谜案，实则却暗示了一个谜——而且没有答案。希伊解释说，当建筑商在给"波本与波旁"做装修的时候，他们发现了一系列物件——文件、蕾丝内衣以及好彩香烟盒，但是，其中最神秘的发现，是一个沾有血迹的皮包（没错，血迹）。这些东西应该是在 1931 年丢失的。在包里发现了主人的名字：罗琳·艾德琳·威尔逊。这些东西都奇迹般地保存完好，包括口红、胭脂、粮票，还有她的银行卡。

希伊说，他们至今都没有找到她的后人。

那晚早些时候，我回到波斯特街 891 号的哈米特故居。艾迪·穆勒带我走进这栋建筑，乘上一部吱嘎作响的古董电梯。穆勒是旧金山本地人、作家，自诩"黑色电影考古学者"。我们上到四楼，进入 401 房间，我立刻感觉自己穿越时空，回到了过去。

这间公寓彻底保留了它在 20 世纪 20 年代的样子，复古的细节随处可见：留声机、毛玻璃门，桌子上有一台打字机和一盏台灯，以及另一只老鹰复制品。

我们一边喝着波本威士忌，一边坐下来聊天。穆勒是个很外向的人，他穿着米黄色格子西装，打着一条蓝领带，胸前口袋里插着方巾，向我讲起这间公寓是如何被复原的。（这间公寓是不对外开放的。我之所以能进来，是因为穆勒是少数几个有权限入内的人。"与其说是博物馆，这里更像是一个圣地。"他这样告诉我，带着明显的骄傲神情。）

哈米特曾从波斯特街891号寄出过信件，他在这里完成了五部小说中的三部，但是这间公寓的确切房间号，却是由曾住在这里的比尔·阿尼推测出来的，线索就来自《马耳他之鹰》里的细节。比尔曾在几年前参加过赫伦的导览活动。书中的斯佩德就住在波斯特街，加上这几个细节——公寓在四楼，靠近电梯，走廊尽头有个不寻常的拐角——就把范围缩小到了唯一的目标：401室。

阿尼搬离这儿以后，穆勒联系了一位朋友——罗伯特·梅勒·安德森，颇受赞誉的作家和慈善家。他动用手上的资源修复了这间公寓。穆勒说，整体的修复思路是这样的："就像哈米特只是临时去买包烟一样。"

穆勒对于黑色电影这个体裁的热爱已经不仅仅局限于哈米特的作品了。在过去的12年中，他牵头举办了"黑色城市电影节"（Noir City Film Festival）。他说，刚开始电影节几乎全靠他的热情在支撑。时至今日，观众们对这个电影节已无比狂热，一些年轻的观众会专门穿上复古的服饰出席。

"我不觉得这是一种做作，或者复古热，"他说，"我觉得人们只是在向往那个年代的社交方式——在那时候，社交几乎是毫无意义的。"

我问穆勒，哈米特在描写旧金山这座城市的时候，为何如此事无巨细，而不掺杂任何个人的情绪。

"因为他是个侦探，"他说，"他写的是案件报告。"哈米特的写作方式最终影响并启发了黑色电影的出现。

天色渐暗，屋里缓缓笼罩上了一层阴影，穆勒说，他认为黑色电影的迷人之处可以用四个字来概括："苦于风格"。他说，黑色电影，就是"要去假设人性中最恶的那一面"，而它的诞生则"与美式风格的巅峰不谋而合"。这样的结合正是始于哈米特。

对于黑色电影，穆勒的看法是：这种题材并不执着于解开谜团。《马耳他之鹰》就是这样——前方剧透预警——那只鹰并不是马耳他之鹰，而是个赝品。当我离开波斯特街，走在返回联合广场的路上时，我意识到我对于黑色电影的探寻其实都把重心放在了无关紧要的事情上。黑色电影是一种思维状态。我想到了赫伦曾经说过的一句话。

"这简直是魔咒。"他说。

在美国西部，追随纳博科夫的脚步

※ 原刊于 2016 年 5 月

兰登·Y. 琼斯
Landon Y. Jones
-
《人物》（*People*）和《财富》（*Money*）的编辑主任，
著作有《威廉·克拉克和西方的塑造》
（*William Clark and the Shaping of the West*）。

在过去的 15 年中，我和我的妻子萨拉每个夏天都会带着我们的金毛寻回犬去自驾游，从新泽西州一路开到北落基山脉。我常说，我感觉自己就是亨伯特·亨伯特，小说《洛丽塔》中那个臭名昭著、惹人怀疑的叙述者——我和他有着高度重合的旅行路线，只不过，他的旅伴是一个性早熟的未成年少女，而我的旅伴是我的妻子，还有一条天真烂漫的大狗。

后来我才了解到，作者弗拉基米尔·纳博科夫自己也做过同样的事。1948—1953 年这五年间，他的妻子薇拉开着那辆黑色的奥兹莫比尔，载着他从纽约州的伊萨卡开始，穿越亚利桑那州、犹他州、科罗拉多州、怀俄明州和蒙大拿州，他坐在副驾驶座上，一路沿途在一沓 5 英寸宽、7 英寸长的卡片上做笔记。这马不停蹄的五年下来，纳博科夫就用那一沓笔记完成了这本惊世骇俗的小说。

换句话说，在冷战的巅峰时期，一位流亡海外的俄裔小说家，顶着"弗拉基米尔"这么一个惹眼的名字，在美国最排外的几个州来去自如，为他的一本书收集素材，而这本书的主题是关于一位疲惫的绅士如何疯狂迷恋着"性感少女"（nymphets，牛津英语词典因为这本书而收录了这个词）。纳博科夫居然在这个过程中毫发无伤，这不得不说是一个奇迹。

　　今天，我们惊异于纳博科夫在《洛丽塔》一书中展现的大胆且多层次的主题，以及令人目眩且充满隐喻的写作风格。但是纳博科夫最大的贡献，也许是他在穿越美国的整个旅途中，对那个浮华、造作的战后美国社会的细致描写。纳博科夫一直没有学会开车，据他估计，在1949—1959年，薇拉开车载着他行驶了24万公里——几乎全部是地图上标为蓝色的两车道公路，因为那时还没有州际公路。

　　如果单纯从里程数来看，纳博科夫可能是所有作家中最"美国"的那个。他所去过的地方，比菲茨杰拉德、凯鲁亚克、斯坦贝克去过的都要多，而且他走的都是僻静小路，看到的是一个个人化的、私密的、边边角角的，却毫无疑问是真实的美国。这个生于俄国的作家，让人们想起马克·吐温很早说过的话：美国不是一个地方，而是一条路。

　　纳博科夫一路向西，是因为他在追逐蝴蝶。他是一名饱含激情的鳞翅目昆虫学家，曾发表过关于珠灰蝶属的专业论文，有好几个物种以他的名字命名，譬如"纳博科夫眼蝶"。多年来，他的旅行范围从大峡谷的光明天使步道（Bright Angel

Trail），一直延伸到犹他州、科罗拉多州以及俄勒冈州。但是假如有个地方能在同一时间观测到许多不同种类的蝴蝶群落，那就是沿着怀俄明州的大陆分水岭（Continental Divide）了，这地方处于足以让人流鼻血的海拔高度。在这条路上，《洛丽塔》逐渐成形，在追蝴蝶的路途中，他开始随手做笔记，晚上回到旅馆房间后再把它们整理出来。

我就仿佛是 21 世纪的克莱尔·奎尔蒂（Clare Quilty）——亨伯特的头号敌人，一路对亨伯特和洛丽塔紧追不放的那个人，我一路向西，沿着纳博科夫追蝴蝶的路线，将他最著名的小说的创作历程逐渐拼凑完整。这三个旅程的故事交织在一起：亨伯特和洛丽塔，纳博科夫和薇拉，我和萨拉还有我们的金毛寻回犬迈克。

《洛丽塔》一书中的地理风貌仍然历历在目——不仅有亨伯特的"远山""燕麦山""无情峰"，还有康菲小屋（Kumfy Kabins）、夕阳汽车旅馆、铀光别墅、松涛旅社、天边旅社……这些都是亨伯特带着多洛雷斯·黑兹（洛丽塔的本名）去过的地方。在这些旅店中，有不少是弗拉基米尔和薇拉曾在半个多世纪前住过的。

我们沿着纳博科夫的路线走，从东边出发，走俄亥俄州，再穿过美国中西部——用书中亨伯特的原话说，"我们穿过俄亥俄州，三个以字母'I'开头的州[1]，还有内布拉斯加州——

---

[1] 印第安纳州、伊利诺伊州和艾奥瓦州。

啊，第一阵西部的气息！"我们也住过汽车旅店，只不过那儿并没有亨伯特说的那种下流的诱惑力："无数的汽车旅店（直截了当地）用霓虹灯标识出空房的状态，准备接待推销员、逃犯、穷困潦倒的人、拖家带口的人，还有最精力旺盛的情侣。"我的狗迈克也不是洛丽塔，它一直充满热情地舔着我的手，不像倨傲的洛丽塔，经常鄙视亨伯特，这种脾气只会让亨伯特更加为她痴狂。

我之前曾预想过，我，这么一个和亨伯特同龄的男人，随身带着一本翻烂了的《洛丽塔》可能会引人侧目，但是在我的旅程中，遇到的所有旅馆老板都没听说过这个作家的名字，也没听说过这本著名的书。

和亨伯特一样，也许也和纳博科夫一样，我们看到了"好奇的路边生物、搭顺风车的人、人形的红色岩石"。如今跨州旅行的搭车者已经不多了，我只在密西西比州东部见到了一个，也算是一道稀罕的风景了。同亨伯特和洛丽塔一样，我们来到一家挂着"吃饭"的大招牌的餐馆，点餐台表面黏糊糊的，吃饱糖浆的苍蝇在嗡嗡飞个不停。

亨伯特和洛丽塔的疯狂旅程穿越了"像用碎布块拼成的被子似的48个州"——经过了波旁街、卡尔斯巴德洞窟、黄石公园、火山口湖、鱼苗厂、悬崖居所，以及"上千条熊溪、苏打泉，还有五颜六色的峡谷"。我和妻子在宾夕法尼亚的德裔聚居村落里见过如画般的红色谷仓、金碧辉煌的别墅，房车、赌场到处可见，维多利亚风格的农舍有着双吊钩的窗户，看上去就像贝蒂·戴维斯的眼睛。高大的手机信号塔隐约可见，好像1953年的电影《世界之战》(*War of the Worlds*)中的外星生物，想当年弗拉基米尔和薇拉经过时，路边只有电线杆和路标。

说到路标就有意思了！"激情：成人用品店"。"枪支管理的意思是用两只手握紧手里的枪"。纳博科夫和亨伯特应该为这些牌子又惊又笑："精品原罪酒吧""邪恶之地休息所""迪克的脚趾服务"。(我问萨拉她觉不觉得这位迪克有恋足癖。她回应说，他更可能开的是一家加油站。)

在亨伯特和洛丽塔的旅程中，宗教地标往往集中在南部。他们曾见过一个"位于路易斯安那州的卢尔德石窟的复制品"。今天那里也依然到处是十字架，有小小的白十字架，用来纪念某次高速路上车祸的遇难者，也有超大型的十字架。在伊利诺伊州的埃芬厄姆 (Effingham)，I-70 和 I-57 州道的交叉口，有一座"世界最大的十字架"，足足有 60 米高。

纳博科夫应该也见过这个标识："如果今晚就会死，你会去天堂还是地狱？"紧随其后的答案是："盖瑞枪铺"。

薇拉在包里放了一把勃朗宁手枪。当她申请枪支执照的时候，她简单解释说，只是因为"昆虫考察研究需要去许多荒无人烟的地方，在那里用以自保"。她不是开玩笑，在 1953 年的那次前往亚利桑那州波特尔的旅程中，纳博科夫用这把枪杀死了一条巨大的响尾蛇。

1952 年，纳博科夫第三次来到怀俄明州。在我的想象中，弗拉基米尔和薇拉在夜晚谨慎地驶入群山，大卡车从他们的身边呼啸而过，"车上镶着彩灯，就像大得吓人的圣诞树"。当我们在田野间看到的不再是 70 斤重的小型干草捆，而是那种只有拖拉机才拉得动的庞然大物时，我们就明白已经身在西部了。

到怀俄明州后，弗拉基米尔和薇拉住在了位于东南部、紧挨着梅迪辛博山（Medicine Bow Moutains）的拉勒米镇（Laramie），他们在"懒人旅店"住下，这家店现在已不存在了。他们在哈佛读书的儿子德米特里，开着那辆崭新的 1931 年版 A 型福特轿车和他们一起旅行。这家人从拉勒米镇开始，一路穿过雪岭（Snowy Range），经过了一处"令人感到厌恶的沼泽，满是牛粪和铁丝网"，在那里弗拉基米尔立刻停车，去抓捕蝴蝶。最终他们来到了怀俄明州的里弗赛德（Riverside），这是一个尘土飞扬的小村庄，"有一个汽车修理厂、两个酒吧、三个汽车旅馆和几个农场，离已经废弃的小镇恩坎普门特只有 1.6 公里（那儿的街道没有铺设路面，人行道都是木板的）"。

纳博科夫在旅程中捕蝴蝶，而我则在北普拉特河（North Platte River）捞鳟鱼，这条河流经同样偏远的萨拉托加山谷（Saratoga Valley）。我们住在阿巴阿农场（A BAR A RANCH），这是一家高级的度假农场，有网球场、高尔夫球场、按摩室，还有传统的骑马和钓鱼。纳博科夫很有可能住过今天在恩坎普门特河畔的里弗赛德车库和小木屋。每座小木屋门前都有木牌写着它们的名字：牛仔小屋、农夫小屋、勘探者小屋、山人小屋、骡夫小屋。

1952 年 7 月 4 日，纳博科夫就在里弗赛德，他肯定看到了那天庆祝独立日的活动，并将它化用在了《洛丽塔》一书中，来自欧洲的亨伯特为眼前的景象感到困惑："镇上似乎有什么大型的国家庆典活动，有鞭炮，还有炸弹，从早到晚炸个不停。"

弗拉基米尔和薇拉从里弗赛德出发，到附近的马德雷山脉（Sierra Madre mountains）一日游，捕蝴蝶，他们经过一条"路况不堪的当地小路"，来到了落基山脉的大分水岭。63 年后，我取道怀俄明州 70 号公路，和阿巴阿农场的二代经营者贾斯汀·豪以及他的妻子莉萨一起，来到了同一座山口。这条公路穿过棋盘一样的林木与湖泊来到巴特尔山口（Battle Pass），这里是位于大分水岭海拔 3034 米以上的开阔地带。我和豪开着他的卡车从那里出发，沿着一条泥泞的林务局专用道一路颠簸，来到一个原始纯净的高山湖泊。豪小时候曾和父母去那里露营过。

前往山口的路上，正如纳博科夫在《鳞翅目昆虫学者通讯》（*The Lepidopterists' News*）上发表的文章中写的：他发现了怀俄明州最佳的"狩猎场"，他在那儿捕到好几种"稀罕的"蝴蝶，包括斑豹蛱蝶（Speyeria egleis）。后来他把这批标本捐赠给了康奈尔大学、哈佛大学和美国自然历史博物馆。

纳博科夫夫妇接下来驱车向北，来到怀俄明州的杜波依斯镇（Dubois，发音为 Dew-BOYS），在那里，他们沿着美丽的温德河（Wind River）继续捕猎蝴蝶，并住在当时的红岩汽车旅馆（Red Rock Motel）的一间小木屋中，如今这里已经改建成了长角牧场旅馆和 R. V. 度假村（Longhorn Ranch Lodge and

R.V. Resort）。长角度假村位于群山之下的温德河畔，房屋整体颜色风格为红色和棕色，以好莱坞风格向西部美学致敬。紧挨入住登记处的就是博物馆圣地，这里通往哈利-戴维森摩托车场。

我们在一间用结疤松木装饰的房间里安顿下来后，开车进入杜波依斯镇，并在牛仔咖啡馆（Cowboy Cafe）用晚餐。这是一家用原木堆成的餐厅，其早餐特色菜单包括：辣麋鹿肉配双蛋、煎土豆饼和吐司。在路上，我们发现了一条满是汽车旅馆的繁华街道，叫拉姆斯霍恩（Ramshorn）。纳博科夫把它改成了拉姆斯代尔（Ramsdale），在小说里化为虚构的洛丽塔的家乡。在小镇的一头，一座加油站前，有一尊 3 米高的雕像，是一只长着鹿角的兔子，这种神秘的生物叫作"鹿角兔"。

离开杜波依斯镇后，弗拉基米尔和薇拉继续向北，来到了壮观的特格蒂山口（Togwotee Pass），从这里可以俯瞰杰克逊霍尔（Jackson Hole）。亨伯特一定记得这里，他曾描述过高山西麓"覆盖着一缕缕积雪的灰色心形巨石直插天空"。他们在杰克逊霍尔流连片刻，最终抵达星谷（Star Valley）和怀俄明州的阿夫顿（Afton），纳博科夫称这里为"格外迷人的小镇"，仅仅住着 2500 人，但有数不清的麋鹿和鳟鱼。

纳博科夫曾经住过的汽车旅馆——畜栏小屋（Corral Lodges）——现在仍然矗立在小镇的中心。畜栏小屋建于 20 世纪 40 年代，由 15 座独立的小木屋组成，这些小木屋以半圆形分布，环抱着中间的旅店登记处——那儿曾经是座加油站。

在《洛丽塔》里，它跟其他木头旅馆一样，外表覆盖着"光滑的棕色松木"，让13岁的洛丽塔联想到"炸鸡的骨头"。

登记入住的时候，我抑制住了用纳博科夫式的易位构词法重拼自己的名字做登记的冲动，亨伯特和奎尔蒂都这样做过。不过，我还是可以从我的小木屋窗户里直接看到亨伯特曾见过的景象："桌子形状的山丘的神秘轮廓线，然后是红色山崖上斑斑点点的松柏，再然后是山脊，暗褐色的山脊渐渐融入天空的蓝色之中，而天空的蓝则潜入梦境。"

在他们一路向西的旅程中，亨伯特和洛丽塔曾去过一个洞穴观光，那里的招牌景观是"世界上最大的石笋"。从珊瑚小屋汽车旅馆出来的那条路上，我们看到了"世界上最大的麋鹿角拱门"，这座华丽的大拱门，横跨四车道主街，由三千多副麋鹿角搭成，这些鹿角都是公麋鹿每年自然脱落的。

纳博科夫沿着索尔特河（Salt River）的山中支流采集他心爱的蝴蝶标本，其中包括位于斯威夫特溪（Swift Creek）的"世界上最大的间歇泉"。用于建造珊瑚小屋汽车旅馆的木材就是从斯威夫特溪上顺流而下，并被手工切割成典型"挪威式"的原木料。落基山脉西麓的某些特点让纳博科夫想起了他在俄国度过的青年时代。"我感觉自己有一部分是在科罗拉多出生的。"他在写给评论家埃德蒙·威尔逊的信中曾说过，"因为我总是能察觉到那些既甜蜜又让人苦恼的东西。"

纳博科夫回程时取道杰克逊霍尔，德米特里留在那里与哈佛登山俱乐部继续相守假期。1951年，他们住在位于怀俄明州小威尔逊以西几公里处的提顿山口牧场（Teton Pass Ranch）。这座牧场如今已不复存在，但其中一座小木屋被搬到了附近的特雷尔溪牧场（Trail Creek Ranch）。特雷尔溪牧场始建于1946年，由第一届美国滑雪女队队长贝蒂·伍尔西创建，这里提供小木屋租借和深粉滑雪（deep-powder skiing）服务。离牧场几公里外，就是诺拉的鱼溪餐厅旅馆（Nora's Fish Creek Inn），建于20世纪30年代，是个很受当地人欢迎的休闲地，你在这儿甚至能遇见明星律师盖瑞·斯宾塞。

我们在怀俄明州追寻纳博科夫足迹之旅的最后一站是巴特山牧场（Battle Mountain Ranch），位于杰克逊市东南部的霍巴克河（Hoback River）河畔。薇拉和弗拉基米尔在追寻蝴蝶的旅途中曾经到访这里，当时这里还是一个可以招待客人的营业牧场，后来搬到了下游，现在叫断箭牧场（Broken Arrow Ranch），是非营利性项目"城市儿童荒野计划"（City Kids Wilderness Project）的大本营。每年夏天，华盛顿市中心的青少年和儿童会来这里参加夏令营。淡季期间，小屋会租出去，以贴补营地费用。当年纳博科夫写《洛丽塔》时住过的牧场，现在成为对弱势儿童开放的资源，这倒挺合适的。

在1952年穿越怀俄明州之行的一年之后，纳博科夫完成了那件纠缠了他半个世纪的"伟大而又恼人的事情"。由于担心会产生负面反应，他曾经至少两次试图把写有手稿的卡片付之一炬。每一次，都是薇拉把卡片从火里救了回来。在美国出版界屡屡碰壁之后，1955年，《洛丽塔》首次在法国出版。《伦敦周日快报》称，此书"完全就是毫无节制的小黄书"，但小说家格雷厄姆·格林称赞了这本书，把它从一众谴责的声浪中捞了出来。

1958 年，在一片议论声中，此书终于得以在美国出版，瞬间就成为《纽约时报》畅销书榜冠军，电影版权被斯坦利·库布里克以 15 万美元收购。自那时起，该书不断再版，到今天，纳博科夫的声誉更是前所未有地高涨，每年都有关于他的新书出版，最近的一本是罗伯特·罗珀所著的那本极富洞见的传记——《纳博科夫在美国》。

亲爱的读者，请允许我用亨伯特·亨伯特先生的话来结束本文。在小说最后一页，亨伯特发现自己回到了落基山西麓。在纳博科夫 1951 年写给埃德蒙·威尔逊的一封信中，他就预料了这样一个场景：亨伯特走到山上的悬崖边，用叙事诗般的语言，可能还带着悲伤说，自己听到了"一个悦耳的和声，宛如水汽一般，正从我脚下那起伏不平的山谷里的一座小矿镇蒸腾而起……所有这些声音都有同一种性质，而且没有其他的杂音，只有这些声音从那座透明小镇的街道上传来，那儿的女人都待在家里，男人则在外忙活着。读者！我听到的不过是孩子们玩耍时发出的悦耳之声……"。

当我和妻子开车离开霍巴克河上的断箭牧场时，我们听到的就是这样的声音。孩子们玩耍时发出的悦耳之声。

找寻弗兰纳里·奥康纳

> 劳伦斯·唐斯
> Lawrence Downes

※ 原刊于 2007 年 2 月

太阳在树梢上晃着眼，快速下沉。此时的我距离佐治亚州的米利奇维尔（Milledgeville）还有几里路，还在图姆斯伯勒（Toomsboro）的郊外，行驶在一条快速两车道上，在红黏土山丘和松林间上坡下坡，盘旋，转弯。我没有固定的目的地，只是想穿过荒烟蔓草的田野回到过去，看看弗兰纳里·奥康纳笔下的佐治亚州的落日。

在一个家庭的车祸之后，一个絮絮叨叨的老太太产生了顿悟——奥康纳最著名的短篇小说《好人难寻》的故事，就发生在图姆斯伯勒郊外的某个地方。萦绕在她一生中的自私、小气这些特质，都在最后一刻面对那个从监狱讨饭、那个称自己"不合时宜"的人时，消散殆尽了。

当然了，虽然他冲着她的胸口开了枪，但是在奥康纳的世界里，善恶就像那地上的一摊血一样真实，这就相当于一个快乐的结尾了。这位老祖母，在最后的时刻被恩典眷顾，她是含笑逝去的。

不合时宜的评论家说:"如果这辈子每分钟都有人没完没了地冲她开枪,她也会成为一个伟大女性的。"

奥康纳的短篇小说都发生在南部乡村,那里的人们了解自己的土地,注意自己的行为,对彼此做些可怕的事。那里仿佛游离于时间之外,使得罗斯福新政和《新约圣经》都像刚刚发生过的历史。这个地方沉浸于暴力、幽默、原罪与神性之中。它或许脱离了现代社会,但在奥康纳的笔下,它就存在于周围,在悬挂在林木线之上的太阳里,在树林中,在农场的家畜身上,在回忆中像怪兽一般的角色里。这是一片被耶稣基督萦绕的土地,不是那种会拥抱你的耶稣,而是某种破碎的形象,在人的意识深处,从一棵树飘荡到另一棵树,追寻着那些心有不甘的人。

很多人——譬如我——则是被奥康纳迷住了。她教条般严谨又尖刻有趣的故事和小说,是如此接近完美的写作形态。她的语言简洁生动,笔下人物的对话栩栩如生,令人印象深刻。她所描写的奇妙南部风景我只是有所耳闻,在这趟旅程之前,我从来没有踏足过这片土地。我惊异于她描绘的虚构的风景和人物,是那么匪夷所思却又是那么真实,你甚至可以将它和她真正生活接触过的土地和人物进行对照。

这就是我来到米利奇维尔朝圣,以及此刻正在与落日赛跑的原因。

奥康纳的人物在天堂和地狱间闪烁着微光,上演着一出出关于原罪与救赎的讽刺故事。黑兹尔·莫茨，这位凹眼的老兵亵渎着上帝，到处宣传"没有耶稣的新教，在这里，瞎子看不见，瘸子不能走，死者能够安息"。霍佳·霍普韦尔，那个受骗的知识分子，她的木腿被那个推销《圣经》的人偷走了，她原以为那人是个傻木头桩子。虔诚的特平女士，仅仅因为自己生来不是黑人、穷苦白人或丑陋的人，就真心实意地感谢耶稣。弗里曼夫人，那个全世界最好管闲事的人，"除去她独自一人时的中间形态，她还有另外两副面具，一个激进，一个保守，用来处理和不同人的交往琐事"。

像这样的人设，都不是真实存在的，但是他们在纸上栩栩如生。况且，这样的写作对他们脚下的土地，并没有任何讽刺意味：这是位于佐治亚州中部、米利奇维尔周围的红色黏土，在这里，奥康纳度过了她短暂的一生。她与她寡居的母亲住在米利奇维尔郊外的安达卢西亚（Andalusia）农场，从 1951 年起，直到 1964 年去世，她都在这儿写作，养养孔雀和鸡。她去世时年仅 39 岁，死于红斑狼疮。

奥康纳自己就是个不合时宜的人。作为一个身处圣经地带（Bible Belt）[1]的天主教徒，一名虔诚信教的讽刺作家，她在为没有信仰的人写作。她喜欢温和地嘲讽她身边的农民，曾写道："在罗马时，做你在米利奇维尔会做的事。"

但米利奇维尔并不是偏远之地。这座属于鲍德温县的小城

1　指美国南部一部分州。这些州的民风非常保守、狂热。

位于奥康尼河（Oconee River）河畔，有 1.9 万人口，距离梅肯（Macon）只有 48 公里。它曾是佐治亚州的首府，在谢尔曼将军"进军海上"的路线中被摧毁。这里有一座很大的州立精神病医院，还有一座著名的文理学院：佐治亚州立大学。原来的首府大楼现在属于一所军校，保留了一片南北战争之前的房子，房子门前有一片花圃。奥利弗·哈代年轻时曾住在这里，那时他已经很胖了，但是还没有出名。

除了这些细节之外，米利奇维尔小城如今却因为奥康纳而声名大振，或者说是玛丽·弗兰纳里，这是她在镇上被人叫熟了的名字。其实她的作品并不多：两部小说、几十部短篇小说、一沓书信、一些散文，还有评论。但是她去世以后，名气反而越来越大。1971 年，她的《短篇小说全集》（*Complete Stories*）赢得了当年的美国国家图书奖虚构类大奖。曾有人认为她是残废乡巴佬版本的艾米丽·迪金森，但她的一部书信集《生存的习惯》（*The Habit of Being*）消除了这种误解。这批书信呈现出了一个爱社交的思考者形象，她的回信范围很广而且热情洋溢，如果不是因为疾病将她困在家中写作，她一定会去很多地方旅行。

奥康纳的人生轨迹，起始于米利奇维尔东南 320 公里的萨凡纳（Savannah），她在那儿出生，成长于一个爱尔兰天主教社区，她的父母——爱德华和里贾纳·克莱因·奥康纳——都是社区的重要成员。奥康纳的家位于市中心一座苔藓漫布的历史广场上，那里是这座城市的地标。圣约翰浸信会天主教堂横跨整个广场，虽然那里并没有任何牌子告诉游客，美国最著名的天主教辩护者曾来这里做礼拜，还上过这里的主日学校。

奥康纳曾在艾奥瓦大学以及纽约州的亚多社（萨拉托加矿泉城的作家群体）学习。她曾在康涅狄格州与诗人罗伯特·菲茨杰拉德和他的妻子萨莉住过一段时间，那时她曾以为自己会永远离开南方。

但是后来她生病了，回到了安达卢西亚牧场，就在米利奇维尔以北 6.5 公里的地方。

安达卢西亚是一个产奶牧场，由奥康纳的妈妈里贾纳经营管理。里贾纳作为一名成功的寡妇商人，在当时的小镇上算是件新鲜事。自从奥康纳 1964 年去世，里贾纳搬回米利奇维尔市中心后，牧场就空置了。

在城镇和牧场之间，如今建起了一排排的商店。在开往安达卢西亚的路上，你会经过一家沃尔玛、一家肯德基快餐店，还有一家劳氏家居商场，就在我来的前几天，一个男人刚在那儿枪杀了自己的妻子然后自杀了。你会经过“尼娜姐姐”的招牌，她是一名给人看手相的算命师，她的工作室里点着各种蜡烛，挂满了天主教圣人的画像。（根据某次看相结果，她能够说出来访者身上背负着深深的忧伤，但她说不出具体的原因。）

从美国最佳酒店（America's Best Value Inn）穿过高速路，对面是一条土路，边上立了块小牌子，写着“安达卢西亚”。我左转，穿过敞开的院门，就是这儿了：一栋白色的两层小楼，有柱子和砖砌的台阶，台阶通往一条纱窗门廊。透过纱窗，我能看到一串整齐的白色摇椅。

我开车向后绕，把车停在木兰树和核桃树之间的草坪上，再向那栋小楼走去。路过一个木质水塔，还有一座老旧的车库，墙皮剥落，摇摇欲坠。

在门口，我遇到了克雷格·R. 艾默生，弗兰纳里·奥康纳-安达卢西亚基金会的执行董事。这是一家非营利性组织，职责是留存奥康纳的遗物，保护她的家园。这位和善的艾默生女士，是基金会的唯一员工。当不必招待来朝圣的游客时，她的职责主要是募款修复这个地方，现在距离目标资金还差几百万美元。眼下她迫切需要把房子和外部建筑翻修到像明信片上那般完美的程度，以确保基金会能正常运营。在 2006 年，佐治亚历史保护信托基金将安达卢西亚列为该州濒临毁灭的历史遗迹之一。

目前，这片 127 亩的土地正处于逐渐衰败的边缘。

这趟观光之旅并不会循序渐进——你的最终目的地就是位于左手边的第一道门：奥康纳的卧室和书房，这里是由起居室改造而成的，因为奥康纳不方便爬楼梯。艾默生站在我身后，礼貌性地一言不发，任我陷入沉思，仔细体会每一处细节。

这里是奥康纳每天写作三小时的地方。她的床上铺着白蓝色床罩，已经褪了色。蓝色的窗帘还是 20 世纪 50 年代的款式，已经肮脏不堪，油漆已从墙上剥落。屋里有一台便携式打字机、一个播放古典黑胶唱片的高保真音响，还有几个书柜。斜靠在衣柜上的，是奥康纳用过的铝质拐杖，她的双腿肿胀无力，骨头脆弱，只有靠着这根拐杖才能从卧室走到厨房再走到门廊。

其实这样的机会很少，让你能如此亲密不设防地窥探一位美国作家的私人生活。艾默生告诉我说，有时候会有访客在卧室门口偷偷哭泣。

客厅的石膏墙壁已然有裂痕，上面挂了几张家庭照片：天真可爱的弗兰纳里，三岁，皱眉看着一本童话书；相邻的墙壁上挂着另一张照片，年纪稍大的她正在微笑着。里面还有一张爱德华·奥康纳的照片，但是没有里贾纳的照片。里贾纳去世于1995年，享年99岁。在厨房里，带加热元件的旧电炉旁边是一台矮胖的冰箱，是弗兰纳里为母亲买的，用她卖掉《救人就是救自己》（*The Life You Save May Be Your Own*）电影版权所得的那笔钱。在那部电影里，吉恩·凯利杀掉了那个骗子——汤姆·T. 希福蒂特。在屋子的中间，摆着一张两人吃饭用的小木桌。

在这里散步，眼前会浮现奥康纳的各种身影。在开满一枝黄花的田野里，一只名叫弗洛西的骡子，臀部堆积着厚厚的脂肪，远远地立在那里。我沿着楼下的一条小路来到池塘边，那里满是蜻蜓。艾默生告诉我要沿着割过草的地方走，以免有蛇，所以当我遇到那条黑色食鼠蛇的时候并不意外。它伸展开的样子就像一条一米五长的电线，在池塘边的人行桥上缓缓爬过。我用一根火鸡羽毛戳了戳它，它把身体卷了起来，一眨眼就溜没影了。

回到米利奇维尔整洁的市中心，我来到佐治亚州立大学，这里原是佐治亚州立女子学院，奥康纳曾在这里就读。图书馆里陈列着她的桌子、绘画作品和其他器物。一位图书馆员带我去看她的笔记和书——一排令人敬畏的小说、古典文学和天主教神学书籍。厄普代克的诗集看上去被翻阅了多次，但是克尔恺郭尔（Kierkegaard）的《恐惧与战栗》(*Fear and Trembling*)和《致死的疾病》(*The Sickness unto Death*) 则被翻得更加破旧，书脊边缘都脱落了。

我找到了圣心教堂，弗兰纳里和里贾纳曾在这里做礼拜。那里的牧师迈克尔·麦克沃特教士建议我第二天早上再来，正好参加奥康纳的堂姐凯瑟琳·弗里康特·弗斯的葬礼，她的骨灰是从亚利桑那州运回故乡的。在葬礼上，我安静地坐在后排，当麦克沃特牧师在讲道台后提到我的名字时，我整个人都往下缩。但是在场的默哀者们显然已经习惯了弗兰纳里崇拜者的造访，都和善地向我点头。牧师有着光亮的头顶和整齐的胡须，他燃起香，让弗斯的骨灰坛笼罩在香甜的烟雾中，直到整个教堂都被烟雾笼罩。

我不太习惯闯入别人的葬礼，所以我之后没有多作停留。弗斯女士的亲属专门走到后排，邀请我下次再来拜访，我非常感激他们。

我的最后一站依旧是与奥康纳相关的地方：记忆山墓园。这里位于小镇的中心，母亲、父亲和女儿在同样的大理石板下并排躺在一起。州监狱犯人的一项任务就是在这里巡视，修建树篱。夹竹桃枝被他们凌乱地撒在了弗兰纳里的墓上，我将它

们清理干净，然后找到了一束塑料花，放在了上面。我看着墓碑上的日期：

1925 年 3 月 25 日—1964 年 8 月 3 日

她去世时还很年轻，却已经说尽了她想说的话。在那天的归程中，我遇到了奥康纳曾描述过的那种落日景色。我找到一条小路，可以开到高岭土矿厂的边缘。站在白色尘土堆积起来的巨大土丘旁，被震动大地的机器在红色黏土路上留下的深深痕迹所包围，我仿佛看到我喜欢的那篇《圣灵的殿堂》（*A Temple of the Holy Ghost*）中的一句话，在我眼前缓缓展开，似乎只为我一人写就：

> 太阳就是巨大的红色的球，
> 仿佛浸泡在血泊中的圣餐饼，
> 当它落下去后，空中留下一条线，
> 像一条挂在树梢上的红色黏土路。

在路边，我发现了一根样子很特别的藤蔓。那是一棵西番莲，开着紫色的花，形状好像荆棘王冠，以及钉着耶稣手脚的钉子。我摘了一截下来，上面还挂着未熟的果实，好像小小的未煮熟的蛋，然后重新踏上返回米利奇维尔的路。暮色深沉，我准备将这根藤蔓插进水中。

走在罗斯记忆里的街上

※ 原刊于 2004 年 10 月

大卫·卡尔
David Carr
—
《纽约时报》专栏作家，著有回忆录《枪之夜》（ The Night of the Gun ）。

这天是上学的日子。在这个美丽的十月午后，孩子们从韦夸西克（Weequahic）高中和临近的小学蜂拥而出。湛蓝的天空下，他们大声谈论着以后要去哪里玩，相互道别，说着"一会儿见"。稍微眯起眼睛，你仿佛能看见 60 年前，年轻的菲利普·罗斯曾看到过的风景。

在罗斯的小说《反美阴谋》（ The Plot Against Ameria ）中，20 世纪三四十年代的韦夸西克社区曾自诩为天堂——对一些人来说，它是文化保留地，对另一些人来说，它就是贫民窟。今天的学校对面就是整洁的萨米特大街，在那里，你会看到一座座相似的二层半木结构小楼，顶着三角形屋顶和红砖拱门。科尔大街上这排一模一样的房子中的第二栋，便是罗斯的故居。我按下门铃，门开了。

"这里的女房东现在不在家，"开门的黑人老太太略显惊讶，"等她回来你再来吧。"

那菲利普·罗斯呢？

"我不认识这人。"她回答道。

谁又能怪她呢？韦夸西克犹太人，罗斯笔下那群矛盾的、横跨两个世界的奋斗者以及他们的青春，已经不在了，先是自下而上的迁徙意愿，然后是 1967 年的暴动。这片社区倒是避开了最糟的情况，但是暴动彻底摧毁了商人阶层，当时纽瓦克其他地方的商店都被愤怒的人群洗劫一空。白人，包括犹太人，都因为恐惧而纷纷逃离此地，黑人则慢慢成了本地人中的大多数。如今留下来的，依然是一个有迁徙意愿的社区，但是钱塞勒大街——韦夸西克社区的中心——已不太可能恢复景气了。一些本地人说，若你不小心拐错了弯走进一些小巷，你会看到一些隐秘快速的生意在暗地滋生。

韦夸西克位于纽瓦克南部，在今天机场的后面，曾是一个引人争夺的热门之地。近年来抵达的犹太人起初蜷缩在纽瓦克老旧的第三区的冷水公寓里节俭度日，逮到机会就往韦夸西克那边搬，拼命想抓住中产阶级的尾巴。

《反美阴谋》是一篇关于历史的黑色幻想，在这一版历史中，一位曾经飞跃大西洋的英雄飞行员查尔斯·林德伯格在总统大选中战胜了罗斯福，1940 年当选为美国总统。这位总统以崇拜希特勒而闻名，在那以后，美国梦受到严峻挑战。为避免让美国卷入"二战"，林德伯格与纳粹达成协议，并且将全体美国犹太人置于危险之中。纽瓦克当地超过 7 万名犹太人和 50 多座犹太教堂立刻受到威胁，尤其是当小说中的犹太拉比莱昂内尔·本吉尔斯多夫背叛了他们以后。从少年菲利普·罗斯忽闪的大眼睛里可以看到，这个原本安宁隐匿的社区开始陷入恐慌，不知在美国中部掀起的那场大屠杀风暴何时会席卷到这里。无论在哪里，犹太人常常被视作外人，甚至更糟。在书里，他和他的家庭不断与外界抗争。为了留在这个他们所钟爱的社区，他们几乎付出了所有，而这个地方也回以他们相同的爱。

在新闻片影院里，冷酷的"现实"世界在菲尔面前，以时长 60 分钟的纪录片形式缓缓拉开序幕。在昏暗的影院中，他坐在父亲身边看着在这版改写过的、如噩梦般的美国历史里，希特勒是如何踏平欧洲，所向披靡的。这座影院就在马尔凯特和布罗德大街的交会处，在 20 世纪三四十年代，那里曾是世界上最热闹的十字路口。现在，那里已经看不到什么车流了，原本的影院建筑现在已改成三家店面，中间那家门口摆了一排打折鞋子。据"黄金鞋店"的老板康孝说，他听人说这里曾是一家影院，但那是很久很久以前的事了。

城里大多数的犹太人都住在南边低矮的山坡上，意大利人住在北边一点点的第一监视区，爱尔兰和德国移民则集中在多岩石的郊区附近。书中的菲尔坐在巴士上，沿着克林顿大街一路上坡，整个纽瓦克的风景在他面前徐徐展开。首先映入眼帘的是里维埃拉酒店，那是一家高级酒店，他母亲和父亲曾在那里办过婚礼，商人们会在那里的酒吧谈生意。现在那里已经破败，被称为"里维埃拉迪万酒店"，是以神父迪万（Father Devine）的名字命名的。这位神父是个宗教领袖，在 20 世纪初创立了自己的宗派。从旅馆后面再往坡上走,就是霍普韦尔浸信会教堂(Hopewell Baptist Church),但是建筑上方的"摩西五经"雕刻,暗示了它曾经的受众——圣耶书仑教会的改革派。

从克林顿大街再往上走,便是巨大的亚伯拉罕寺,这个椭圆形建筑比附近最大的教堂还要大出不少。纳特·波戴安(Nat Bodian)是老纽瓦克的一名历史学家,他年轻的时候经常带着当时还是女友的妻子去那里约会,聆听约阿希姆·普林茨拉比讲经。这儿如今也变成了解脱寺。

克林顿山的山顶上是罗斯福剧院,那里过去是居民聚会的地方,现在已经成了一个宗教用品店,以前的大门已经没了,建筑的纹饰也被重新油漆过。街对面是一座曾经富丽堂皇的大宅,由某位犹太富商所建,他也是一位重建该社区的专业人士。这座宅子就是熵定律的绝佳范例,它那维多利亚风格的建筑细节,在万有引力的作用下日渐坍缩。

这片社区的某些地方依然没有什么改变。弗雷德里克·劳·奥姆斯特德设计的韦夸西克公园里面有一个人造湖和一个高尔夫球场。在秋日的夕阳下,公园小路上有零零散散的行人穿过斑驳的树影。

今天的纽瓦克有很多迷人之处——一个新建的艺术中心、一个小型职业联盟棒球队,还有多岩石地区无与伦比的肉食餐厅,但是在罗斯的书中,这里只不过是往日居民心目中的共同回忆罢了。

罗斯曾在一次采访中谈道:"在我家附近的一些地方,我依然可以看到过去遗留下来的痕迹。但是我越往城里走，就越像沙漠，我几乎想不起来以前那里都有些什么东西了。"

罗斯的很多作品背景都取材于纽瓦克——《波特诺伊的怨诉》（*Portnoy's Complaint*）、《美国牧歌》（*American Pastoral*）、《我嫁给了共产党人》（*I Married a Communist*）——罗斯说，这种重现并不仅仅是回忆作祟。

"它是每本书里必不可少的部分，"他说，"我希望那些地方看起来像真实存在的，我在铺叙社会风景的时候，希望能做到越精确越好。"

他确实做到了，以至于他的作品常常会呈现出一种诡异的效果，毕竟这座城市和他之前所住的社区相比已经完全变了样。现在若有人想要追寻书中主角的生活踪迹，并不用花太大力气就能寻找到蛛丝马迹。圣彼得孤儿院，那个曾经在一个犹太社区里占了四个街区的天主教机构，如今已不复存在，取而代之的是球场和公园。但是沿着戈德史密斯大道走下去，靠近孤儿院曾经的位置，你几乎能听到菲尔那命运多舛的表哥艾文在掷骰子游戏的喋喋不休声，他曾在加拿大军队服役，然后在林德伯格冷眼旁观的那场战争里被炸成残疾。

向右拐进霍布森街，你会即刻回忆起书中的一幕：FBI探员向菲尔询问关于他表哥的问题。在那家老孤儿院旧址的栅栏前停下脚步，你眼前几乎可以浮现当年在这里啃食青草的马群。

艾略特·B.萨德勒是一位退休药剂师，他还记得罗斯，也记得那些马群。有一次，他越过栅栏，骑上了其中的一匹。"然后我就下不来了，"他回忆说，"我在马背上挂了15分钟才滑下来。"

书中有个重要的转折情节就是小罗斯溜进了深夜的马场，付出了很大代价。

萨德勒比罗斯早几年在韦夸西克高中读书，但是他还记得罗斯。"他是那种迷人又英俊的家伙，"萨德勒说，"他用不着了解全部事实，但他似乎总能猜到将要发生什么。"

沿着钱塞勒大街上到山坡顶端，是一所小学，是罗斯的母亲曾工作过的地方，她是家庭教师协会（PTA）的成员之一。旁边还有一所为社区培养人才的高中。最近的某个周六，高中的一位守门人乔·康普正等着运动队从田径场回来。他打开学校大门，露出了里面那些建于1932年的装饰艺术作品，包括WPA时期[1]的壁画、大理石的贴面，还有漂亮的瓷砖地板。有一块纪念"二战"烈士的牌子——上面刻着"波拉克""格林伯格"这类名字——这些证实了罗斯的小说还好只是可怕的幻想。

这所学校以优秀的篮球队和高额奖学金而出名。在它的年鉴中，可以找到菲利普·罗斯16岁时获得的评语："一个天分很高的男孩，聪慧且有见识。"他是该学校最出名的毕业生，但是往年毕业生中也不乏非常成功的人士，譬如公司高管、法官、医生，还有拉比。

杰克·科尔斯顿是一名退休法官，他为家人、为自己勤恳

1　WPA（Works Progress Administration），公共事业振兴署，它是大萧条时期美国总统罗斯福实施新政时建立的一个政府机构。1930年美国经济大萧条时期，罗斯福总统推行新政，委派公共事业振兴署向艺术家提供制作大型壁画的工作机会，这一做法成为当代公共艺术的开端。

工作一生，如今住在新泽西州的肖特山（Short Hills）。但是他曾经就住在罗斯家楼下，那是在1942年，在萨米特街的房子涨租之后，他和家人搬去了莱斯利街，成了罗斯的邻居。

"当我读到《波特诺伊的怨诉》时，书里的一切都很熟悉，"科尔斯顿法官说，"我把书给我母亲看，她说：'我不明白，为什么一个那么好的犹太男孩会写这么脏的书。'菲利普还给她写了封信，告诉她，他其实是刀子嘴豆腐心的人。"

罗斯的父母搬去伊丽莎白后，他开车去探望父母时，会路过原先住过的老街区，而当撰写《反美阴谋》时，他也曾多次回到此地寻找灵感。

罗斯说，这个社区并不像以前那么有凝聚力了，因为I-78高速和花园州道将这儿的街道切割得支离破碎。"这个社区和其他所有东西一样，都被高速路毁了。"罗斯这么说。

走在萨米特街上，回忆涌现。在《反美阴谋》书中写过这样的场景——一场雨后，这个地方在菲尔的眼中显得焕然一新，这促使他立下了一个孩子气的誓言，也是他无法遵守的誓言：

> 在雨后的浅淡色天光之下，萨米特街是如此闪亮，仿佛活了过来，像一只宠物——属于我自己的、光滑柔软、脉搏跳动的宠物。它被落下的雨幕冲洗得干干净净，然后，大大地伸了个懒腰，沉浸在喜悦之中。
>
> 没有什么能让我离开这里。

玛丽·奥利弗的大地与词语，普罗温斯敦的吟游诗人

※ 原刊于 2009 年 7 月

玛丽·敦文沃德
Mary Duenwald
－
《彭博观察》(*Bloomberg View*) 的编辑。

　　五月初的清晨五点半，太阳已照亮了黑水湖畔的松林。我沿着宽敞的林中小路，踩着厚厚的棕红色松针，从湖东岸一侧爬上遍布密林的山丘。松树、山毛榉、金银花的枝头立着喧闹的鸟群——柳莺、金翅雀、啄木鸟、鸽子，还有山雀。但是在树干以下的沙土地面上，没有任何移动的身影。一切静如止水。这里会不会就是玛丽·奥利弗看到鹿的地方？

　　她已经在不止一首诗里描写过这件事了，但最出名的还是那首《清晨五点，在松林中》：

　　　厚厚的松针上

　　　我看到

　　　它们的蹄印就明白

　　　它们结束了长夜

在松树下，它们

犹如两个安静

美丽的妇人

走向密林深处，于是我

在暗夜中起身

跟随。它们从

山丘上缓缓走下

看着坐在

蓝色树林下的我，羞涩地

它们迈出一步

靠近我，厚厚睫毛下的眼睛

望向我……

……这首诗

讲的并不是一场梦

但也有可能是的……

　　如果鹿不是在这个地点看到的，也应该是在离这儿两三公里的地方，因为在这鳕鱼角西北处仅仅三公里长的一小块地带，就集中了十几个淡水湖。那位拥趸无数的普利策奖获奖诗人玛丽·奥利弗 1960 年搬到普罗温斯敦后，这里正是常常出现在她的诗中的地方。

她搬来普罗温斯敦，是为了和她深爱的女人，也是她为之写诗的女人——莫莉·马龙·库克在一起。库克去世于2005年，两年后，库克的摄影集《我们的世界》（*Our World*）出版，在书中，奥利弗写道：她们二人相识于斯蒂普尔山庄（Steepletop），即女诗人埃德娜·圣文森特·米莱的故居。20世纪50年代末，她们二人恰巧同去那边拜访埃德娜的妹妹诺尔玛·米莱和她丈夫。"我只看了她一眼便坠入爱河，迷乱而又仓皇。"奥利弗说。

库克深深爱着普罗温斯敦，她在那儿开了一家画廊，接着又开了家书店，而奥利弗来到这里后，"我也立刻爱上了这个小镇，"她回忆说，"那是大地与湖泊的非凡结合，地中海的光线，渔夫在狭小又摇摇欲坠的船上努力谋生。不论是居民、偶尔的访客，还是那些艺术家和作家……莫莉和我决定留下。"

没过多久，她发现了普罗温斯平原（Province Lands）：这是一片21000多亩的国家公园，藏在6号公路的另一侧，普罗温斯敦的对面。这块土地在1681年被命名为普罗温斯平原。那时，马萨诸塞湾殖民地刚刚吸收了普利茅斯以及之前属于清教徒的土地（也包括缅因州），被定为皇家属地（royal province）。那时的普罗温斯平原还没有鳕鱼角的海滩和帆船，商铺与艺术画廊，只是一个阴郁、寒冷的荒野，上面静静地生活着各种生物——一片位于海角处的低调晦暗的地质与生物奇观。

"很多人以为鳕鱼角就是沙滩和大海，但其实这里有大片的森林，也有各种各样的淡水湖。"罗伯特·库克如是说。他是鳕鱼角国家海滨的野生动物生态学家。鳕鱼角的这一部分是相对年轻的地貌，其他地方都是由冰碛形成，而这里则是来自南部峭壁的沙土，被大西洋的风与洋流塑造成了抛物线形的沙丘。随着沙丘沉降，沙丘凹陷处形成池塘，而在肥沃的沙土上，一片肥沃的落叶林与个别松树混合在一起。

这也是 1620 年刚刚来到这里——日后的普罗温斯敦——的清教徒所看到的景象。库克说，普罗温斯之地的池塘和森林是一小块属于鳕鱼角古老过去的"未被破坏的残留之地"。奥利弗的诗歌，将这个环环相扣的生态系统描摹得栩栩如生：黑蛇畅游、狐狸奔跑、金翅雀吟唱、青鹭戏水，还有"在黑水塘上绽放"的莲花。

一夜雨后

黑水塘的水面渐渐平息，

我伸手掬了一捧，缓缓

啜饮。它的味道

像石头，叶子，火。它冰凉地

流入我的身体，唤醒骨骼。我听到

它们在我身体深处，窃窃私语

哦，刚刚发生的这美丽一切

究竟是什么？

跟随奥利弗的指引来到黑水塘边，你可以见到鳕鱼角那原始的一面。你肯定不会是孤身一人，尤其在夏天，人群会蜂拥而至，来观赏铺满黑水塘的盛放的睡莲。但也是因为如此，你最好在清晨前往，就像奥利弗那样。

尽管她的足迹遍布这片土地，但是对其他人来说，在没有向导的情况下，认路却非易事。尽管普罗温斯敦游客中心的礼品店里会卖她 2004 年版的诗集《为何我早早醒来》（*Why I Wake Early*），尽管普罗温斯敦的人民都爱她，镇图书馆还时不时举办她的读书会，但是我来到此地的那天，所有见到的守林人都没听说过她。他们也没听说过她挚爱的黑水塘，这个池塘甚至没有被标在鳕鱼角国家海滨公园的地图上。

真的很奇怪，因为黑水塘拥有当地唯一有着完整标记的步道——山毛榉森林步道。这里乘车可达，从 6 号公路开上赛点路，行驶不到一公里，左手边就是，而且在步道起点还有一个宽敞的停车场。很多来普罗温斯敦湖泊徒步的游客，只会在步道区域范围内活动。但是确实还有一些小道可以引人深入林间，去往其他池塘。

沿着自行车道，你可以前往格雷特塘、帕斯彻塘、班尼特塘以及黑水塘西南部的众多池塘，只是当我在那儿期间，某些地方被水淹没，无法通行。另外，沿着 6 号公路，在赛点路和 6A 公路西段，还有几条被巧妙标记的消防路，从那里也可以前往池塘区。一旦走到防火线上，你又会看到很多分叉路，它们的尽头或许是死路，或许被杂草和树木阻挡而没法让你走到池塘边。但如果你能找到克莱普斯塘，你可以围着它走一圈。但是那儿不容易找到，在公园地图上没有标记，而且在树林里，你会很容易迷路。

"这是只有本地人才知道的秘密。"波莉·布鲁奈尔这样说，她是住在普罗温斯敦的一位艺术家，自称为"池塘健行者"，"游客完全不知道这地方。我都不太会跟别人说，这是我们镇上人自己的地方。"

不过，就算你找不到某个特定的池塘，走在这些小路上也是很好的散步方式。坡度平缓，很多地方的沙土十分柔软，你都可以打赤脚，非常有助于保持节奏。你得花很长时间，起码一年，每天清晨都在这儿徘徊几个小时，才能看完整奥利弗描写过的生活，体会出她笔下的时间节奏——香蒲在春天直立，睡莲在夏天盛放，麒麟草在秋风中瑟瑟摇摆，藤蔓在冬天被冰雪覆盖。或者简单点儿，你可以带一本她的诗集去森林里散步。她有着耐心与细致的洞察力，她的诗歌会让你对这片小小的美国荒原有着更深的理解。

黑水塘的清晨

黑蛇在水中，向

岸边游来，只有

它的头伸出水面，长长的

身体潜于塘中

闪过一丝微光……

我带了一套她的诗集平装本，我还下载了那张长达一小时的 CD《在黑水塘》，里面录制的是她亲自朗读的 42 首诗，我一边听，一边寻找她描述过的地方和生物。（奥利弗说过："诗歌就是要用来听的。"）

跟随奥利弗的脚步，并不能快速竞走，而是需要时不时停下来漫步、观察、聆听、感受。正如 15 年前她在一次采访中说的那样："你知道，假如一切顺利，我的步伐是缓慢的，并没有什么目的地——我会偶尔停下来，开始写作。那才是成功的散步！"

她还说，有一次，她在森林里，却发现自己没有笔，然后她回家又回来，把几支铅笔藏在了树洞里。

她在 1991 年时说，她的裤子后兜里长年装着一本长 5 英寸、宽 3 英寸的手缝笔记本，随时记录灵感与词句，然后写进诗里。在那篇文章里，她还列举了一些上面记录的词句，比如：

小水鸟的呼声 / 像小镰刀

小小的桃金娘莺 / 亲吻空气

你何时会对 / 行走于世间的柔软生命 / 心怀怜悯 / 包括
你自己

在安静的普罗温斯之地游荡了几个小时后，拥有热闹商店街和餐厅的普罗温斯敦散发出了魅力。我回到镇上，把车停在商业街上，去马厩咖啡馆吃早午餐。坐在海滩旁的餐厅里，我一边吃着龙虾配班尼迪克蛋，一边看着海浪抚平港口的沙滩。有些顾客直接从敞开的门走出去，在微风徐徐的阳光下，人们在沙滩上散步。奥利弗现在依然住在商业街上，就在普罗温斯敦东侧海港后面的一栋楼里。她曾说自己住在"离水面3米"的地方——不过一旦东南方的暴雨侵袭过来，她离水面就"只有1米了"。她出生于美国中西部，成长于克利夫兰郊外的梅普尔山庄（Maple Heights），她的父亲在克利夫兰公学教社会科学和体育。她从14岁开始写作。1953年，她17岁，刚刚高中毕业，想开车去诗人埃德娜·圣文森特·米莱在纽约州北部奥斯特利茨的家里拜访。

她和诗人的妹妹诺尔玛成了朋友，在《我们的世界》一书中，奥利弗写道："于是我在那里住了六七年，像个孩子一样在那片4000多亩的土地上狂奔，帮助诺尔玛干活，或说仅仅是陪着她。"后来她搬去了格林尼治村，在一次回来拜访米莱家时，她遇到了库克。

从1963年到2014年10月，截止到她最新的文集《蓝马》（*Blue Horses*），她已经出版了20本诗集、7本散文，其中有两本仍在不断再版。她于1984年获得普利策奖，1992年获得国家图书奖。在她提到的和库克的"四十年对话"中，这对伴侣会时不时地在斯威特布莱尔、弗吉尼亚、本宁顿和佛蒙特州之间迁徙，奥利弗会在这些地方教授诗歌写作。但她们的大本营依然是普罗温斯敦。

"人们会对我说，你不想去看看约塞米蒂国家公园吗？芬迪湾？布鲁克斯山？"她在散文集《长命》(Long Life)中写道，"我笑着回答：'哦，是啊——有时间去吧。'然后我就去我的森林里、池塘边、洒满阳光的港口，这些地方在世界地图上只像一个蓝色逗号那么大，但是对我来说，这里意味着一切。"

有时候她确实会去海边散步，尤其是普罗温斯敦西北部的鲱鱼湾，就在鳕鱼角下方。在诗中，她写过自己曾捡到过巨头鲸的耳骨，也写过海螺："总有破碎的裂缝——/ 很显然曾经的它们 / 在天空般湛蓝的海浪中 / 漂泊许久。"

鲱鱼湾有一片静谧的沙滩，很适合清晨散步。这片沙滩面朝西面，在东海岸非常罕见。这里有两个巨大的停车场。从西北边的停车场走到海浪拍打的沙滩，需要大约 40 分钟。

有一天，我想找点不同的体验，便试着手脚并用地走过普罗温斯敦的防波堤——堆砌的 1.6 公里长的方形巨石。这里由美国陆军工程兵团于 1911 年建成，以防止流沙从港口流出。看上去不管哪个年龄层的人都能从上面轻松穿过，从一个岩石的斜面跳到另一块上去，我开始思索我从这头走到那头再走回来需要多久（人家说，根据不同的行走速度，单程要花一到两个小时），万一我扭到脚踝怎么办。如果能走完全程，你就能在长点（long point）散散步，那里是一条不到 3 公里的弯曲狭长的海岸，两头都有灯塔，但是我没有走完全程。

第二天清晨，我回到了森林里。

走在林间小路上，你可能无法看到玛丽·奥利弗眼中所见的每一处细节，但是几乎找不到她没有写过的细节。我看到几只小小的白蝴蝶在阳光照射的小径前上下翻飞，就想看看她有没有在书中写过这样的景象。果然，在《蓝鸢尾》（Blue Iris）中，我找到了"七只白蝴蝶"；"七只白蝴蝶 / 在匆匆一瞥中 / 它们在飞舞时挥动的翅膀 / 如此纤弱……"

在普罗温斯敦度过几天后，离开之前，有一次我回到了黑水塘。观鸟者在山毛榉森林步道上沉默地走着，时不时停下来，用望远镜观察金莺与黑喉蓝莺。我坐在水边的松树下，打开奥利弗的《美国原始人》（American Primitive），重读"在黑水塘林间"，想象着这片土地在其他季节的风景，当"树木 / 将自己的躯干 / 变成 / 光之柱"，"香蒲 / 爆裂开，随风飘逝"，像这样的循环，奥利弗已经看到了许多次。她对于读者的吸引力是显而易见的——她敏锐的观察力和满溢的感情，将外部世界和深层次的内心紧密地结合在了一起：

活在这世上，

你需要能够

做三件事：

爱那些终将逝去的事物；

用尽一生全力守护；

并在最后的时刻来临时

放它走，

任它走。

在普罗维登斯寻找
洛夫克拉夫特的灵魂

※
原刊于 2016 年 8 月

诺尔·鲁宾顿
Noel Rubinton
—
现居于罗德岛州普罗维登斯。

走在普罗维登斯的街道上，尤其是城里那富有历史感、掩映在林木之间的东区，你能感觉到，这就是属于洛夫克拉夫特的地方。

在 20 世纪初期，即他最多产也相对短暂的创作期内，H. P. 洛夫克拉夫特并没有受到广泛的赞誉，但是他对故乡罗德岛的爱却是实实在在的。近年来，他的声望在恐怖科幻文学领域逐年增长，在他的故乡，他也被视作当地名人。

不久之前我才刚刚搬到普罗维登斯，我不得不去了解洛夫克拉夫特。结果证明这是一个必然的选择，因为了解了洛夫克拉夫特，就了解了这座城市。

2015 年是洛夫克拉夫特诞生 125 周年。如今的他已经被人深入研究并广受欢迎，他所受到的关注，比他短暂的一生中所得到的要多得多(他去世于 1937 年，享年 46 岁)。那年夏天，有超过 2000 人从全球各个角落来到这里，参加一个为期四天

的"死灵之书"集会（《死灵之书》是他创作的克苏鲁神话中的一本虚构魔典），总共包含有100多项活动。

2016年夏天，这座城市举办了第一届洛夫克拉夫特电影节，展映根据他的生平和作品改编的电影短片及长片，同时还有徒步导览以及以他的作品为灵感衍生出的游戏。

在文学评论届对他的作品进行重新评估后，洛夫克拉夫特才逐渐开始引人注目。他的人设，原本只是一个为大众杂志撰写幻想恐怖故事的、脾气古怪的小作者，后来逐渐演变为一个在恐怖科幻小说发展史上不可或缺的重量级开创者。在他之后的很多作家，都从他身上汲取过养分，这些人中包括斯蒂芬·金以及罗伯特·布洛赫——《惊魂记》（*Psycho*）的作者。随着近些年来洛夫克拉夫特的声名大涨，也有越来越多人承认他的写作涉及种族主义；结果2015年开始，世界科幻大奖的奖杯就不再用他的面孔作为原型了。

在他活着的时候，其作品几乎没有激起多大的水花。他孜孜不倦地工作，夜以继日地创作满是多重复句的小说，同时也帮其他作者润色文稿以赚取微薄的薪水。除此之外，他每天还会花很多个小时给他的读者和笔友回信。据估计，他一生大概写了8万封信，数量相当惊人。

写作之余，他喜欢去散步。他的小说有很多基于普罗维登斯地点原型的详细描述，这表明他在闲逛时一定是在仔细地观察并思考着。

"作为历史学者和文物保护者，我非常喜欢他描写普罗维登斯的方式，"罗德岛历史遗产保护协会的成员莎拉·朱里尔这样说道，她正带领一场关于洛夫克拉夫特生平导览的徒步旅行，"他很喜欢这样，长时间地散步，把普罗维登斯介绍给朋友们。"

在现代社会，看上去我们依然能用脚来丈量洛夫克拉夫特曾经漫步过的那个普罗维登斯，观看他曾亲历过的历史和建筑风貌，很多重要场地都集中在一个紧凑的区域里。

现如今，洛夫克拉夫特式的徒步之旅有了一个新的起点，那就是 2015 年夏天开业的洛夫克拉夫特艺术科学商店，它位于市中心的希腊复兴式普罗维登斯大拱廊商业街内，由尼尔斯-维戈·霍布斯和卡门·马鲁斯经营。这家店一半是书店（售卖以洛夫克拉夫特作品为主的恐怖科幻作品），一半是游客信息中心，为全世界洛夫克拉夫特的朝圣者服务。

"普罗维登斯是个独特的小镇，"霍布斯说，他是"死灵之书"活动的主办者，"这里真的在发生各种古怪的事。"

如今普罗维登斯市中心的建筑和洛夫克拉夫特当年所看到的没有太大的差别，那栋由钢铁、砖块、花岗岩建成的市政厅，就是《查尔斯·德克斯特·沃德案件》的主人公办案的地方。

洛夫克拉夫特笔下，还常常出现原工业信托大厦，也被称作"超人塔"，因为这座 26 层的大楼和电视剧中超人常常一跃而下的《星球日报》大楼非常类似——这座塔楼从 2013 年起就空置了。但是它依然在这座城市的天际线上占有一席之地，每天晚上，它的灯塔都会被点亮，洛夫克拉夫特喜欢将经典形象反复幻化——包括《夜魔》(*The Haunter of the Dark*) 中那座诡谲的高大教堂。

在过去的 20 年中，普罗维登斯最大的改变，也是加速当地复兴的助推力，出现在 1990 年年初，即对莫沙萨克河（Moshassuck）和沃纳夸塔克河（Woonasquatucket）进行的改道工程，拆除了横跨普罗维登斯河上的大桥，营造出一条很舒适的亲水步道（夏天的周六夜晚，这些河上能看到水火节的表演）。

朱里尔带我去了河边的市场大楼（Market House），这栋砖结构的地标建筑始建于 1773 年，现在是罗德岛设计学院的教学楼。洛夫克拉夫特曾在书里描写过这个地方："他最喜欢在傍晚时分来到这里，斜斜的阳光照在市场大楼、古老的屋顶和钟楼上，将它们染上一层金色，令如梦似幻的码头充满魔力，过去普罗维登斯的印第安人曾在这里抛锚停泊。"尽管这里已经没有船舶贸易了，但是傍晚的阳光依然如旧，洒在普罗维登斯的古老建筑群之上。

沿着宽阔的贝内菲特大道往学院山（College Hill）上走一个街区，我们来到了普罗维登斯图书馆。这是一座独立图书馆，始建于 1753 年。洛夫克拉夫特曾在这里消磨了很多时间，也是他的精神导师——埃德加·爱伦·坡——曾坐过的地方。图书馆对游客开放，里面还有一尊洛夫克拉夫特的半身铜像。在小的时候，他还常常去附近的罗德岛设计学院博物馆，尤其喜欢那些古希腊和古罗马时期的艺术品，如今这些艺术品和众多当代艺术作品共享着整个空间。

再往山上走，呈现在眼前的是风景如画的布朗大学。洛夫克拉夫特虽然高中辍学，但是布朗大学却是他的宇宙中心。他人生的大部分时间都穿梭于这些建筑之中。他的作品中交织着他从这所大学图书馆中获得的大量研究材料。有时候，他还会在作品里提到这所大学的名字，尽管大多时候是叫它"米思塔尼克大学"，这是洛夫克拉夫特以布朗大学为原型衍生出来的。

不远处就是布朗大学的约翰·海伊图书馆（John Hay Library），图书资料室里藏有这个世界上最全的洛夫克拉夫特文档，包括原始手稿、书籍、杂志、信件，还有他个人藏书中的物品。作为洛夫克拉夫特国际研究中心，这个图书馆经常会举办关于他的纪念展。

正如信件所示，洛夫克拉夫特热心于帮助青年作家。罗伯特·巴罗在年轻时就是洛夫克拉夫特的粉丝，后来他成了洛夫克拉夫特的遗作保管人，将其身故后的所有资料都捐赠给了约翰·海伊图书馆。洛夫克拉夫特曾经乘巴士去看望住在佛罗里达的巴罗，这和他多年来足不出户、只在夜晚出门行动的病态形象并不一致。取而代之，一个富有好奇心、热爱旅行的形象慢慢浮现，令他的形象丰满了起来。

他这个享受旅行的形象也有例外的时候，1924 年，他在曼哈顿的圣保罗大教堂迎娶了索尼娅·格林，并在布鲁克林居住了两年。他很厌恶纽约及其熙熙攘攘的人群，并在 1926 年独自回到了普罗维登斯，从此之后再没有去其他地方居住过。

普罗维登斯接纳了他。约翰·海伊图书馆旁边立着一块纪念他百年诞辰的纪念碑。再往前走，普洛斯派特和安吉尔路的交叉路口有一块牌子，写着"H. P. 洛夫克拉夫特纪念广场"。

离这儿不远的普罗斯佩克街 65 号，是洛夫克拉夫特最后居住的地方（只不过房子是从洛夫克拉夫特曾居住的学院街挪过来的），他在这里写完了《夜魔》，也是他的遗作。这栋漂亮的房子建成于 1825 年，他住在二楼。

"普罗维登斯镇上住了很多放逐者和思想独立的人。"朱里尔一边说，一边带我走到康登路上的普罗斯佩克平台公园（Prospect Terrace Park）。洛夫克拉夫特经常来这座公园散步，这里有一尊罗杰·威廉斯的雕像——特立独行的宗教自由支持者兼罗德岛州的创始人。州议会大厦和市中心的景色给了洛夫克拉夫特很多灵感。"州议会大厦的大理石圆顶在巨大的剪影中凸显，"他写道，"火红的天空中布满镶金边的层云，而它的雕像在其中如奇迹般显现。"

公园不远处便是巴尔内斯街 10 号，洛夫克拉夫特曾在这里度过了最富有创造力的一段时光（1926—1933），写出了两部他最传奇的作品《克苏鲁的呼唤》（The call of Cthulhu），以及《印斯茅斯之影》（The Shadow over Innsmouth）。创作力的进发似乎和他离开纽约、回到普罗维登斯有关。

虽说洛夫克拉夫特兴趣广泛，但他对自己讨厌的东西直言不讳。坐落于托马斯路的山脚下、建于 1885 年的弗乐德里斯大楼（Fleur-de-lys Building），一直以来都被当作美国早期艺术建筑的典例，正是他讨厌的东西之一。但是他依然在书中提到了它，朱里尔指出，它后来变成了《克鲁苏的呼唤》中的角色亨利·安东尼·威尔科克斯的家。他写道："威尔科克斯依然一个人住在弗乐德里斯大楼里……一栋丑陋的仿17世纪布列塔尼风格的维多利亚式建筑，它的灰泥墙掩映在山上其他可爱的殖民时期的建筑中，笼罩在乔治亚式尖塔的阴影之下。"

他写的那座尖塔就是美国第一座浸信会教堂，建于1775年，洛夫克拉夫特很喜欢这栋建筑，尽管他本人对宗教并不感兴趣，而且他小时候还曾被主日学校开除过。现在的教堂很明亮，但是在洛夫克拉夫特的年代，那里是一个阴郁的地方，石块都在剥落，这对他有着很大的吸引力。有一次，他和朋友们偷偷溜了进去，想在教堂的管风琴上弹奏《是的，我们没有香蕉》，但是管风琴被锁上了。

有一些洛夫克拉夫特提到的地点是步行难以到达的，于是我要搭霍布斯的车前往。霍布斯是洛夫克拉夫特艺术科学学会的成员。

少年时期的洛夫克拉夫特迷恋天文学。他有一台望远镜，并经常造访布朗大学的利克天文台，它始建于1891年，现在依旧对大众开放。"在那里，洛夫克拉夫特早熟的天性得以施展，"霍布斯说，"也是在那里，他开始思考宇宙。"

我们造访了一座绿色的、毫无特点的房子——安尼尔路595号。洛夫克拉夫特1904年至1924年住在这里，并在此写下了一批早期短篇小说，那时的他还在努力磨炼写作技巧。在他的双亲住院到去世那段时间，他同样也住在这里。

古建保护计划已经保存了三座洛夫克拉夫特在普罗维登斯的故居，但是他出生的那栋房子，安吉尔路454号，已经不复存在了。它在20世纪60年代初被拆掉，取而代之的是一栋公寓楼，但是那里竖了一块石碑，刻着他诞生于此。"你可以想象洛夫克拉夫特会有多伤心，"霍布斯说，但是他看看四周，有一间咖啡馆和一家书店，忽然又笑了，说，"他应该会喜欢这些的。"

霍布斯和我走入鹅喙星公墓（Swan Point Cemetery），洛夫克拉夫特就葬在这里。这里还葬有普罗维登斯众多知名人士，包括23位州长。因为洛夫克拉夫特去世时穷困潦倒，他被葬在了一块家庭墓地中，许多年都没有被标记过，直到最近，才由他的仰慕者出钱给他做了一块墓碑。

洛夫克拉夫特墓是这个墓园中最受欢迎的地方，在门口工作的工人经常碰到前来此地的外国游客，努力用英文发出"洛夫克拉夫特"的音。这些朝圣者为他的坟墓摆上源源不断的装饰。我们去的那天，墓碑旁摆着硬币（一位造访者解释说，这和洛夫克拉夫特去世时身无分文有关）、一株植物，还有一堆纸条，其中一张上还印有口红印。正当霍布斯谈论着这里络绎不绝的朝圣者时，一辆车开了过来，两个男人——刚下班的警探，从车上下来。他们中的一个说自己是洛夫克拉夫特的粉丝，一直很想来看看他的墓。

洛夫克拉夫特和他的普罗维登斯一样，都能对人们产生这样的影响，这也是他的遗赠。他曾写下一句话，最后成了他的墓志铭："我就是普罗维登斯。"[1]

---

[1] 原文为"I am Providence"，字面意为"我就是普罗维登斯"，也有双关语"吾即天意之人"的意思。

在缅因，
蕾切尔·卡森的崎岖海岸

※
原刊于2012年8月

弗兰克·M. 米奥拉
Frank M. Meola
-
常为美国文化历史专题栏目撰稿。
在纽约大学教授写作课程，最近刚完成一部小说《黏土》（*Clay*）。

1953 年，当蕾切尔·卡森在缅因州海边建起那座避暑小木屋时，她还没有开始写《寂静的春天》（*Silent Spring*）——那本启迪了现代环保运动且富有争议的书。她之前出版的那本《我们周围的海洋》（*The Sea Around Us*）非常畅销，这让她能辞去政府工作，专心完成自己一直以来的梦想。

"这么多年，我一直深爱着布斯贝港（Boothbay Harbor），"在给友人的信中，她这样写道，"我盼望着在那儿能有一个避暑的地方，在那样的美景中写作。"作为一名海洋生物学家，她也期待着能有足够的时间，在这个缅因州中部海岸的自然实验室里观测这里丰富的海洋生物。

卡森是宾夕法尼亚人，但是她迅速和这个新家建立了感情。从某种意义上说，是这片地方与她建立了感情。我最近去了一趟布斯贝港，发现那里的很多地方还保持着卡森在世时的原貌。那片土地，那里的居民，仍然和她产生着联系。

波特兰东北部的海岸线缩进苍翠、多山的半岛以及峡湾般的河口——"咸水河，海洋的支流"，用卡森的语言来说。席普士考河（Sheepscot）就是这些河流中的一条，我沿着它向布斯贝港行驶。那里是一座由许多白色木板屋组成的渔村，商铺和餐馆都建在斜坡上，坡底就是潮涌不息的海岸。我穿过一条平旋桥，开上绍斯波特岛（Southport Island），卡森的小木屋就在这里，而喧闹嘈杂、信息爆炸的现代世界在我身后缓缓隐去。

像当年吸引了卡森时那样，这座岛屿的"漆黑森林与崎岖海岸"依然保持着时间停止的状态。我向南走了8公里，来到了纽瓦根角（Cape Newagen）。这里是岛屿的末端，纽瓦根酒店的所在地。该酒店始建于1816年，卡森常常造访这里。在这座宏伟的白色殖民地风格的建筑下方，她曾写道："低沉的海浪敲打着岩石。"

在大堂，前台对面摆放着两本书：《寂静的春天》和《蕾切尔》（Rachel），后者是一本关于卡森的童书。她的肖像就挂在旁边。

"卡森对这里很重要，"前台经理林·科赫这样说道，"这里的员工都读过她的书——并不是公司要求的，而是说，她是这个地方非常重要的一部分。游客经常会问起她。"她指着门廊上的一排木摇椅说："她会在那儿坐上几个小时，写作。"她说着，好像这是她的个人回忆一般。"安静，又振奋人心。"

如果你能在这附近走走，就会明白所言不虚。阶梯状的步道延伸入"漫布岩石，长满树木的山脊"，在那后面"成群的小岛向海中蜿蜒地伸展出去，一个接一个地"，卡森这样写道。从纽瓦根酒店的餐厅望出去，可以看到点缀着小船的海湾，卡森经常在这里和朋友聚会。

不一会儿，科赫问我是否找到了"那块小牌子"，上面标着作家骨灰被撒入的地方。她指给我一条小径，两侧是一丛丛的野蓝莓，尽头则是一片布满岩石的崎岖海滩。一股冰凉、带有强烈海水味道的风刮过，我找到了那块镶嵌在一块大圆石上的铜牌，在那下面，海潮席卷着"仿佛带着花边的瀑布般的泡沫"。牌子上写着"蕾切尔·卡森（1907—1964），作家、生态学家、自然世界的守护者，在这里回归大海"，后面写了她最后的书信中的一句话——"但最重要的是，我会记得帝王蝶"。

尽管身患重病，且背负着《寂静的春天》出版后引发的争议——这本书曾引起工业界和很多科学家的质疑——她在那封信中写到纽瓦根那年秋天的蝴蝶迁徙，她说这让她意识到了大自然生生不息的力量，并令她感到欣慰。在这块牌子旁边，有两把阿第伦达克椅[1]，让人很容易想象出卡森坐在这里的样子：她带着诗人的感性和科学家的洞察力，望着这片她所钟爱的大海和沙滩。

在缅因州的第二天清晨，我看到了卡森写过的那种银色雾

1　阿第伦达克椅（Adirondack chairs），一种户外用沙发。

气：＂柔软的海雾模糊了岩石的棱角。＂纽瓦根酒店的大堂挤满了身着妇女参政论时期服饰的女人，这是布斯湾区园艺俱乐部的节庆活动。偶然发现，原来她们也和卡森有着联系。这个俱乐部宣布接下来的徒步主题是＂我们周边的海洋＂，成员们都对卡森的影响力充满热情。

＂我们做的不仅仅是园艺，＂一个成员说，＂卡森知道的。＂园艺俱乐部始建于 1931 年，她引用了诗人对这个俱乐部的评价：＂这是一支强有力的环保力量。＂有些成员甚至没有参加近期的野外捕蝶旅行，只因为这会违背卡森的原则。

附近的绍斯波特图书馆里也有一块牌子，掩映在门前的树丛间，馆内还挂着一条地球主题的纪念毯（在 2007 年为纪念她百岁诞辰而铺设的）。

图书馆主管琳达·布鲁尔很高兴地向我分享了她对于卡森的了解，有些资料信息是来自曾经见过她的本地人。＂岛上的孩子现在依然会学习蕾切尔的故事。＂她笑着说。这里有两排关于卡森的书架，上面陈列有以前绍斯波特报纸的剪报，这些都是来自本岛人的回忆。内向、善良、带着点小幽默的卡森会在杂货店（仍在营业）谈论孩子（她一生未婚，收养了一个失去双亲的侄孙）、她亲爱的猫，还有岛上的环保事业。

第二天，天气晴朗，很适合探索曾属于卡森的自然风光。海之角位于半岛的尖端，我像卡森那样，沿着条纹状星星点点的礁石散步，看着龙虾船向碧蓝的海湾中撒网。这里的落日有种介于靛蓝和朱砂色之间的颜色，很出名。

我继续往东，前往蕾切尔·卡森盐湖保护区，那里位于佩马奎德半岛，靠近一座 1835 年建的灯塔。在落潮时，卡森常常会来这边进行观测、取样，为她的第三本书《海之边缘》（*The Edge of the Sea*）作准备。那天早些时候，缅因自然保护协会（卡森是该组织发起人之一）的主管芭芭拉·维克里像描述一位至交的遗产那样告诉我，对于曾读过卡森那本《万物皆奇迹》（*The Sense of Wonder*）的家庭来说，这个潮池尤为受欢迎，父母们会带着孩子来到这里，"重现发掘我们所居住的这个世界上令人快乐、兴奋、目眩神迷的事物"。

　　带着这样的期待，我弯下身子，寻找潮汐生物，《海之边缘》成了我的观察手册。空中有卡森描写过的那种味道："在太阳晒过的岩石上闪耀的白霜的气味"。好像变魔术一般，涨潮时明明看不到的生物出现了："玉黍螺在潮间的岩石上趴着，等待下一波潮水的到来"；藤壶仿佛"是矿物的岩层被雕刻成了上百万只尖尖的小锥体"；小螃蟹打洞躲起来。古怪形状的海草散布在我的周围，带着红色塑料般的光泽，而目光锐利又富有耐心的卡森，有时候会在此停留，直至一个完整的潮汐轮回。

　　沿着席普士考河，广袤的蕾切尔·卡森滨海绿道伸展了 20 多公里，这里是卡森曾经散步并书写过的地方。她的一段描写生动地描绘了从这里越过河流望向印第安城岛的景色，和现在一样，那时的印第安城岛的"松林组成黑幕墙从绝对的黑暗中升起，直到松树的顶端逐渐消失在天空中，留下一道锯齿状的线"。我在林中徒步,河流离我逐渐远去,身边出现了这样的味道:"松树、柏树、月桂果实的气味融合在一起,让人头晕、芬芳馥郁、又苦又甜,一起被太阳烘烤着"。

卡森写过很多种鸟,比如鸬鹚和隐居鸫,以及它们"无穷无尽"的叫声。这里的鸟类数量曾急剧下降,但是现在又在慢慢恢复。自然保护协会的维克里说,这其中的一部分原因应归功于《寂静的春天》出版后,推动了禁用滴滴涕进程,连秃鹰都回迁了一大部分。唉,我这次没有看到秃鹰,但是观察到了大蓝鹭、鹗和一闪而过的滨鸟。

回到绍斯波特,我来到一个小海湾,卡森曾开玩笑说这里的"这一小撮沙子,在缅因都不能叫沙滩"。一些家庭会来这里划独木舟、游泳。有个小男孩盯着水晶般澄澈的水面看,仿佛看到了什么。我瞥到了卡森的小木屋,就在"岸上的花岗岩边",云杉的掩映之下。当卡森坐在她的门廊上,或在桌前写作时,她可以望见宽阔、深邃的席普士考河。她曾经兴奋地记录过一次从窗口看到鲸的景象。房子北边的那片松林是被她命名的"失落丛林",她曾穷极一生去保护它们。这片林子现在仍像她描绘的那样,是"一座静谧、安宁的森林教堂"。

站在这里,我终于懂了,为何年复一年,卡森都不愿离开这片充满美景、奇迹、生生不息的地方。

欧 洲

–

Europe

叶芝

唐·帕特森

布莱姆·斯托克

刘易斯·卡罗尔

托马斯·哈代

詹姆斯·鲍德温

伊迪丝·华顿

海明威

西比尔·贝德福德

伊舍伍德

格林兄弟

米兰·昆德拉

拜伦与玛丽·雪莱

菲茨杰拉德

田纳西·威廉斯

埃莱娜·费兰特

在爱尔兰，追寻叶芝游荡的灵魂

※ 原刊于 2015 年 4 月

罗素·萧图
Russell Shorto
－
《纽约时报》的撰稿人之一，著有《世界中心的岛屿》
（ *The Island at the Center of the World* ）和
《阿姆斯特丹：世界最自由的城市》（ *Amsterdam: A History of the World* ）。

我将起身前去……

很奇怪，每当我从椅子上站起来，准备离开一个房间的时候，这 6 个字总会戏剧般地出现在我脑海里。和其他数以百万计的人一样，我是在大学里第一次读到威廉·巴特勒·叶芝的这首诗《茵纳斯弗利岛》（ *The Lake Isle of Innisfree* ），但不知为何，它在我心里扎下了根：

我将起身前去，前往茵纳斯弗利岛……

于是我起身，在我的脑海中，我既不是去看牙医也不是去商场，而是大步走在绿宝石般的山坡上，前往这神秘之地。

叶芝以一处真实存在的地点为这首诗命名，一座位于吉尔湖（Lough Gill）中央的小岛。吉尔湖懒洋洋地卧在爱尔兰西北部的斯莱戈郡，在这片苍翠之地上延绵 8 公里。几年前，我恰好在都柏林，忽然决定要付诸实践:我要前往茵纳斯弗利岛。这要多绕 4 个小时的路程，但是我坚信这趟旅行是值得的。

得益于这首诗的名气（在 1999 年被《爱尔兰时报》读者票选为有史以来最受欢迎的爱尔兰诗歌），"茵纳斯弗利岛"仿佛有了品牌效应。有以此为名的护肤品牌"悦诗风吟"，以此为名的淡香水、以此为名的早餐民宿、以此为名的酒店旅店，还有巡游于吉尔湖上的游船"茵纳斯弗利岛玫瑰号"。

但是我对这些事物的认知全部来自网络搜索。谢天谢地，它们都没有在我的自驾之旅中出现。我没有用 GPS 导航，仅仅靠着几个路边的手写路牌为我指路，驶入当地后，这些手写路牌时不时地出现，引领我来到了茵纳斯弗利岛。这段旅程的最后一段看不到任何旅游纪念品商店，只有愈来愈难辨明方向的狭窄曲折的小路，长满苔藓的树干，一路的风、柳、石南花，天空中的云朵和灰色的岩石。

抵达湖岸时，我发现这里完全不像是旅游景点。湖畔沿岸满是密布的树木与灌木，我几乎没法穿过它们走到湖水边欣赏风景。附近有一座农舍，门口停着几辆 SUV，还有一个小号的混凝土码头探入湖中，几乎直指着几百米开外的茵纳斯弗利岛。我走到码头上，面朝着茵纳斯弗利岛盘腿坐下，且听风吟。几十年来，这个地方一直在我的脑海中盘旋;而此刻，我真的在这儿了。

叶芝生于 1865 年，父亲是一位艺术家，他自己则是一名孩子气的知识分子。他常常忘记吃饭，或者忘记炉子上烧着食物，直到烧焦冒烟。他投身于神秘主义和降神会。他数十年如一日地爱慕爱尔兰独立运动成员、女性主义先驱茅德·冈（Maud Gonne）；在她最后一次拒绝了他的求婚后，他又把注意力转移到了她的女儿身上。

他的求婚一次次被拒绝，于是几周后，他转而向另一名女性求了婚。她名叫乔吉·海德-利斯（Georgie Hyde-Lees），尽管明知自己在他心中的地位不是最高，却依然成了他的终身伴侣。正如她在叶芝去世后说的那样，她看到了他灵魂中的闪光点。"对他来说，他所过的每一天都是新的冒险，"她曾经如此对叶芝研究学者柯蒂斯·B. 布拉德福德（Curtis B. Bradford）说道，"每天早上当他醒来，内心都确信，自己即将面对的这新的一天，一定会发生一些从未发生过的事。"

叶芝结婚时已 50 多岁，但《茵纳斯弗利岛》则是一首年轻人写的诗，写于他 23 岁时。诗中充满了对于过去的浪漫向往——爱尔兰的过去，神话的过去，还有叶芝自己的过去。他的童年在斯莱戈郡度过，其后搬去了都柏林，后来又去了伦敦。这里的乡村、湖泊和湖中的岛屿，这片由绿色、灰色、蓝色共同组成的景致，全部牢牢地烙印在他的生命中。

在他还小的时候，他的父亲曾经为他读过梭罗的《瓦尔登湖》（Walden），其中所描绘的田园风光与他童年所见的这片风景产生了共鸣。作为一名生活在伦敦、努力想要在工业浪潮中大施拳脚的青年，叶芝回想童年，写下了这首诗。诗的第一行便显示出，叶芝有意识地选择了一种老派的表现手法。〔即使

96

是在该诗完成的 1888 年，也没有人会用"起身"（arise）这个词。〕他在整首诗中大量押韵，并注入了一种不容置辩的有力节奏。他做到了在书写浪漫的同时，保持了诗歌的简洁与动感。以下就是全诗：

　　我将起身前去，前往茵纳斯弗利岛，

　　在那儿搭起一座小屋，用木板和泥土；

　　种上九排豆子，养一窝蜜蜂，

　　在蜂鸣环绕的林间，独自一人。

　　我将得到安宁，安宁会缓缓坠落，

　　从清晨的雾气，坠落到蟋蟀歌唱的地方；

　　在那里，午夜闪烁微光，正午紫光熠熠，

　　傍晚时红雀四处拍打着翅膀。

　　我将起身离去，只因日日夜夜

　　我听到湖水轻拍着湖岸；

　　不论站在车行道还是灰色的人行道，

　　我内心深处都能听见这声音。

　　当然了，当我一步步走向吉尔湖时，这首诗也在我脑海中不断回荡，而诗中的意象，第一次在我的眼前鲜活了起来。吉尔湖全长 8 公里，沿岸植被葱茏，对面是起起伏伏的山丘。湖水荡漾，其间点缀着零星小岛，其中几座有种朦胧的美感。只是茵纳斯弗利岛偏巧不属于朦胧美的那几座。它体积很小，看上去就像一只刺果，一个竖立的豆荚，在它隆起的岛脊上，树木与灌木直冲云天。

曾经有人猜测，叶芝之所以选择这里，是因其岛名发音中的诗意，最后一个音节"free"更是象征着"自由"之意。若真想在岛上建一间小屋，实在是很难，而对于林间空地的标准而言，它又太杂乱了。

但若就此终结这个话题——承认叶芝就是选了一处无用之地，又似乎是在向人宣告你的灵魂毫不浪漫。整片风景都在应和着这首诗。坐在那里，用心感受湖水的荡漾，你会明白，写下这首诗的叶芝并不是真的想要离群索居，搬到小岛上来。他是在寻找某样东西。他在 23 岁时就意识到了死亡和世事无常。他在寻找，试图找到属于自己的平衡点，自己的中心。他知道自己将这种平衡遗落在了过去的某处，就像我们所有人一样。

这首诗就是一次脑力游戏，一次冥想。你甚至可以在停车场里玩玩这个游戏，无须任何限制。

然后我意识到，我的冥想与叶芝并不一样。如果他是在利用自己的思想寻找自己的中心，那么我就是在利用他——利用历史、诗歌与旅行——来达到同样的目的。

于是我来到了这里。整个斯莱戈郡都是"叶芝郡"。他发掘了它，勾勒出它的轮廓，将其化为了诗句："黑色的风""潮

98

湿的风""嘈杂的云""荆棘树""黏滞的空气"。他将一切做得如此彻底，仿佛这乡野的山峦与风景是为了成就他的诗作而生，而不是他的诗在应和这些风景。

叶芝的另一首诗《被偷走的孩子》（*The Stolen Child*）中有一句"那里溪流蜿蜒／从葛兰卡的山坡上涌泻"，描绘的是一处流向北方、雾气迷蒙的瀑布，看上去像是彼得·杰克逊的电影《霍比特人》中才有的场景。

距离吉尔湖几公里开外的地方，有一庞大的山丘，犹如一座天然城堡。它名叫本布尔本山（Ben Bulben），源自古爱尔兰神灵的家园，它的高度只能让人望而生畏。它成了叶芝的另一处试金石——在《本布尔本山下》（*Under Ben Bulben*）一诗中，他诡异地引导着读者来到自己的墓地——位于此山附近的鼓崖公墓（Cemetery of Drumcliffe）。实际上，这座诗中的墓属于另一位叶芝，他的先祖。但是当叶芝本人在法国去世后，他的遗体也被转移到了这里，就好像人们将这首诗视为他的遗嘱一样。

吉尔湖距离斯莱戈郡以及文明世界仅有 6.5 公里车程。斯莱戈郡是一个历史悠久、生机盎然的小中心，受本地大教堂管辖，四周遍布着大大小小的酒馆，里面的电视上不间断地播放着橄榄球和足球比赛，而菜单上可以点的东西，不仅有爱尔兰炖菜和健力士黑啤，还有咖喱鸡和新西兰白苏维翁葡萄酒。对于游客而言，这里就是活动基地。不过尽管这一切令人愉悦，却与我造访此地的初衷截然相反。叶芝的冥想与都市生活无关，我的造访也一样。

有人告诉我，在吉尔湖的水面下潜伏着大量的鲑鱼；也有人说，水獭们把吉尔湖当成了自己的家；还有人说，湖畔沿岸那片名为斯利什森林（Slish Wood）、但在叶芝的诗作《被偷走的孩子》中被写成斯留斯森林（Sleuth Wood）的茂密丛林里，生长着稀有的兰花、常春藤和蓟；更有人说，没错，这里的黄昏真的会有红雀四处拍打着翅膀。可这些非凡的美景，我一样也没有见着。

但我见到了别的景色。

诗歌造就了我：赫布里底群岛之旅

※ 原刊于 2011 年 10 月

杰夫·戈尔迪尼尔
Jeff Gordinier
-
《时尚先生》杂志的美食编辑，曾出版《X 拯救世界》（*X saves the World*）。
他常常为《纽约时报》《户外》和诗歌网站（PoetryFoundation.org）撰稿。

我正打算滑下山丘，忽然意识到我目前的处境是如此荒诞：是一首诗把我带到了这里。

W. H. 奥登曾说："诗歌什么也创造不了。"但是现在我却在这里，手脚并用地攀爬着苏格兰的一座长满苔藓的潮湿山坡，欧洲蕨的叶片不断戳在我的脸上，我的威灵顿靴子找不到下脚之处，这让我开始不安，生怕自己会一头栽倒在赫布里底群岛上馥郁的软泥里——就因为一首二十四行诗。

让这一切发生的，是一首名为《林岛》（*Luing*）的诗。《林岛》是苏格兰诗人唐·帕特森的诗集《着陆灯》（*Landing Light*）的开篇之作，描写的是隐藏在赫布里底群岛中的一座隐蔽小岛，一个微不足道的小地方"却有着自己微小而倔强的赞美诗"。帕特森写道，在林岛，访客"可以重生为一位秘密的待选之人"，"囟门重又一一开启"。帕特森的诗是 21 世纪的献给重生的颂歌（囟门是婴儿头顶的柔软部位，颅骨尚未完全闭

合的地方），但也是关于消逝的深层次的满足。在诗的最后一节，诗人屈从于一种甜蜜的毁灭："清晨 / 你在门口犹豫，心下确定 / 晨光的第一次触碰就将令你终结。"

当我第一次读到这首诗时，它似乎就在我心里留下了印记。这座同时允诺了新生与毁灭的奇怪岛屿究竟在哪儿？哪怕生活在有"谷歌地球"软件的时代，我也找不到太多关于林岛的信息，我只知道岛名的发音是"ling"，上面盛产一种驰名国际的良种菜牛。有时候我会去书店翻翻旅游手册，大多数的地图上都不会有林岛的名字。

我发现这座帕特森形容为"我们的不知名的最内里的小岛"最让人神往的地方，是它的默默无闻。它之所以默默无闻，并非是因为它偏僻荒凉，截然相反的是，这座岛就在那里，被周围所有的知名岛屿环绕。林岛甘于当一个壁花的角色，不与周围像马尔岛、斯凯岛这类大岛竞争，而且它是有意不去竞争的，以示谦恭。岛上没有任何旅游产业，没有酒吧，没有旅馆，没有餐厅，没有洒满鲜血的古战场。林岛，是一个你去周边其他任何地方旅行的时候，都可以远远看到的地方。

而这一点恰恰吸引了我——当然，还有那首诗。我的朋友们，包括纽约地区很多独立书店的老板都知道，对我来说，诗歌不仅仅是一个随便的兴趣爱好。每年我会买上百本诗集，如果碰到打动我的特别的哪一首，我会把那页用镇纸压上，仔仔细细地抄写下来，每一行、每一个标点都不放过。所以，当我告诉我的朋友们，唐·帕特森有一首诗深深打动了我，然后我一时冲动就定了去苏格兰的行程，他们一点儿都不惊讶。

在我出发前的几天，我在宾州车站附近和帕特森见了一面，一起吃了顿早饭。他那周将会去 92 街朗读自己的诗，我想，刚好我可以借此机会问问他，我将要去的是个什么样的地方。

"那是个有趣的小地方——你会喜欢的。"他说这话时的语气暗示出，我可能一点儿都不会喜欢那里。他告诉我，大多数想要追寻美景的苏格兰人，通常会去北大西洋的圣基茨岛度假，那里是一片与世隔绝、被风暴摧毁的石头群，已经变成了"人们的浪漫朝圣之地"。

"你要是到那去，就会看见一堆来自格拉斯哥的图书管理员去那边寻找自我，"他说道，"那儿可不是你想要的。"

你想要的，他接着说，是像林岛这样一颗隐藏的宝石，这座岛屿"既封闭、又开放"，空间上和大陆距离很近，在时间上却又相隔万年。

他停顿了一下，微笑着说："我希望你能去那儿度过一段美好时光。如果你不开心，那我会觉得很糟糕。"

事实证明，到那去的路程倒没我想的那么复杂。我坐红眼航班飞到格拉斯哥，早晨转火车向北，穿过西部高地的惊人美景，然后在以酿威士忌出名的奥本镇租了一辆车，在车斗里装满了食物，又买了一瓶纯麦威士忌，还有一双新的威灵顿靴子，向南行驶。我在十月末到达苏格兰，去林岛的这条路两侧是由赭色、琥珀色和绿色交织而成的奇幻美景。正当我看到游船的标识时，汽车音响里响起了一首 The National 乐队的歌，里面的副歌反复唱着"你太疯狂"。

我确实是太疯狂了。我抵达了一个村落，道路的尽头仿佛延伸至水中。帕特森是对的，这里的渡轮就是个筏子，看起来就像在赫布里底的可怕风暴中被掀落的一块木屋墙板——也许就是块厨房地板，上面带着一个小储藏室——漂流到海峡上来的。

暴风雨打在这摇摇晃晃的小船上。整个摆渡之旅不到五分钟，但也许是因为在骤雨倾泻的水面上前进，让人感觉好像是在进入某个失落的"纳尼亚王国"。对面岸上立着一块告示牌，上面写着："欢迎来到我们的小岛，这里是思考的地方……是存在的地方。"

林岛有两个主要村落，一个是位于西海岸的小渔村库里普尔村（Cullipool），另一个便是东南部的托伯诺奇村（Toberonochy），那里有很多稀奇古怪的房子。剩余的地方简直是徒步者的乌托邦。小岛的面积只有 14 平方公里，常住人口不到 200 人。他们中有一些人是祖祖辈辈生活在这里的渔民和农民。其他人则是最近从城市搬过来的，只为了寻找那块牌子上所写的——思考的地方，存在的地方。

对我来说，天气倒是和这个诉求满贴合的。我在库里普尔村租了间名为"克莱加德"的小木屋，第一天早晨醒来时，阳光已经把岛上的石墙和欧洲蕨晒得暖洋洋的。整个周末都是这样的热带天气。小木屋外空气芬芳，掺杂着煤烟和海藻的味道。

到达后，我从"克莱加德"的主人库利·帕蒂格鲁那里获得了一些信息。他曾是格拉斯哥的艺术商人，几十年前在一处被淹没的采石场边上发现了一处矿工房子的废墟，在其基础上重修了"克莱加德"。帕蒂格鲁是一名痴迷海上冒险的水手，有一双忧郁的蓝眼睛。他和他的船只以林岛作为据点，探索赫布里底群岛西部散布的岛屿。

他家里满是地图。在把"克莱加德"的钥匙交给我之前，他展开一张张航海图，向我展示林岛周围的环境：南面有克里夫雷肯漩涡（Corryvreckan），这个大洋涡流差点让乔治·奥威尔丧了命。再往西是加韦勒赫群岛（Garvellachs Islands），中世纪的修道士曾生活在那里，在蜂窝般的石屋中祈祷。帕蒂格鲁说："当格拉斯哥和爱丁堡还不存在的时候，这个地方曾经是文明的中心。"

很显然，在那之后，文明世界对林岛失去了兴趣，却意外地让林岛变得更加"文明"。上岛后不久，有岛民开始邀请我去他们家中做客，品尝苏格兰威士忌或晚餐。他们中的很多人都曾经在格拉斯哥或伦敦生活过，大多对世界充满好奇心，并且受过高等教育，我可以和他们畅谈日本的诗歌，以及纽约的餐厅。但是林岛的生活似乎丝毫不受全球市场的压力影响。岛上只有一家商店，售卖牛奶、鸡蛋和面包，但它是岛上仅有的商铺。如果你想吃新鲜的龙虾或海螯虾，可以去几十米外的海里捞新鲜货上来。

在林岛，我开始感觉自己仿佛跳脱在时间之外。在岛上的某些山丘，有着铁器时代的堡垒遗迹，但是帕蒂格鲁跟我说，这些地方很难找到，除非我受过专业训练，可以在潮湿的岩堆上发现考古痕迹（我可没这本事）。"你会踏上几条古路，感觉自己仿佛走进了古代。如果足够幸运，你或许能有所发现。"

我穿上靴子，动身启程。先向北，再往南，再朝东，一路翻过老采石场陡峭的崖壁，爬上绿草如茵的山坡——仿佛加利福尼亚中部牧区的风景再现，再踏过柔软的草甸。每当走到山脊侧面，我时不时能看到某只毛色泛红的长毛牛，正恶狠狠地瞪着我。

无论走到哪儿，我的目光总会落回林岛中部。那儿有一片突兀的台地，顶部扁平，孤零零地立在那里。在苏格兰最低调的岛中心，这座低调的山丘似乎有种莫名的吸引力。我打算好好研究下这座长长的孤独的冰川沉积山丘，这就是此刻我陷在欧洲蕨里面的原因。我从靠近林岛西侧的一个潟湖走向这座冰丘，但是当我准备攀爬的时候，才意识到这座山丘的西坡比我预想的要陡峭，且泥泞得多。

我的靴子开始在泥中打滑，我四处摸索看起来像是橄榄树的树干和树枝。它们上面扭结着木瘤，挂着一缕缕银绿色的苔藓。虽然很慢，但我最终把自己拉了起来。

这场攀爬是值得的。台地的顶部就像一处避难所，长长的绿草覆盖着地面，树枝在我头顶上彼此缠绕，形成天然的棚架。我坐下来，林岛连绵起伏的全貌尽收眼底。就是这里了，像帕特森写的那样——"亲密的放逐","秘密的待选之人"。

我无法知晓是否有凶门开启（那也太费工夫了），但我确实忘记了时间的存在，并让我自己从世界上消失了一段时间。我往东看，狩猎月[1]从山丘上升起，仿如一勺飘浮在空中的冰激凌。西面，帆船在罗恩湾中静静漂浮，无限的群岛仿佛要漂进大西洋去。我决定再待一会儿，好好感受。接着我意识到，奥登说得没错，诗什么也创造不了，但诗歌本身，便是非凡的存在。

---

1 狩猎月，在最靠近秋分点的收获月之后的第一个满月。

德古拉伯爵出生地，不是特兰西瓦尼亚

安·玛
Ann Mah
—
多次为《纽约时报》旅行版撰稿，
曾出版《法餐的艺术》（Mastering the Art of French Eating）。

从码头开始，初夏的惠特比就是一首充满阳光的田园诗，洋溢着纯正的英国假日风光。纪念品店里售卖着明信片和沙滩玩具，酒吧服务生向大杯中倒满啤酒，微风中飘来炸鱼薯条的味道。海岸边的一排彩虹色的沙滩小屋底下，是敢于在北方海里游泳的人们。一群晒得黑黑的小学生从鹅卵石街道上跑过，跑过古董店和茶室，跑向那通往悬崖的 199 级阶梯。我跟上了他们，寂静中可以清晰地听到他们兴奋的交谈声。一个小姑娘话里带着气馁，对老师说："老师，我不想上去。"

原因显而易见。那上面隐约可见的景色如噩梦一般：13 世纪惠特比修道院的遗迹，周围全是墓碑。线索是如此明显，这座位于约克郡海边的风景如画的小镇，曾诞生过哥特恐怖故事中最著名的反派角色：德古拉伯爵。

布莱姆·斯托克只在惠特比待了一个月，即 1890 年 7 月至

8月间，但是那短短的一个月却对他后来的创作产生了关键影响。尽管德古拉的故事大部分都发生在特兰西瓦尼亚（今罗马尼亚）——他将那里形容为"欧洲最狂野、最隐秘的部分"——但斯托克本人从未到过维也纳以东的地方。反而是在这个由渔村改成的维多利亚式度假村里，他开始了这部超自然小说的创作，并且将故事主要情节安排在了此处的大街小巷。造访期间，我发觉惠特比的迷人之处，不仅是它以自身所拥有的东西启发了这位爱尔兰小说家的"美丽与浪漫"，更在于它深藏于地表下的暗流涌动。

惠特比博物馆的荣誉经理大卫·派伯斯这样说道："关于布莱姆·斯托克的文字很多，但大部分都是垃圾。"举个例子，悬崖上有条斯托克的纪念长凳，上面的牌子写着："这里的景色令布莱姆·斯托克灵感迸发，将惠特比作为小说《德古拉》的原型地点之一。"

这不太可能，派伯斯解释说："在斯托克的年代，这地方一般人根本上不来。"但是在博物馆，他仔细检阅了斯托克的信件，以及其他能够证明斯托克曾短暂造访惠特比的文件，得出结论："《德古拉》确实详尽描写出了维多利亚时代的中上层阶级来惠特比度假的情形。"

在伦敦，斯托克在白天的工作是担任著名喜剧演员亨利·欧文的业务经理，那次休假令他得以从那位高要求的老板手下逃出来，好好放松了一把——他在惠特比休息了整整一周。他和他的老板关系比较复杂，融合了仰慕、谄媚以及为了给老板在演出后减压而进行的夜以继日的交谈。尽管以斯托克在爱尔兰度过的童年，以及后来他在都柏林三一学院的学习经历来看，他都能接触到民间故事里的吸血鬼传说，但据一些学者推测，这位反复无常的老板欧文，才是斯托克笔下吸血、张狂的德古拉伯爵的创作原型。

斯托克住在西岸的皇家湾 6 号，那片曾经的豪华住宅区现在挤满了早餐旅馆。他的妻子和年幼的儿子不久之后也过来了，一起参加了市中心海滨会馆的音乐会、茶会还有业余喜剧演出。但是斯托克更喜欢在冷风呼号的悬崖边散步，在惠特比修道院研究他的新故事——十二部小说中的第五部。他翻到威廉·威尔金森写的一本书，名为《瓦拉几亚和摩尔达维亚诸公国记事》（*An Account of the Principalities of Wallachia and Moldavia*），并在里面找到了"德古拉"这个名字，这个词在瓦拉几亚文中的意思是"恶魔"。派伯斯说："这本书还记录在我们的书籍目录中，但怎么也找不到了。"

小说中的米娜·穆雷·哈克是一位头脑冷静又温柔的年轻姑娘，她承担了该书惠特比部分的旁白。和这个角色一样，斯托克本人也在圣玛丽大教堂的墓园度过了很多时光，在那里，可以俯瞰整个小镇。他在墓碑之间休憩，欣赏"每次日落火烧云的重重云层"，听那边的退休船员讲本地的故事。《德古拉》书中有些轻松的段落正是来自于这些海员之间的交谈，斯托克在写的时候使用了浓重的约克郡口音。（"These bans an' wafts an' boh-ghosts an' bar-guests an' bogles an' all anent them is only fit to set bairns an' dizzy women a-belderin'. They be nowt but air-blebs!"[1])

尽管海员和惠特比的渔业一道在20世纪消失了，但这个墓园依然是游客和当地人常来造访的地方——这里同时提供临时的歇脚与永恒的安息。在爬上199级台阶后，我稍作休息，欣赏了一下面向北海的海港美景。1885年，一艘俄国帆船曾在这里沉没，这场戏剧性的沉船事故激发了斯托克的想象力。他在书中化用了这个细节，加入了一场壮观的暴风雨，一群死尸，变身为黑狗的德古拉从这片海上凯旋。

走了一会儿，我看到了那次沉船的现场照片。"斯托克应该隔着展览玻璃见过这张照片。"麦克·肖说道。肖是苏特克里弗画廊（Sutcliffe Gallery）的主人，致力于收集19世纪摄影家弗兰克·梅多·苏特克里弗的作品，"他捕捉了在工业时代来临之前的惠特比，维多利亚时期的工人阶级的生活状态"。在苏特克里弗拍摄的那些棕黑色调的照片里，惠特比这座小镇雾气朦胧，带着一种忧郁——如果你把里面穿着暗淡衣服的卖鱼妇女替换成现在的游客——看起来和今天几乎没有什么不同。肖说："除了捕鱼业几乎消失了之外，过去到现在几乎没有什么变化。现在我们主要依靠旅游业。"

的确，惠特比有种时光停滞的感觉，这令它极富魅力：老式的酒吧、奇特的精品店、典型约克郡风格的使用牛油煎炸的

1　引用穆西的译文："这些禁忌是一阵风，是幽灵，是酒吧里的客人，是让人害怕的东西；它们就是为了哄骗那些愚蠢的女人的。它们就是气泡。"（《德古拉之吻》，北京联合出版公司，2014）

炸鱼薯条店。但是这座小镇也有黑暗的一面，就像维多利亚时代制作的黑色丧礼首饰。从1994年开始，每年的4月和10月，这里会举办两次惠特比哥特周末音乐节。肖将秋天的那场音乐会比作"全球哥特爱好者的聚会——会来成千上万的人"。哪怕我的造访时间并不在他们的哥特季，我依然在路边看到哥特服饰店和黑色首饰精品店，里面陈设着骷髅头、蜘蛛和蝙蝠的吊坠。

夕阳西下，真正的蝙蝠出现了，它们从惠特比修道院上空猛扑下来，又在屋顶处消失。斯托克曾形容这里是"最宏伟的废墟"。我走在空荡荡的街道上，望着狭窄的巷子，通向黑暗的秘密楼梯。书中有一处扣人心弦的场景，入夜后，米娜在这些街道上狂奔，赶去救她正在梦游的朋友露西。她在墓园被一个拥有"白色脸孔，红色的闪闪发光的眼睛"的"不知是人还是野兽"的东西袭击了。我掉转方向，尽量远离墓园和任何模糊的人影。当我转过身向后看去，夕阳正将修道院及其周边的墓碑染得血红。

那天晚上，我是关着窗子睡的。

在牛津，寻找爱丽丝的奇妙世界

※ 原刊于 2015 年 11 月

查理·洛维特
Charlie Lovett
–
曾出版《书商的故事》(*The Bookman's Tale*)《第一印象》
(*First impression*)和《失落的圣杯之书》(*The LostBook of Grail*)。
他还曾做过古董书商，也曾撰写编辑过多部关于刘易斯·卡罗尔的书。

小船上的爱丽丝向后靠着，望向头顶上方的树枝之间透出的蓝色光斑。船从牛津出发，沿着泰晤士河向上游划去，她听着船桨入水的声音，她的姐妹洛里纳和伊迪丝的咯咯笑声，但是她主要在听的是道奇森讲述另一个爱丽丝的故事：那个小女孩掉进了兔子洞，正在一个奇妙世界中经历奇妙的探险。当女孩们、道奇森以及他的朋友罗宾逊·达克沃斯回到牛津后，爱丽丝想，她可以让道奇森把这个故事写下来——这是他讲过的最好的故事之一。

爱丽丝的全名叫爱丽丝·利德尔，当年的她只有十岁，父亲是牛津大学最大的学院——基督教堂学院的院长亨利·乔治·利德尔。道奇森的全名是查尔斯·勒特威奇·道奇森，他是基督教堂学院的数学讲师，最近刚被任命为英格兰教会的执事，同时他还是一名有才华的逻辑学家，一个特别会讲故事的人。

他同意了她的请求。在接下来的几个月里，他将这个故事誊录在手稿上。1864 年，他将这个故事作为圣诞礼物送给了爱丽丝。

在奇幻作家乔治·麦克唐纳等朋友的鼓励之下，他将手稿加以修订、扩充，还委托政治漫画家约翰·坦尼尔给故事配了插画，然后使用了刘易斯·卡罗尔这个笔名将书自费出版。在《爱丽丝漫游奇境记》（*Alice's Adventures in Wonderland*）出版后的 150 年里，这个故事影响了各式各样的作品及衍生品：从爱尔兰作家詹姆斯·乔伊斯的小说《芬尼根守灵夜》（*Finnegans Wake*），到萨尔瓦多·达利画过的插画，乃至英国厨师赫斯顿·布卢门撒尔做的一道素甲鱼汤（mock turtle soup）。这本书和它的作者都是非凡的：它完全不同于一般说教性的儿童故事，而是构建了一个癫狂的疯话世界，而它的作者则是一个通晓数学和逻辑学、摄影、诗歌以及其他领域的多元化人才，小时候家里有 11 个兄弟姐妹，他和孩子们的联系总是很密切。

尽管故事本身光怪陆离，《爱丽丝漫游奇境记》本身却发源于道奇森工作和生活的地方：牛津的城市与环境，包括那座古老大学，它的"梦幻尖塔"，还有它周围的乡村风光。现在的牛津充满了游客与车流，橱窗里不乏爱丽丝主题的商品。但若你仔细聆听，穿过石拱门，打开吱呀作响的橡木门，走到安静的河边，你仍然可以找到曾属于道奇森和爱丽丝的那个牛津。

我开始探索牛津，从基督教堂学院开始。从 1851 年到

1898 年，道奇森一直住在这儿，直到他 65 岁去世，而爱丽丝则从 3 岁开始住在这里，一直住到 1880 年结婚前夕。

访客会从梅多楼（Meadow Building）进入学院，这栋楼由利德尔院长建于 1862 年。道奇森在学院住的第一个地方在回廊处，我在这里见到了通往牧师会礼堂的圆形门廊——现在叫作爱丽丝女王门廊，原因是在坦尼尔为《爱丽丝漫游奇境记》所画的插画中，爱丽丝女王的那幅画里有个相似的门廊。

爬上《哈利·波特》电影中的那道有名的扇形楼梯，我进入了大礼堂，爱丽丝的父亲——利德尔院长的画像就挂在这里。道奇森曾给一位"孩子朋友"去信写道：他曾在那里用餐"8000 次"，然后他继续描写了这座巨穴建筑的墙板、石头窗棂和锤梁天花板。道奇森的肖像就和其他学院著名人士挂在一起。左边的墙上，有一个描绘了道奇森和爱丽丝·利德尔形象的彩色玻璃窗。但我的注意力被大壁炉的柴架吸引了过去。每一个黄铜架上都有一个女人的头，连在一个长到不可思议的脖子上——就像道奇森在手稿中描绘的 2.7 米高的爱丽丝一样。

穿过来自世界各地的游客人流，我走下楼梯，穿过一道石头拱门，来到洒满阳光的大方庭（Great Quadrangle）。道奇森曾打趣说："粗俗的人管这里叫'汤姆方庭'（以克里斯多佛·雷恩设计的汤姆塔为名）。哪怕是在说大方庭，你也得讲礼貌。"

从 1862 年开始直到去世，道奇森一直住在大方庭西北角的房间里：先是在一楼的套房，他在这里写下了《爱丽丝漫游奇境记》，然后搬到了楼上的套房，从那里可以俯瞰圣阿尔达特街（Saint Aldate's）。院长宅邸就在他楼梯的正对面，中庭的东北角，那里是爱丽丝曾住过的地方。

他的思绪应会常常飘到那里去。自从1855年第一次见面开始，查尔斯·道奇森和利德尔一家就成了亲密的朋友，直到1863年，他们的关系突然冷淡了——这个变化引得许多学者和小说家竞相猜测。尽管他们依然时不时会碰面，但是此前的那种亲密感不复存在了（之前几乎每天就会相互拜访，一起做游戏、讲故事）。道奇森一生未婚，一直住在学校里。他此后又有了许多其他小孩朋友，很多小孩在成年以后都和他保持着密切的联系。但是他一直记得爱丽丝，是爱丽丝启发他写出了他最成功的作品，他对她有着特别的感情。爱丽丝有过三个儿子，其中两个在"一战"中丧生。她一生恬淡，直到1928年她将《爱丽丝》原稿拿去拍卖的时候，世人才知道原来她就是"爱丽丝本人"。1932年，她去纽约接受了哥伦比亚大学的荣誉学位。1934年，"爱丽丝"安然去世。

我从牛津最大的明亮中庭转入幽暗的狭窄通道，道奇森曾将这里比作铁轨隧道。在这里，我注意到了一处和爱丽丝晚年生活有关的细节——她儿子的名字，利奥波德·雷金纳德·哈格里夫斯，和其他在"一战"中阵亡士兵一起，被刻在了基督教堂学院里的纪念碑上。

在大教堂里，执事们向一队队的游客们讲述基督教堂学院的历史，我却在其中发现了一个细节，有可能就是道奇森的笔名"刘易斯·卡罗尔"的灵感来源。道奇森的这个笔名，应该是先将自己原本的名字拉丁语化——将 Charles Lutwidge 改写成 Carolus Ludovic——然后再打乱字母顺序，接着去拉丁化，变为 Lewis Carroll。我在教堂北耳堂的一块 1823 年的纪念牌上看到了 Charles Lewis Atterbury 这个名字，他的基督教名用拉丁语写成：Carolus Ludovicus，我在想，道奇森会不会有可能就是先看到了这块牌子，才决定用拉丁化方式创造笔名的。

教堂里大部分的彩色玻璃都是维多利亚时期的，其中有几块玻璃由威廉·莫里斯的设计公司制作，上面充满活力的色彩以及大胆的设计令我沉醉。南廊的东端有一处详细的注释：1878 年，受前拉斐尔派影响风格的彩窗，由爱德华·伯恩-琼斯设计，画中人物是圣凯瑟琳。此人物的原型是爱丽丝的妹妹伊迪丝，她的形象不仅保留在了彩色玻璃上，也出现在《爱丽丝漫游奇境记》中，化身为小鹰（Eaglet）。当道奇森讲述这个故事的时候，伊迪丝 8 岁，而她去世于 1876 年，年仅 22 岁。她和父母的墓碑就在这扇窗户的后面。

穿过教堂西门外隧道般的走廊，我回到大方庭，沿着方庭东侧的石头平台往下走，直到来到一扇哥特式的镶木板门前——这是牛津众多掩藏秘密的门中的其中一扇。这扇门通往爱丽丝童年时的住处，到今天为止，这里一直是基督教堂学院院长及其家人的住所。这座宅邸并不对公众开放，门上的牌子写着"院长宅邸，私人住所"，保持紧闭。在道奇森的日记中，他第一次见到爱丽丝是在 1856 年 4 月 25 日，那时他来到院长宅邸的花园中，想要拍一张大教堂的照片。很快他就将镜头对准了在那里玩耍的孩子们，他写道：那些孩子"可没法耐心坐好"。随后的几年，道奇森为利德尔家的孩子们拍摄了许多照片，使用的是复杂困难的湿版摄影术，显示出他非凡的艺术造诣。

基督教堂学院的图书馆正在展出他当时拍摄的其中一部分照片，这并非常设展，而是一次特展。展品中就包括利德尔家庭的照片，以及一台架好的湿版相机，镜头朝向窗外。只要快速地瞥一眼承载图像的底片，你就会明白，道奇森拍摄的上千张相片，从镜头里看出去都是颠倒、相反的。于是这便不难理解，道奇森为何要将《爱丽丝漫游奇遇记》的续集[1]设定在镜中世界了。

1855 年至 1857 年，道奇森担任基督教堂学院图书馆副馆长，从他的办公室可以直接看到院长宅邸的花园。站上优雅的旋转楼梯的顶端，我可以得到一个与之类似的视野，从那里能够瞥见一扇镶嵌在石墙上的木门。那扇门连接院长宅邸花园和大教堂花园，在一般情况下，对于小爱丽丝来说，这扇门都是关着的。可以推断，在《爱丽丝漫游奇境记》中，她费尽气力只为进入"那座你所见过的最可爱的花园"的情节，并非巧合。

在牛津所有的公共花园中，和爱丽丝梦境中那片"明亮花朵组成的海洋"最接近的就是牛津植物园了。那里本身就是一

---

1 《爱丽丝漫游奇境记》的续集即《爱丽丝镜中奇遇记》(*Through the Looking-Glass, and What Alice Found There*)。

个安静、美丽的奇境。道奇森应该和利德尔家的姑娘们一起在那里散步。爱丽丝在奇境还有镜中世界的奇花异草，应该就是从这里取得的灵感。我在碎石子路上漫步，河对岸正在进行一场板球赛，偶尔有平底船从河上漂过。但是身处这花园中的我，和院长宅邸花园内的爱丽丝一样，是与牛津隔绝的。

新哥特风格的牛津大学自然历史博物馆建于1855年至1860年，这几年里，这所博物馆把整个大学的藏品都汇集在了一起。道奇森拍摄了许多从基督教会学院送来的骨架标本，几乎可以肯定，他参与了1860年在这里进行的关于演化论的大论战，他也和利德尔家的孩子们来参观过这个博物馆。他们在这里找到了灭绝后留下的唯一渡渡鸟标本。在《爱丽丝漫游奇境记》中，道奇森将自己化身为那只组织会议赛跑的渡渡鸟——他还在文中拿自己轻微口吃的习惯打趣，有时候他会将自己的名字念成"道-道奇森"。这只渡渡鸟标本现在依然陈列在博物馆内。旁边的一只展柜里，有《爱丽丝漫游奇境记》中出现过的几乎所有动物标本（除了神话角色，比如狮鹫兽）——一只小鹰、一只鹦鹉（代表洛里纳·利德尔）、一只鸭子（代表他的朋友达克沃斯），还有火烈鸟、刺猬等等。

牛津宽街（Broad Street）自然历史博物馆的地下室里收藏着许多摄影器材，其中就隐藏着一部分道奇森用过的湿版摄影器材：一个装着药水瓶、烧杯、玻璃瓶塞的木头箱子。湿版摄影的过程极其复杂，需要用到各种化学药品、浴缸，还有精致的玻璃底片。然而，道奇森却成了这项"黑色艺术"的大师

（这么说是因为化学药剂会把摄影师的手染黑）。他给孩子们拍的照片，包括给爱丽丝拍的那些，是当时那个时代最打动人心的作品。毫无疑问，他高超的讲故事能力可以让被拍摄者保持30秒甚至更长时间的静止，一动不动地等待曝光完成。

在找到了赋予道奇森灵感的遗迹和建筑之后，我决定将注意力转向那次创造出"爱丽丝"故事的旅行。三天后，我和妻子女儿一起登上小船，从愚人桥（Folly Bridge）向上游划到港口绿地（Port Meadow），重走1862年道奇森、达克沃斯和利德尔家的孩子们走过的路线。

从圣阿尔达特街走向河边的路上，我们路过了大会堂里面的小牛津博物馆，这里有一个展柜，里面放着曾属于爱丽丝和道奇森的私人物品：爱丽丝的名片匣、剪刀和印章摆放在道奇森的怀表旁边。我都可以想象这只怀表被抓在一只白兔毛茸茸的手掌里，荡来荡去的样子。这只表的指针停在1点17分——就像疯狂茶会上静止的时间一样。

不远处一座15世纪的小建筑里，便是爱丽丝商店（Alice's Shop）了。店里正在出售各种与爱丽丝相关的纪念品，但在维多利亚时代，这里曾是一家糖果店，对于爱丽丝和她的姐妹们来说，这里一定是充满诱惑的所在。在坦尼尔给《爱丽丝镜中奇遇记》画的插图中，这里是那家老羊商店的原型。

和道奇森一样，我们在愚人桥向索尔特船只公司（Salter's Steamers）租了一艘小船。对于不敢自己划船的游客，索尔特船只公司还拥有一艘爱丽丝漫游仙境号，以供人们乘坐游览道奇森和利德尔家的孩子们曾经划船经过的地方。离开愚人桥后不久，我们来到了一处平静的水面，树枝横在河岸上，车流声似乎变成遥远的蜂鸣。这样的风景逐渐替代了城市风貌，最终我们将牛津远远地甩在后面，穿过奥斯尼水闸（Osney Lock），和道奇森他们那群人做的一样，我下来，把船往上游拉——耳边只有牛群的低语、水花的声音和船桨支架发出的嘎吱声。

我发现，划船这件事像极了道奇森讲故事的方式。你在划船的时候看不到你要去的地方，只有靠着我妻子和女儿的朝向，我才能让船保持正确的方向。对于道奇森来说也是这样。正如他多年后写的那样，一开始，他只是"让自己的女主人公直接跳进兔子洞，自己完全不知道接下来会发生什么"。因为孩子们不断地催促和打断，才推动了这个故事向前进行。

我们到达了港口绿地，这块宽敞的空地四千年来一直用于放牧，直到今天，里面还能看到鹅、鸭子，还有偶尔做客的蓝鹭。道奇森一伙人在这里上岸，开始在这片草地上野餐，他继续讲他的故事。我们也在这里享用野餐，然后将船停在了草地旁边的栖木酒吧（Perch），准备去宾斯村（Binsey）逛逛。从河边沿着一条狭窄的乡村小径，我们走了 20 分钟，来到了与世隔绝的圣玛格丽特教堂，那里有一口圣井。

传说在公元 700 年的时候，圣弗莱兹怀德在基督教堂学院的位置创立了一处敬拜之所，后来为了躲避一场婚姻，她逃到了牛津，并最终来到了宾斯村。她在这里向圣玛格丽特祈求干净的水源，面前即刻涌出了一口井。中世纪时，宾斯村变成了圣地，而这口井传说具有疗愈功能，被称作"糖浆井"（treacle well）。在中世纪语言中，"糖浆"（treacle）这个词有"疗愈液体"的含义。因此，睡鼠在疯茶会上给爱丽丝讲的故事里，三姐妹（代表利德尔家的三个孩子）住在"糖浆井"底。爱丽丝一开始觉得"没有这样的井"，过了一会儿（肯定是想到了宾斯村）又觉得，"可能哪里真的会有这样一口井吧"。

在牛津的最后一天，我站在圣弗莱兹怀德的教堂的中殿，看着一扇抵在墙上的木门。传说爱丽丝后来成为一位颇有天分的艺术家，在19世纪80年代为伦敦的一所教堂雕刻了一扇门。战争年代，那所教堂被炸毁，这扇门被送回了牛津。门上雕刻的正是圣弗莱兹怀德站在一艘小船上顺流而下，从宾斯村回到牛津的画面。当童年的夏日变为遥远的回忆，爱丽丝选择雕刻了一个年轻女子，小船载着她漂流在泰晤士河上，驶向永恒。

在英格兰海岸，
托马斯·哈代创造了自己的世界

※
原刊于
2015年5月

大卫·谢夫特
David Shaftel
—
常驻纽约的自由撰稿人，经常撰写旅行文章。
他是季刊《球拍》（Racquet）的编辑。

在托马斯·哈代 1874 年创作的小说
《远离尘嚣》（*Far from the Madding Crowd*）
中，那个花心的军官特洛伊正是在英国南
部的鲁尔文德海湾（Lulwind Cove）游泳
的。《远离尘嚣》讲述的是维多利亚时代，
一位独立坚强的女性和她的追求者们的故
事。海湾的水"平静得像池塘一样"，哈代写道，直到特洛伊
"游到那如同赫丘利斯之柱一般的两块突出巨石之间"。他在
这里被卷入大海深处，并被人误认为溺亡，又在一个最不合时
宜的场合戏剧般地出现——典型的哈代风格。

在去年夏天的某个傍晚，天色尚早，我和妻子抱着一岁大
的女儿，来到海湾绿草茵茵的土地上散步。这个地方其实叫作
鲁尔沃斯海湾（Lulworth Cove），是一处由岩壁侵蚀而形成的
扇形海湾。它，还有远处的石灰岩天然拱门杜尔德门（Durdle
Door），都是侏罗纪海岸的印记。这是一道长达 150 多公里
的海岸线，这里的化石和石头构造记录了 1.85 亿年来的地质

变迁。

由于从悬崖上剥落掉入海湾的石块里含有矿物质，悬崖下方的海水呈现出碧蓝色，而英吉利海峡的海水仍像哈代描述的那样，呈现出"透明的油状光泽"。北面是起伏的玉米田和奶制品牧场，道路和整洁的田地由古老的灌木篱隔开。有几个游泳者勇敢地下了水，6月的海水依然寒冷刺骨，正如特洛伊游泳的那天——"奶白色的泡沫拍打着海岸……像舌头一样舔舐着邻近的礁石"。

我们所在的位置是多塞特郡（Dorset），但哈代管这里叫"韦塞克斯"（Wessex），用的是这里古老的撒克逊名字。他称这里为"一半真实，一半梦幻"的地方。这片土地和哈代有着解不开的联系，正如密西西比之于福克纳，或特立尼达岛之于奈保尔。"悬念"（cliffhanger）[1] 这个词，据说就是源自于哈代，只因在他的一部连载小说的某一章节结尾处，他让其中一个角色悬吊在韦塞克斯悬崖上，生死未卜。

众所周知，这里是哈代的乡村，很多哈代小说中的教堂、市场和村庄都可以在这里找到原型。然而，我更感兴趣的是他曾描绘过的田园风光：矗立着砂岩小屋的农场和荒野，布满牧羊的草场，在海边悬崖处戛然而止的罗马小路。更何况，多赛特郡并没有太多的现代建筑，若你将眼睛眯起来，就不难想象出哈达眼中曾看见过的那个乡村。

1　字面意思为悬吊在悬崖上的人，意为"（故事、电影、比赛）的悬念"。

我的妻子在莱姆里杰斯附近长大，那里是一个漂亮的港口城市，位于多塞特郡西部，伦敦以西约 240 公里的地方。她就在哈代笔下的村庄长大，总是颂扬哈代最著名的作品《德伯家的苔丝》（*Tess of the d'Urbervilles*）中的各种美德，但是当我说我想去看看那本书中描写的多塞特郡的风景时——也是电影《远离尘嚣》（*Far from the Madding Crowd*）中的风景——她表示怀疑，因为在她的童年记忆里，那里就是与世隔绝的乡下，没有时髦的朋友。如果有交通堵塞，那只可能是拖拉机开得太慢了。

但在她离开了 20 年后，多塞特郡发生了命运的大逆转。2001 年，这里的侏罗纪海岸被联合国教科文组织正式列入了"世界遗产"名录，因为这里的岩层序列和化石分布几乎毫无间断地记录了中生代的地质史。来这里旅游的理由变得多种多样，不再仅限于维多利亚时代贫苦男女的命运史了。尽管这片风景在哈代的年代已经获得盛赞，但近年来这里快速涌现出很多时髦的小旅馆、小商铺、酒吧还有餐馆，为当代英国游客提供服务。

我们住在布里德波特（哈代管这儿叫布莱底港）的公牛旅馆（Bull Hotel），它由一座 17 世纪的旅店重新翻修而成。布里德波特以渔业和集市闻名，被英国媒体评为"海边的诺丁山"，这里有各种高雅的精品店和餐厅，主街两旁清一色是砖石的维多利亚时代建筑，一路悬挂着节日的彩旗。

我们到的那天正赶上集市，于是我们推着婴儿车，一路逛着贩卖古董和当地特产的摊位，之后我们在热闹的文纳酒吧（Venner Bar）品尝了创新鸡尾酒。酒吧的位置在酒店舞厅的后面，据说那里在16世纪曾发生过一起谋杀案。

为了规划在多赛特郡的旅程，我联系了托马斯·哈代研究协会。协会成立于1968年，目的在于推广这名作家的作品以及多赛特郡的旅游。2015年，协会为纪念哈代175周年诞辰举办了许多活动，包括一次演讲、一次哈代主题的乡村徒步，还有一次扫墓，人们在哈代的墓上放置了花环。

协会秘书麦克·尼克松说："在哈代的所有关于韦塞克斯的小说中，这片乡村总会占有一席之地。从这方面来说，哈代是多赛特郡的第一代旅游推广大使。人们真的会因为读了他的书而来到这里，拜访他笔下的乡村、小镇还有建筑。"

尼克松说，在哈代还在世的时候，就已经出现了哈代的朝圣者，赫尔曼·利写的那本《托马斯·哈代的韦塞克斯》（*Thomes Hardy's Wessex*）就是佐证。哈代本人也参与了该书的编辑，这本1913年出版的书是观光指南，将他小说中那些稍作伪装的地点原型一一列出。我在布里德波特的一家二手书店找到了这本书，已经纸张泛黄，我用它作为我的观光指南。

1840年，哈代出生于英国西南部的上博克汉普顿村（Higher Bockhampton），多尔切斯特县以东5公里的地方。他的父亲是个中等收入的石匠，母亲曾是一名家庭女佣。成年后，他经历了一段漂泊的时光，在伦敦当过建筑师，但在1885年，他回到多尔切斯特定居，由他本人亲自设计了一栋漂亮的两卧室红砖楼，并以附近的收费站命名，叫作马克斯门（Max Gate）。

他本人秃头，留着灰色小胡子，喜欢穿褐色毛背心。他和他小说中的那些英俊男主人公并不相像。他违背家里的意愿，娶了一位相当阴郁的女人，这场婚姻的结局并不美好。他们没有孩子，但是养了一条可爱的狗韦塞克斯，小名维西。这是一只粗毛梗犬，喜欢咬东西。

他的妻子最终搬去了马克斯门的阁楼居住，在她死后，他娶了一位年轻女子。他在马克斯门一直住到1928年去世。马克斯门和他出生的茅草屋已经成为备受欢迎的旅游景点。但他的书房已被挪到位于多尔切斯特的多赛特郡博物馆，重新复原并展出。

我们的旅程从多尔切斯特开始，这座城市约有两万人口，坐落于一处罗马殖民地的旧址，在哈代的几部小说中，这里都以"卡斯特桥"（Casterbridge）的名字出现，其中最出名的就是《卡斯特桥市长》。在这部小说里，市长在一家店里喝了太多掺了朗姆酒的燕麦粥之后，将自己的妻子卖给了一名水手。"卡斯特的每条道路、小巷和街区都在标榜着古罗马遗风。它看起来像罗马，张扬罗马艺术，掩埋罗马的亡灵。"哈代写道。的确是这样，在为修建马克斯门挖地基的时候，哈代的建筑工人发现了三座古罗马坟墓。

虽说如此，现在在马路上众多连锁店倒是削弱了多尔切斯特身上那种罗马和维多利亚式的光芒。市长宅邸那栋房子的原型现在是巴克莱银行，你已经很难想象，那位前市长曾经在多尔切斯特的一座谷仓里和情敌摔跤，为了比赛公正，他还把一只胳膊绑到身体的一侧。

但当我见到马乌布里竞技场（Maumbury Rings）的时候倒没有失望。这座哈代笔下的"卡斯特桥竞技场"，是一座建于1世纪的古罗马竞技场。在《卡斯特桥市长》中，哈代写道："沉郁，堂皇，僻静，全城的各个角落都可以直达这里，这座具有历史意义的圆形场地自然成了人们的幽会之所。"在英国内战中，它被当成了炮兵要塞，而到了18世纪至19世纪，这里成了公开行刑场。

这座曾经壮观无比的建筑物如今低调地坐落在多尔切斯特市郊的居民区，修建整齐的草坪仍依稀可见罗马遗风，但那些幽会地点如今依然隐秘。身处现代居民区，恰好彰显出这个地区悠长的历史，这个地方的过去在哈代的作品中依然清晰可见。

从多尔切斯特往西南方开五分钟的车程，就是梅登堡（Maiden Castle）。这是一座铁器时代的城堡遗址，占地约285亩。尼克松说，《远离尘嚣》中的特洛伊军官，那位不劳而获的投机分子，正是在这里为女主人公芭思希芭表演的军刀练习，他说这"充满了维多利亚时代的象征"。

这座城堡的形状像一颗菜豆，它的泥土壁垒上已经盖满了野草和蕨。入侵的罗马人将居住地的居民迁移到了这里。现如今，有众多徒步小径都可以到达这里，这里唯一的常驻居民只有羊群。

我们花了15分钟爬上城堡外的护堤，从那里往下可以看到壁垒之间的土丘。就在这个位置，芭思希芭看着"特洛伊的刀锋反光千变万化，仿佛无处不在，却又无有实体"，于是她感觉到自己仿佛"身处于光芒与尖锐的嘶声组成的一个封闭的天空中，仿佛满天流星近在咫尺"。

既然多赛特有数不清的哈代景点，第二天我们驾车去了一个离布里德波特很近的地方。我们来到了贝明斯特（Beaminster）——《苔丝》中"群山环绕的小镇埃明斯特"，及其附近的梅博顿庄园（Mapperton estate），电影《远离尘嚣》中有一部分场景就是在这座伊丽莎白庄园中的梯台花园中拍摄的。

之后我们驾车前往塞那阿巴斯（Cerne Abbas），整座小镇围绕一座10世纪的本笃会修道院而建，在《丛林人》和《德伯家的苔丝》中也出现了它的身影。我们当然不会错过塞那阿巴斯巨人像（Cerne Abbas Giant），它刻在陡峭的山坡边上，足有55米高，拿着木棒，肌肉僵硬，多年来一直保存完好。到底是谁雕刻了它，到现在依然是个谜。

我们在塞那阿巴斯遇到了威尔·百斯特，他就在村旁的山坡上经营一家有机牛奶牧场。百斯特认为，1968年成立的哈代研究会的确促进了当地旅游业的复兴。百斯特的牧场生产的麦草是用于建造多赛特村舍的茅草屋顶，这也是最后仅存的几个生产这种麦草的牧场之一。《远离尘嚣》电影的团队曾经专门请他过来，教道具组制作维多利亚时代牧场中常见的大捆小麦，用于关键的戏份场景中。他给剧组留下了深刻印象，后来还让他客串了一个角色。

现年 67 岁的百斯特说，他在读寄宿学校的时候找到了一本《德伯家的苔丝》，之后就迷上了哈代。他说："读着它，我仿佛回到了故乡。哈代描写的乡村人物还有他们的说话方式，都让我回想起小时候在牧场的生活。"

百斯特介绍说，就在二三十年前，多赛特的村寨还依然归大地主所有。农场普及机械化之后，劳动力纷纷进城打工，很多土地都荒废了。但是当这里的交通建设发达之后，有些伦敦人开始搬来乡村居住，或在这里买第二套房子。"这里的村舍又开始拥有崭新的脚手架、茅草屋顶，还有时髦的门廊。"

离开多赛特之前，我想在布里德波特往东 20 分钟车程的比尔里吉斯（Bere Rigis）稍作停留。在这个地方的新建筑比其他村落要多，但是比尔里吉斯教堂却很古老。从 1050 年建成起，这座教堂就一直在这同一个位置上反复重建。这里安放着特博家族（Turbervilles）的坟墓，特博是一个"古老的骑士家族"，在哈代最著名的小说中，他们化身为"德伯家"（d'Urbervilles）。

在《德伯家的苔丝》的结尾，贫苦家庭出身的苔丝——被人告知自己是古代贵族德伯的后代——在父亲去世后，和家人一起被赶出了农场，不得不在"金斯比尔"（Kindsbere）教堂墓园暂时过夜。这在维多利亚时代的多赛特是司空见惯的事，在哈代的年代，农村是极其贫困的。苔丝和家人睡的床帐上方是一个"有美丽花纹窗顶的玻璃窗，那是用好几层玻璃做成的，是 15 世纪的东西"。

当苔丝走进教堂后，她遇到了亚厉克，这个以"英勇和花心出名的冒牌德伯"曾强奸了苔丝，并毁掉了她的一生。当亚厉克离开后，苔丝伏在墓上，希望死的是她自己，悲伤地说："为什么我没有躺在里面呢！"

我们到达教堂时，这里已空无一人，但那扇巨大的木门却没有上锁，所以我们进去了。坟墓就在南侧廊处，已被封上了。有块牌子解释了墓碑上残损的拉丁文，说这里是罗伯特·特博家族的坟墓，罗伯特·特博去世于 1559 年，"这个家族自古以来就是采邑领主"。

一进入教堂，我们的女儿就自行去玩本堂教友的小孩的玩具了，我和妻子坐在长凳上，就在那扇印有特博家徽的窗子下面，吃掉了带来的三明治。在那短短的午餐时间里，我们，仿佛就是采邑领主。

血、沙、雪莉酒：海明威的马德里

※ 原刊于 2015 年 5 月

大卫·法利
David Farley
—
曾出版非虚构作品《无礼的好奇心》（*An Irreverent Curiosity*），
他是《纽约时报》和《远方》（*Afar*）杂志的固定撰稿人。

在马德里的黎牙实比（Legazpi），曼萨纳雷斯河畔，坐落着一座修建于 20 世纪的大型砖石建筑群——马德里屠宰场（Matadero Madrid）。在 20 世纪的大部分时光里，它是这座城市最重要的屠宰场，其强大的恶臭可以渗透周围高耸的石墙，沁入周围工薪阶层的聚居区。

然而，在 20 世纪 30 年代末，一名着迷于斗牛的年轻美国作家并没有被这股恶臭吓退，他在这座城市居住的时间里，频繁出入这座屠宰场。

"一大早，老女人们会早早来到这里，喝下刚宰杀的牛的鲜血，据说很有营养，"后来他这样告诉他的传记作者 A. E. 霍奇纳，"于是，我常常天蒙蒙亮时就起床，来到这里观赏见习斗牛士练习杀戮，有时候甚至能见到王牌斗牛士。旁边总会排着一列老女人，等着喝血。"

现如今，你不会再在这里看到斗牛士或老女人了：屠宰场已经被改建为一座繁荣的艺术中心。最近我去了一次，里面正在进行拉美设计师的展览——但我不是去看展览的。

我其实是在重走那位美国作家——欧内斯特·海明威——走过的路。海明威在全球很多地方都留下了足迹——尤其是巴黎、潘普洛纳、哈瓦那、基韦斯特，还有爱达荷州的凯彻姆，1961年7月他在那儿结束了自己的生命。但这些地方都及不上马德里在他心中的位置，他曾说马德里是"所有城市中最有西班牙感觉的"，因为这座城市汇集了来自这个国家各个地区的人口。他还曾写过一篇和马德里有关的短篇小说，名为"世界之都"。

这位西班牙人所熟知的"欧内斯托先生"，在马德里流连忘返——他分别在20世纪20年代末、30年代末到50年代断断续续的几年，还有最后一次的1960年造访马德里，并留下一条与众不同的豪饮之路。除了这座改造过的屠宰场，现代版海明威的马德里就是一条由酒吧、斗牛场和餐馆连起来的传统路线。我准备去体验一下，那种让海明威一次次回到这座城市的魔力究竟是什么。

结束了旅程的第一站屠宰场之后，我和妻子在酒店门口会合。我们住在特里普格兰大道酒店（TRYP Madrid Gran Via），这里是海明威曾经住过的酒店之一（二楼早餐厅以他的名字命名，里面展出了多幅海明威的照片，照片中的他或在打枪，或正从船上拉起一条大鱼，彰显出不凡的男子气概）。

我们从那里出发，沿着格兰大道走下去。这是一条宽阔的大道，海明威曾把它描述为马德里版本的百老汇和第五大道的结合体。我们路过了海明威在 20 世纪 30 年代经常光顾的鸡尾酒酒吧 Museo Chicote，这在当时国际新闻记者中是很受欢迎的去处。然后我们绕着太阳门广场（Puerta del Sol）周围的街道散步，穿过狭窄的维多利亚街，海明威经常在那边从黄牛手里买斗牛票。我们穿过枝叶繁盛的圣安娜广场（Plaza de Santa Ana），海明威最爱的啤酒屋 Cervecería Alemana 就在这里，它从 1904 年开始营业，到现在还保留了海明威的座位（就在入口处的右侧，那张唯一拥有大理石桌面的桌子，俯瞰着一扇窗）。

兜兜转转，我们来到了伊克格拉大街（Calle de Echagray）。刚下过一场晨雨，路面上的鹅卵石闪闪发光，我们走进一家名为"La Venencia"的雪莉酒吧，这是一家老式酒吧，戴平帽、穿粗花呢夹克的男人们从细长狭窄的玻璃杯中啜饮着雪利酒，酒保将今日的酒单用粉笔写在黑板上。

我们和史蒂芬·德雷克-琼斯一起在酒吧后部挑了一张桌子坐下来。他已经在马德里住了 35 年，今年 61 岁，曾是马德里大学历史系教授。"欢迎来到内战的时代。"德雷克-琼斯说。他指的是 1936 年至 1939 年，这三年里，千疮百孔的西班牙共和派与法西斯之间的战争。德雷克-琼斯经营着一家名为"马德里威灵顿社团"的旅游公司。他生于英国利兹市，现在在马德里组织以海明威为主题的游览项目，对于海明威在马德里度过的日子，他有着百科全书式的了解。

他将几杯曼赞尼拉雪莉酒推到我们面前，向我们说到，La Venencia 酒吧曾经是——从某种意义上说现在依然是——共和党支持者常来的地方。"在内战时期，共和派士兵常常来这里喝酒。海明威也会来，从这里拿到前线的消息。"在 20 世纪 30 年代晚期，他在为北美报业联盟报道这场战争。他用这些搜集到的信息写出了《丧钟为谁而鸣》（*For Whom the Bell Tolls*），这本小说正是关于西班牙内战的。

"70 年了，这里都没怎么变，"他补充说道，"就好像直接走进了海明威的时代。"

他指着墙上的一个老指示牌，翻译道：出于卫生考虑，请勿在地上吐痰。他说这还只是 La Venencia 酒吧的第一条规矩。第二条规矩是不许拍照。此举旨在保护在这个酒吧出没的共和派成员，不要被可能混迹于其中的法西斯间谍拿到证据。第三条规矩是绝对不要给小费。"共和派支持者认为他们所有人都是工人阶级——他们都是一样的——所以没有给小费的必要。"德雷克-琼斯说道。

我妻子此时举起酒杯，小啜了一口雪莉酒，德雷克-琼斯瞥到了，忽然眯起眼睛。"等等！"他叫出了声。他还没说完第四条规矩。"要是在内战时期，你现在就被逮捕了。"他一边说，眼睛一边在屋里扫视，看有没有人注意我们这边。妻子把杯子放下。"你刚刚的动作暴露了自己的身份，一看就不是属于这里的人。你应该这样拿杯子，"他捏着杯柄拿起酒杯，"这样做，这边的常客才不会起疑。否则，他们会觉得你是外国间谍。"

学到了正确的喝酒姿势，加上雪莉酒的加持，我向德雷克-琼斯道别，准备前往拉斯韦塔斯竞技场（Las Ventas arena），这是全世界最有名的斗牛场之一，我为此专门报名了一个带导览的团体游。团体游导览时间每天从上午十点半到下午一点半，由英语和西班牙语双语解说员负责将观众引领到座位上（德雷克-琼斯之前告诉我，海明威喜欢坐第九区）。在竞技场正中心的沙地上，勇敢的斗牛士要在 24000 名观众面前与巨大的带角野兽对峙。旅行团结束时，我问 24 岁的导游肖恩·马科斯他是不是斗牛迷。

"不，我不是，"他答道，"我们这代人喜欢斗牛的不多。主要是老年人喜欢。"

我接着问他是否不看好斗牛在西班牙的前景，他耸耸肩答道："谁知道？也许等我们老了，也就喜欢上了。"

欧内斯托先生要是知道后人们对他挚爱的斗牛逐渐失去兴趣，应该会很伤心。不过，他所钟情的另一个东西现在依然大受欢迎：他常常造访的普拉多博物馆，如今是世界最有名的艺术品收藏地之一。

他对于来此博物馆观赏艺术品的比喻是纯海明威式的："来博物馆的观众面对艺术品时，就应该像是面对着一个有魅力的一丝不挂的女人，没有装饰、没有遮蔽，不用和她交谈，只有最朴素的床。"

普拉多博物馆是他有时选择住在皇宫酒店（现在叫威斯汀

皇宫酒店）的主要原因，这家酒店和博物馆就隔了一条街。暮色降临时，海明威常常会在这家酒店的闷热酒吧里先来上一两杯马天尼，这个地方曾出现在他 1926 年的小说《太阳照常升起》的结尾处。

和小说主人公杰克与布雷特一样，我和妻子也去了这间酒吧，为自己点了一杯马天尼。我们询问服务生晚餐有什么推荐的地方，他指向圣安娜广场，说那边到处都是餐厅。我脑中却有一个不同的答案：博廷餐厅（El Sobrino de Botin）。在小说的结尾，杰克和布雷特离开酒吧后就是去那儿吃的饭。

博廷餐厅于 1725 年开始营业，位置就在马约尔广场后面的一条小街上，号称是全世界最古老的餐厅。杰克和布雷特去那里点的是招牌菜烤乳猪，喝了几瓶里奥哈酒——海明威自己也喜欢这样点。博廷餐厅也没夸大自己和作家的联系：只不过是在橱窗里放了一张海明威的相片，并摘录了一句《太阳照常升起》中关于这个餐厅的句子。（直到最近，附近一家餐厅的店主也许是想显示出自己与博廷餐厅的与众不同，在门口挂出一个大招牌，上面写着：海明威从来没在这里吃过饭。）

我们要了一张二楼的桌子，海明威让杰克和布雷特在二楼用餐，他自己也喜欢坐在那里。和小说里主人公一样，我们吃了鲜嫩多汁的烤乳猪，但是只点了一瓶里奥哈酒。之后我与餐厅的第三代主人安东尼奥与卡洛斯·冈萨雷斯攀谈起来，向他们做了自我介绍。在海明威还是这家餐厅常客的时候，这对兄弟尚未出生，但是他们听过很多关于他的逸事。

"欧内斯托先生有一次想自己做肉菜饭，"卡洛斯说道，"我们的祖父就让他进厨房了。"

他做饭好吃吗？

"很显然不好吃，"他笑起来，"这是他们最后一次让他进厨房做饭。"

但是他们的祖父却给了海明威自己调制马天尼的特权。安东尼奥说："他会在白天早早来到这里，在二楼写作，之后他的朋友们会过来一起吃午饭。"

我们向冈萨雷斯兄弟道别，像杰克和布雷特在《太阳照常升起》的最后一幕那样——肯定也是那位让我追随了四天的作家所习惯的那样——我们叫了一辆出租车，驶进了马德里的温暖夜色之中。

詹姆斯·鲍德温的巴黎

※
原刊于 2014 年 1 月

埃勒里·华盛顿
Ellery Washington
-
在普拉特艺术学院教授创意写作课程。
他目前在创作一本小说《水牛》(*Buffalo*)。

在巴黎的一个明媚午后，我在圣日耳曼代普雷 (Saint-Germain-des-Prés) 的双叟咖啡馆（Café Deux Magots）的露台上，与人谈论着作家詹姆斯·鲍德温的往事。我们聊到了詹姆斯和同为黑人作家的理查德·赖特之间那场旷日持久的不和之争，越聊兴致越浓。

那时正值 7 月下旬，咖啡馆的露台上回荡着游客与当地居民的闲聊声。一群穿着高领衬衣的侍者在桌子和柳条椅之间的狭小空隙间优雅地来回移动，有白色瓷杯轻碰碟子和雕花银器的轻柔叮当声作为背景。

我在巴黎住了将近十年，来过很多次双叟咖啡馆。但是那个下午，我心中却有一个具体的目的。我在追寻詹姆斯·鲍德温在巴黎走过的路。我问我自己，如果现在鲍德温此刻在巴黎，他应该会住在哪里？为了深入调查，我邀请黑人小说家杰克·拉马尔来双叟咖啡馆聊聊，他是鲍德温的狂热粉丝。我希望他能帮我看看，我的旅行线路上是否有什么漏洞。

"就是从这儿开始的。"杰克说的是鲍德温和赖特之间的那场争执。服务员正在清理桌上的碟子，为他的浓缩咖啡和我的清咖啡腾出位置。杰克提醒我说，鲍德温和赖特之间的争吵正是从我们坐的位置——这家咖啡馆的二楼开始的，面对着圣日耳曼代普雷郊区的鹅卵石街道，以及巴黎历史最悠久的教堂——圣日耳曼代普雷大教堂。

他解释说，如果我们真的在 1948 年冬日的那天坐在这间咖啡馆里，就肯定能看到几小时前刚从纽约来到巴黎的年轻的吉米·鲍德温，头发略显凌乱的他走上狭窄的楼梯来到二楼，在这里见到了赖特和《零》杂志的编辑们。这本杂志虽然规模不大，但是在业界很有影响力。不久之后，鲍德温的文章《众人的抗议小说》(*Everybody's Protest Novel*) 在该杂志上发表。

刚到巴黎的鲍德温年仅 24 岁，兜里只有 40 美元。当时他还没有发表过作品，离开纽约是为了躲避美国的种族歧视——他认为离开美国的决定救了他的命，而且给了他写作的机会。他在《零》上发表的第一篇文章激烈地驳斥了"抗议小说"(protest novel) 这一题材，认为其本质是多愁善感，因此不够诚实。而当时的赖特，已经是出版了多部作品的国际大作家，他被这篇鲍德温的文章激怒，认为这是对他作品的当面攻击。在那篇文章发表后不久，这两个人在距离双叟咖啡馆一个街区不到的利普啤酒馆 (Brasserie Lipp) 又碰上了。赖特立刻冲上去痛揍鲍德温，据旁人所说，鲍德温毫无愧疚之色。

在大一的时候，我第一次读到鲍德温的小说《乔瓦尼的房间》（*Giovanni's Room*），便牢牢被他吸引了。这本书的故事背景发生在20世纪50年代的巴黎，故事以一位年轻的退伍士兵大卫为第一视角，讲述了他和一位英俊又阴郁的意大利酒保乔瓦尼之间悲剧的爱情故事。而我，作为一名成长于20世纪80年代的年轻黑人，这是我遇到的第一本同性恋题材小说，而且是由跟我很相似的人写就。我被鲍德温作品的深度与风格深深折服，更令我佩服的是，作为一名黑人同性恋者，他能够进行如此大胆的写作并公开自己的身份，要知道那个年代的社会对于黑人和同性恋都怀有极大的敌意，更不要说他兼具两个身份。此外，他能在巴黎定居并自由写作，令这个城市成为我的向往。

1998年秋天，距鲍德温来到巴黎五十周年纪念只有几个月的时候，我终于也搬到了巴黎，住进了第五区左岸的一间古雅、狭小的一居室。由于太想追寻鲍德温的文学之路，我又把《乔瓦尼的房间》重读了一遍，让鲍德温的（也是乔瓦尼的）巴黎生活的质感与情绪重叠在我刚到这个城市产生的新鲜感之上。现在，15年后，我已经离开巴黎，去了纽约，但当我又可以从鲍德温的视角看待巴黎时，我依然感到无比兴奋，这意味着我要回到左岸了。

追寻鲍德温之路的第一天，我搭乘地铁，从我所住的巴蒂尼奥勒（Batignolles）南下，穿过塞纳河，来到第六区的圣日耳曼代普雷。巴蒂尼奥勒位于第七区的东北角，那里曾是工人阶层聚居地，近年来变成了时尚街区。我要去的是花神咖啡馆，鲍德温的第一本小说《向苍天呼吁》（*Go Tell It on the Mountain*）正是在这家店的二楼写就的，他在这里度过了大把时光，用咖啡和白兰地来取暖。

那天阳光和煦，从地铁站一出来，我惊讶地发现，圣日耳曼这个地方居然从 20 世纪 90 年代末以来没有任何变化。我立刻感觉回到了那个典型的巴黎，正如戴安·约翰逊在《在巴黎土地上》（*Into a Paris Quartier*）一书中曾提到过的，美国人对于巴黎总有一种想象，仿佛它一个多世纪来都未曾改变。当然，这种刻板印象，很大程度上是由于圣日耳曼传说中的侨民历史，首当其冲来自托马斯·杰斐逊，传说他曾住在现在的波拿巴街一带。但是对我来说，在那个下午，我体验到的是巴黎的新景象，它似乎毫不费力地将城市生活的丰富活力和法国乡村的悠闲轻松地交织在一起。在我的左手边，汽车、摩托车、出租车还有自行车在宽阔的圣日耳曼大街林荫下川流不息，而在我的右手边，那一排排经典的石砌立面建筑下，却掩藏着时髦的古董书店、商店、咖啡馆，还有通向塞纳河的蜿蜒小街。

在 20 世纪 40 年代末、50 年代初，圣日耳曼德普雷曾是一个蓬勃发展的艺术文学中心。在那里，声誉参差不齐的夜店和酒吧盛极一时，而鲍德温得以在其中尽情徜徉探索，不论是在文学技巧上还是在性取向上。

在花神咖啡馆的露台上，我在一张深红与绿色相间的柳条椅上坐了下来，开始计划鲍德温之旅的下一站。花神咖啡馆坐落于圣日耳曼大道和圣伯努瓦街的拐角处。穿过圣伯努瓦街，就是它的主要竞争对手——双叟咖啡馆。两家咖啡馆都建于19世纪90年代末，都喜欢装饰艺术风格，都拥有红色的绒布长椅、红木桌、镜子墙。两家都和文学历史有着深厚的关系，都坐拥一长串的常客名单——有作家、艺术家、演员和哲学家——海明威、阿兰·德龙、萨特、波伏娃、毕加索、加缪等等。两家店的菜单和价格也很类似，甚至气氛都相差不大，尽管当地居民和经常来这附近的人会很快发觉，来花神咖啡馆的客人似乎要更时髦一些。当服务员过来后，我点了一份热三明治和一杯柠檬汁，这是我最喜欢在咖啡馆点的组合。把菜单递回侍者后，我不由得想到，像鲍德温这样的穷作家刚到花神咖啡馆的时候，怎么买得起这么贵的热三明治呢。

那个午后，我在圣日耳曼的维纳伊街上漫步。这条街不长，甚至有点狭窄，拥有17世纪建成的建筑外立面。鲍德温刚到巴黎的时候，曾在这里住过好几家三流旅馆。之后我去了图尔农街上的图尔农咖啡馆，就在卢森堡花园和利普啤酒馆附近，圣日耳曼大道的后面。据说鲍德温来过图尔农咖啡馆和利普啤酒馆，虽然不太频繁，但是他常常会在前往附近更便宜的酒吧或啤酒屋喝酒之前，来这里小酌一下。这两家餐厅的艺术装饰马赛克依旧保存得很好，而在20世纪五六十年代，这里都是知识分子晚上常常聚会的地方。图尔农咖啡馆被认为是圣日耳曼街区的爵士乐现场表演起步的地方，艾灵顿公爵[1]就是

1　原名爱德华·肯尼迪·艾灵顿，20世纪美国黑人爵士乐手，被誉为美国最伟大的作曲家，他让爵士乐从低俗的酒吧走向了高雅的艺术殿堂。

在这里初次登上巴黎的舞台。与此同时，利普啤酒馆也有一张长长的等候名单，许多名人与政治家的名字赫然在列，只为了一张角桌。

根据"黑人的巴黎入口"博客的博主莫妮可·威尔斯所言，鲍德温的夜生活伙伴包括画家柏福德·德兰尼、作曲家霍华德·斯汪森、舞者伯纳德·哈塞尔，以及外号"迪克西"的作家厄内斯特·查尔斯·尼莫。她还说，这群人最爱去的是圣伯努瓦街上的蒙大拿夜总会，戈登·希思开在拉拜街上的拉拜咖啡馆，还有伊内兹·卡瓦诺的伊内兹餐厅，据说是一家开在香波隆大街上的南方黑人传统菜餐厅。所有在圣日耳曼的餐馆、酒吧还有咖啡馆都一样，它们在鲍德温的年代拥有的那种喧闹和颓废的气质，现而今已经被奢侈品和旅游业带来的中产阶级气质所取代。这种气质从巴黎最老牌、规模最大的乐蓬马歇百货商场散发出来，穿透周围的每一家小店、餐厅乃至夜总会。作为鲍德温的主要活动场所，蒙大拿夜总会是少数直到今天依然营业的夜店，并且是巴黎最排外的夜店之一。我甚至没想到要进去。

在鲍德温之旅的第二天，我来到蒙帕纳斯，并在精选咖啡馆（Le Select）找了一个舒服的皮凳坐下来。这里是另一家现仍保存完好的装饰艺术咖啡馆，鲍德温曾在此完成了《乔瓦尼的房间》的大幅篇章。如果说巴黎曾有过一个美国侨民聚居区，那么一定是在"二战"后的蒙帕纳斯。在 20 世纪 40 年代末和整个 50 年代，很多美国学生来到了左岸，大多是退伍军人。鲍德温和很多学生有来往，他曾在《一个有关身份的问题》

（*A Question of Identity*）这篇文章中写过他与他们的交往情形。

那天上午突如其来的一场暴雨，让我的行程稍有延迟，但等到下午三点，我到达精选咖啡馆的那会儿，倾盆大雨已经变成了蒙蒙细雨。咖啡馆打开了绿色的雨棚，上面印着的"美国吧"（AMERICAN BAR）的字样完全展开，雨棚下面的露台挤着几桌正在抽烟放松的顾客。（几年前法国政府禁止了室内吸烟，这让人愈发难以想象鲍德温当年在精选咖啡馆的样子，他应该会在屋子后部的卡座上一根接一根地抽烟，同时在一本黄色的纸簿上快速书写着什么。）尽管 20 世纪六七十年代，大规模的城市翻新计划，导致巴黎夷平了很多蒙帕纳斯的战前建筑，但是精选咖啡馆却保存了下来，它装饰艺术风格的内饰从 20 年代以来就没有变过。精选咖啡馆正好位于蒙帕纳斯大厦投射的阴影下方，很多年以来，蒙帕纳斯大厦一直是法国最高的建筑。在建成后，这栋大楼被巴黎人斥责为"怪诞"，成了当地历史建筑遭到破坏的象征，直接引发了一场禁止在城市里建造摩天大楼的运动，而像精选咖啡馆这样的历史建筑才得以保留。

那天下午，店里的客人主要是认真讨论政治与哲学的法国学生，几个美国游客以及一些当地商人正在吃稍晚的午餐，我邻桌的客人在读报纸和书，或者只是望向外面的林荫大道。我吃了一盘面包和火腿，无意中听到旁边学生在讨论法国经济发展的滞后、奥朗德总统的缺点，以及保守派反对同性婚姻的公开抗议。我被他们的谈话中流露出来的活力所深深吸引，不禁又想到那个问题，在今天巴黎，一个像鲍德温这样年轻的异乡人、为生活所迫的黑人，到底还能生活在哪里，尤其是，今天的精品咖啡馆以及他在左岸的其他据点已经变得如此时髦了。

很显然，鲍德温对巴黎的探索不仅仅局限在左岸。在1961年5月号的《时尚先生》上发表的文章《新垮掉的一代》（*The New Lost Generation*）中，他讲述了探索巴黎过程中感受到的乐趣。"那些日子里，我们走过中央市场，唱着：爱法国的每一寸，并彼此相爱……皮加勒的爵士演奏会，我们和那儿的妓女发生过的故事……那些夜晚，在阿拉伯咖啡馆里抽着大麻……那些早晨，在灰蒙蒙的工人咖啡馆里讲下流的故事，真实的故事，悲伤的、最真挚的故事。"

皮加勒现在依然是巴黎最大的红灯区。那一周的早些时候，我去蒙马特一个朋友家吃晚饭时路过了那里。当时太阳已经快要落山，最后的余晖逐渐消逝在一排排暗淡的新艺术灯和明亮的店面霓虹灯下。沿着克里希大道，我经过了红磨坊，一排成人用品店，脱衣舞俱乐部，成人影院，还有特种酒店（在巴黎依旧是合法的）。似乎每走一步，就有一个人站在霓虹灯闪烁的门廊前向我招揽生意，试图让我买下一张大腿舞的门票、一部成人片，还有一个姑娘或者一个男孩。那天晚上皮加勒的样子，倒是让人很容易想象鲍德温曾经描述的，他来到这个地方所感受到的堕落与自由。很可惜，中央市场的情形就完全不同了。

在《乔瓦尼的房间》里，鲍德温形容中央市场是一个"道路拥挤，很多街巷无法通行的地方，到处都是韭菜、卷心菜、橘子、苹果、土豆、西蓝花，在人行道和街道上的金属棚架前堆成一座座小山，闪闪发光"。鲍德温曾开心地提到过的那些餐馆、酒吧和便宜的工人咖啡馆，已经不复存在。在1977年，它们被一处庞大的地下交通枢纽和购物中心所取代——这是一座由金属、镜面玻璃组成的庞然大物，其地下隧道联结着错综复杂的地铁和城际列车线路，同时还有一座地下购物商场。便利的交通和购物选择让中央市场一带成了巴黎最多元化的社区之一，就像布鲁克林的富尔顿街商场一样——尽管规划者本想在这里引入更加高端的商铺和餐厅，但至少这里每天的流动人口是多元的。不过，市中心的过高消费还是削弱了这边常住人口的多元性。

1999年，也就是我来到巴黎的第二年，我就住在中央市场旁边，第一区的莱斯街。最近我听说那整片地方都被改建过了。在离开巴黎之前，我很好奇那里究竟变成什么样了，于是邀请我的朋友瓦利德·努易欧去鞭翁餐厅（Le Père Fouettard）一起吃晚餐，那是我在中央市场一带最喜欢的餐厅，就在交通枢纽的主入口旁边。那天晚上我很失望，因为中央市场的新立面被掩藏在了宽大的建筑板和密集的脚手架后面，根本看不清楚新建筑长什么样。瓦利德和我在人满为患的露台上找了张空桌坐了下来。瓦利德是一名医生，他生于阿尔及利亚，拥有法国国籍，恰巧也是一名狂热的鲍德温粉丝。所以饭吃到一半，我问他如果在现在的巴黎，年轻的鲍德温最有可能在哪一带出没。我解释说，其他朋友、同事都是基于鲍德温的某一个特点来回答的。如果考虑到他喜欢夜生活和他的性取向，就是马莱区。如果考虑到创作，就是梅尼蒙当或者节日广场。如果考虑到他的肤色，那就是贝尔维尔或沙托鲁格。现在艺术家和作家都在搬往巴黎市郊，例如蒙特勒伊、圣奥文、奥贝维利埃以及圣丹尼斯这类地方。在仔细权衡各项选择之后，瓦利德摇摇头，觉得这以上所有地方都有可能。

于是在巴黎的最后几天，我去了波堡和马莱区的酒吧和咖啡馆，值得一提的是圣梅里路上的波堡咖啡馆，档案街上的洛彭咖啡馆，还有圣殿老妇街上的遗失的星星酒吧（L'Étoile Manquante）。我发现了在靠近节日广场的小巷里隐藏着漂亮的红砖房子。我漫步在贝尔维尔和风景如画的瀑布街上那一排排迷人的工作室和画廊之间。我重新去了沙托鲁格的非洲市场，拜访了几家在老工厂、车库和仓库里的画廊和艺术家工作室，它们位于城市东郊的蒙特勒伊，在比较时髦的片区里。我甚至去了巴黎北郊，研究了一下玛拉德莱利，那片位于奥贝维利埃的时尚住宅区。在那里，艺术家和作家的工作室紧挨着大众住宅。但是我实在无法想象年轻的鲍德温在以上任何一个地方生活的样子。当我仔细回想这一路的寻找过程，我渐渐明白，多年以前，让鲍德温来到巴黎，或说让他义无反顾离开美国的最重要的因素，已经不复存在了。

在1984年的春天，年近60岁的鲍德温在接受《巴黎评论》的采访时被问及他为何选择住在巴黎，他回答道："其实并不是要选择巴黎——而是为了逃离美国。"美国当时的种族歧视让鲍德温心力俱疲，他心中充满恐惧，认为自己只要留在那里就活不下去，更不用说潜心写作了。不过到达法国之后，他并没有幻想巴黎是"世界上文明的城市"，也并不认为法国人是"最开明的人民"。那些年他之所以留在了法国，原因很简单，就是和美国不一样，这里的白人统治阶级没有怎么去理会他这个黑人，这给了他充分的空间去写作。

但是当我来到巴黎的时候，法国忽视有色人种的时代已经过去了。鲍德温自己曾说过，法国人对待少数族裔的态度在奠边府战役之后已经发生了变化。那场战役之后，他们失去了越南殖民地，同理还有残酷的阿尔及利亚战争。此后数年，无数的黑人和北非人从法国的前殖民地和海外省（譬如瓜德罗普和马提尼克等地）回流法国，这样的变化越来越明显。

法国历史学家米歇尔·法布尔在他的书《从黑人区到巴黎：居住在法国的美国黑人作家，1840—1980》中提到，法国曾经是"帮人逃离鲍德温所说的'美国疯'的避难所"，但是那个时代已经过去了。这个美国黑人的避风港，现在已经不再被需要了。当然，在我住在巴黎的十年间，当然也经历过法国的种族歧视。但这并没有给我这次回来造成任何障碍。即使法国不再是有色人种的避风港，巴黎依然是一座灯塔，对于在那个年代的许许多多的艺术家、作家和政治思想家来说，它在至关重要的时刻为他们提供了及时的庇护。

伊迪丝·华顿的巴黎

※原刊于 2009 年 10 月

埃莲娜·西奥利诺
Elaine Sciolino
《纽约时报》的撰稿人，曾任《纽约时报》巴黎分部总编辑，曾出版畅销书《巴黎唯一的街道：殉道者街上的生活》。

和她小说中的很多角色一样，在伊迪丝·华顿本人的生活里，也有着掩藏、保留与欺骗的部分。

所以，这位 20 世纪早期最重要的美国女性作家，在远离她的家乡纽约和新英格兰的异国他乡——巴黎，拥有了她第一次，也很可能是唯一的婚外恋，这个设定是非常合理的。

在"一战"爆发的前几年，她在巴黎的享乐生活为她和威廉·莫顿·弗勒顿之间的隐秘关系做了掩护。弗勒顿是一个英俊、博学、法国做派的美国小白脸，曾任《伦敦时报》在巴黎的通讯记者。

华顿在 1907 年末写的一封信中说："我沉沦于这堕落的欢愉之中，环境使我如此。"她又补充道："威严静谧的建筑群，迷离模糊的冬日之光，街巷与码头旁成列的路灯——je l'ai dans mon sang!（这些都流淌在我的血液里！）"

对于华顿来说，巴黎是自由之地。像她这样的知识分子女性，在这座城市是能够得到尊重的。在美丽的风景之下，加之在逻辑上，都使得她的浪漫情缘成为可能。她在 40 多岁时开始了这段感情，这成为她的丈夫和朋友圈都不知道的秘密。

"他们偷情非常小心。"赫敏·李如此说。她是一名教授，也是《伊迪丝·华顿》的作者，这本书是华顿最重要的个人传记。"这只能在巴黎做到，在美国绝对不可能。"

她和弗勒顿交流见面的方式使用的是那个时代的短信：巴黎邮政系统每天都会帮他们传递写满浓烈情话的便条，有时候一天好几封。

在一张便条上，她写过："一点钟，罗浮宫，戴安娜的阴影下。"时至今日，这座白色的大理石雕塑——狩猎女神戴安娜，一丝不挂地斜倚着，她的右手环绕在一只牡鹿的颈上——依然被摆放在一间鲜有人去的小房间里，从马利雕塑馆出来再上四级台阶的地方。这里是秘密约会的绝佳场所。

华顿与巴黎及法国的深厚联系，可以追溯到很久以前。当她还是一个小女孩的时候，就开始和家庭教师学习法语，也和家人一起去过巴黎度假。她成年后，会说一口完美无瑕的老式法语。为了完善风格，她的第一稿《伊坦·弗洛美》（*Ethan Frome*）正是用法语完成的。和那个年代很多其他住在巴黎的美国人不一样，她将自己沉浸在原汁原味的法国文学中，了解法国的官僚制度，拥有亲密的法国朋友。

1913 年，她与泰迪·华顿离婚，也是在法国的法院办手续，那时的泰迪已经逐渐患上了精神疾病。（选择法国法院，也可以避免像美国法院那样公开审理。)

每当需要小住一段时间时，她会住在克里雍酒店。这座位于协和广场的18世纪晚期建筑最近刚刚被翻新过，重新营业。当年的华顿认为，来这里的客人都比较有文化。她不喜欢里兹酒店，觉得那里是没文化的美国暴发户才去住的地方，在小说里，她叫它"新奢酒店"。

克里隆酒店里没有以华顿命名的套房或酒吧。克里隆的访客名簿依旧保存完好，我在查阅过程中发现了好几位近年来在这里下榻过的名人签名：1913年的安德鲁·卡内基，1914年的西奥多·罗斯福，1915年的英国国王乔治五世，等等。但是华顿没有在这里留下记录。

既然她曾形容自己在克里隆所住的房间"是在高层的一间套房，可以俯瞰整个巴黎"，酒店经理认为，她应该住的是现在的伯恩斯坦套房，位于六楼，以美国作曲家、指挥家伦纳德·伯恩斯坦命名。伯恩斯坦时不时会在这个套房内居住，直到1990年去世。走进套房，有两个露台可以俯瞰到协和广场的全景，在起居室里，摆放着伦纳德·伯恩斯坦弹奏过的一台普莱耶尔钢琴。

但是大多数时间，华顿在巴黎的活动场所是在塞纳河另一侧的第七区，即圣日耳曼郊区。这里的私人豪宅掩映在高墙和大门的背后，外人很难进入如此豪华庄严的地方。1907年初，她正是在这里遇见了弗勒顿，就在罗沙·德·菲茨–詹姆斯伯爵夫人沙龙上，如今这里是瑞士大使馆。

一日清早，我和美国作家大卫·伯克来到这个地方散步，他曾写过一本关于常驻巴黎的作家们的书。他指着离巴克街不远的瓦雷纳街 58 号的公寓说，这里就是当年伊迪丝和泰迪夫妇从乔治·范德比尔特处分租下来的公寓。现在这里属于总理府马提翁官邸的一部分，就在路的对面。

华顿在巴黎大部分的时间都住在这条街的 53 号——一栋建于 19 世纪晚期的石头建筑中。房子外挂着一块牌子，形容她是"第一位出于对法国和法国文学的热爱而定居法国的美国作家"。

大门敞开着。站在门口，我们隔着玻璃门往里面看入口大厅的样子：大理石地面，闪着光泽的大缸支在底座上，还有铺着红地毯的楼梯。我们走到她的庭院，藤蔓纠结，还有一排私人车库（曾是马厩），上面挂着一只钟表。

可以看到，她的寓所后面是一排狭小的私人住所，叫作"Cité de Varenne"，还有一个整齐的传统花园，现在属于意大利大使馆的一部分，在另一侧，是法国总理宅邸的更大的花园。

现在，这排房子的门上用法语写着告示，宣称"不对外开放"，但是我们来的那天，管理员不上班，也没人阻拦我们出出进进。

意大利大使馆花园和法国总理宅邸并不对公众开放，但是路对面的意大利文化学院的花园则是对外开放的。那栋楼曾经是法国最早的外交部所在地，拿破仑·波拿巴就是在这里会见了斯塔尔夫人。

这条街上最热闹的地方就是拜伦宅邸，现在的罗丹美术馆，就在巴黎荣军院的附近。作家里尔克和他的朋友兼前老板罗丹曾在这里工作生活，在同一时期，华顿也住在同一条街上进行写作，但是没有证据表明他们彼此认识，这两个男人都不符合她的理想标准。

雕塑花园和咖啡馆简直是我的避难所，尤其现在是早上，里面几乎没有人。门票只要一欧元（还能免费上厕所），在巴黎这真的很划算。

华顿与弗勒顿的恋情进展顺利，他们二人表现得就像普通游客那样。在一天时间内，他们相约在罗浮宫见面，去了附近的圣日耳曼奥赛尔教堂，植物园旁边的吕特斯竞技场（Arènes de Lutèce），还在卢森堡花园散了步。

他们曾在法兰西剧院和马里尼（Marigny）剧院碰面，也曾在左岸僻静的餐厅吃饭。那顿饭被她形容为："世界末日……菜非常难吃，而且绝不可能碰见熟人。"

她也计划了几次以巴黎为中心的周边游，被她称为"机动飞行"。有一次，他们曾开车去了巴黎西边的要塞城市蒙福特–拉莫里。

圣皮埃尔教堂的 16 世纪彩色玻璃窗，仍然和那两位恋人造访时一样令人眼花缭乱。我沿着他们上山的小径，走到那座建于 11 世纪的砖石塔的废墟前，从那里可以看到朗布依埃森林，然后拜访了旁边 17 世纪的墓园，那里有带回廊的修道院和拱形的木屋顶。

还有一次，华顿和弗勒顿乘坐火车去了巴黎以北的桑利。这对爱人走在这座小镇狭窄的卵石街道上，穿行于中世纪和文艺复兴时期的建筑之中。他们在拥有中世纪的废墟和巨大的高卢罗马堡垒的花园中漫步。他们去了建于12世纪的巴黎圣母院，并在镇上吃了一顿稍早的晚餐。后来华顿在她的私密日记中写道："在回去的火车上，我便懂得了，最亲爱的挚爱，我懂得了我以前完全不知道的事，那就是精神与感官的融合，双重靠近，触觉与思想的亲密交融。"

但是弗勒顿逐渐变得疏远且靠不住，到了1910年，这段恋情结束了。尽管华顿备受打击，还要承受离婚后的孤独，但她还是决定留在巴黎。第一次世界大战爆发，她感觉自己"爱上了法国的精神"（引自赫敏·李的传记《伊迪丝·华顿》），全身心投入到她创立的慈善机构中。她在自己住的街区开办了缝纫工作坊，最终为超过800名妇女提供了工作。她还为肺结核病人以及儿童难民提供住所，举办慈善音乐会，从前线派发消息。由于她在战争时期的杰出贡献，她被授予了荣誉军团骑士称号。

战争结束后，她开始对巴黎产生反感。这里到处都是深信有钱能使鬼推磨的美国人。"巴黎太糟糕了——公共汽车、有轨电车、卡车、出租车和其他所有咆哮的引擎组成持续不断的地震，成千上万的美国公民在其中奔忙。"她这样写道。

1937年，她于家中去世，即巴黎北部的圣布里斯苏福雷。

她的坟墓位于凡尔赛的哥纳德公墓，鲜有人去造访，也无人照料。

但是她的巴黎一直在她的小说中存在着——在《特来梅夫人》(*Madame de Treymes*) 中，在《暗礁》(*The Reef*) 中，在《乡土风俗》(*The Custom of the Country*) 中。

在她的小说中，最悲伤也是最令人沮丧的一幕莫过于《纯真年代》(*The Age of Innocence*) 的结局，就发生在巴黎。57 岁的鳏夫纽兰·阿切尔无法和自己的儿子一起前去拜访埃伦·奥兰斯卡夫人。就在几十年前，他与埃伦曾经深深相爱，但是从未真正在一起，无法完成那段不可能的情缘。

就在巴黎独自游荡了几个小时以后，他和儿子碰头，他们一起从酒店穿过塞纳河走向荣军院。"芒萨尔设计的圆顶优雅地浮在绽露新芽的树木与长长的灰楼上方，将下午的光线全部吸到了它身上。它悬在那儿，就像这个民族荣光的有形标志。"华顿写道。

父亲和儿子走过荣军院旁的一条街道，找到了那个有着七叶树的小广场，从那里还能看到荣军院的金顶，这就是奥兰斯卡夫人居住的地方。天色渐渐变成一团"阳光折射的柔和雾霭"，阿切尔坐在这个广场的长凳上，望向他推测就是她住的那间寓所的窗户，想象着里面正在发生的事。"对我来说，留在这儿要比上去更真实。"他终于意识到了。

华顿没有告诉读者这个小广场的名字，但是我试着找过好几次。(在马丁·斯科塞斯 1993 年版的同名电影中，他把这个场景设定在了第六区的福斯坦堡广场。）当然，有好多地方都和描述很像：在罗丹博物馆里加莱义民的雕像前，有一个木头长凳，坐在那里可以看到荣军院的金色穹顶，还有路对面一扇五层楼的窗户；巴黎军事博物馆的花园里也有一个简洁的长凳，可以从近处看到荣军院的穹顶，更远处的一条街上，有一排六层楼的建筑。

我找到最接近的一个广场是长椭圆形的：宽阔的草坪上种着成排的悬铃木，在布雷特伊大道两侧整齐排列着。在那个傍晚，我在那里找到了一张公园长椅，坐在那里，向左可以看到荣军院的穹顶，还能看到阳光穿透附近一栋奇数编号建筑的上层窗户玻璃。

我认为在《纯真年代》的书页之外，这座小广场并不是真实存在的。即使存在，华顿也一定不希望我们找到。

在战争的恐怖下，
滨海萨纳里是阳光普照的避难所

※ 原刊于 2005 年 10 月

安东尼娅·福伊希特万格
Antonia Feuchtwanger
－
伦敦威斯敏斯特市议会议员，《伦敦晚报》（*Evening Standard*）和
《每日电讯报》（*Daily Telegraph*）的前主笔。

下午的花园里，"一战"前[1]修建的白色房子掩映在两棵金松的树荫下，几步之外就是礁石海岸。蝉鸣阵阵，年轻人在闪烁着微光的海水中冲浪。这个地方名叫滨海萨纳里（Sanary-sur-Mer），位于法国南部，距离马赛有 50 公里。对于今天的游客来说，这里是非常诱人的游览胜地。

但是对于了解历史的人来说，这座洒满阳光的小城曾经有着一段摄人心魄的过往，一股涌动在希特勒掌权时期的暗流。在那些年间，萨纳里是德国流亡文学的中心。

我们可以从德裔英国小说家西比尔·贝德福德的自传小说《钢丝锯》（*Jigsaw*）以及她的回忆录《流沙》（*Quicksands*）中略窥一二。《钢丝锯》曾入围英国布克奖，在书中，她回忆了 20 世纪二三十年代的自己在一个小渔港所度过的时光，那里

---

1 原文为 Belle Époque，从普法战争结束到第一次世界大战爆发前巴黎上层社会的"歌舞升平年代"（1871—1914），也是文艺大繁荣时期。

曾短暂成为许多面临生命危险之人的避风港。

萨纳里位于远离地中海的海湾，被群山环抱，距离里维埃拉其他的旅游地并不远，但在法国以外并没有太大的名气。这里没有美国游客，英国人也很少，没有高层酒店。不过在码头的咖啡馆里，游客可以坐在正在读报的本地居民旁边喝特浓咖啡，还可以乘坐小型摩托艇去海上冲浪，看渔船新得的渔获，去波迪索尔附近的海滩漫步，还可以去狭窄、无车的后巷，在一排排的面包房与精品店里穿梭。

蔚蓝海岸在《流沙》中描写的年代就已经是旅游胜地了。这里吸引了众多日光浴爱好者、作家、艺术家和时尚人士。但是当纳粹开始剥夺政敌的国籍身份时，小小的萨纳里依然风平浪静，适宜居住。

1930 年，奥尔多斯·赫胥黎在萨纳里购买了一处房产。他是贝德福德的朋友，她亲切地称他为"永远的奥尔多斯"。1933 年，托马斯·曼受到儿子克劳斯的鼓励，也在那里买了一套别墅。根据贝德福德的记录，克劳斯曾和让·科克托在14.5 公里外的土伦一起抽鸦片。流亡人士常常在萨纳里湾的一个花园里聚会，里面就包括贝托尔特·布莱希特——他穿着皮夹克，操着一口浓重的巴伐利亚口音，唱着他最新谱写的反德意志帝国歌曲。

西比尔·贝德福德，原姓舒内贝克，常居伦敦，直至 2006年去世，享年 95 岁。她一直用英文写作——虽然托马斯·曼对此表示很不满意。她的父亲是德国南部贵族，也是天主教徒，而她母亲是英国人，有一部分犹太血统。"她到底有多少犹太血统，"她曾写道，"没有人关心——也没有关心的必要。"

她出生于德皇威廉统治下的繁荣柏林。在她还小的时候，母亲从她的生活中消失，去了意大利，抛下她和父亲住在巴登的乡间别墅，过着贵族式的贫穷生活。青年时期，她的足迹已经遍布罗马、都兰和墨西哥；她曾和玛莎·盖尔霍恩一起去过伊斯基亚；也曾去过巴黎，在那里结识了简·鲍尔斯和杜鲁门·卡波特。她也到过萨纳里。她在《流沙》中写道："似乎总有机会，或说自我的选择，令我可以在美丽或有趣的地方虚度年华——去学习，去观察，去旅行，在夜晚的街道上散步，在温暖的海水中游泳，认识新朋友并一直保持联系，在带棚架的露台上吃东西，在夏日的树荫下喝葡萄酒，听蛙声与蝉鸣，与人相爱。"

几个月前，带着一本《流沙》，还有一本在萨纳里的游客中心拾到的别人留下的漂流书，我重新走了一遍她曾走过的街巷和小径。

我首先去的是海港边的咖啡馆，过去的移民常在那边聚集。从米歇尔巴夏广场就能看到圣纳泽尔教堂前的那块牌子，上面的字句邀请游客仔细聆听来自 70 年前的回声，譬如那些在这里写就的嘲讽戈培尔和希特勒的诗，关于歌德或斯大林的讨论，或只是讨论如何度过又一天的闲聊。在政局动荡、自身难保的情况下，还能保持仪表、坚持写作，无疑是一件艰难的事。

但是在萨纳里，希特勒在德国的恐怖暴行似乎显得很遥远。现在依然是这样。在明亮的晨光中，当地居民和来自法国的游客在逛早市，水果、蔬菜，还有一种奇怪的烧焦的鹰嘴豆玉米粥，所有人都在享受着日复一日的生活。

在几个街区以外，罗杰别墅的旁边，就是和平主义作家威廉·赫尔佐克曾居住的地方。我站在这条狭窄的石头小巷中，几乎对他的流亡生活生出一丝羡慕。他住的小房子带有一个封闭的花园，种上了竹子和勒杜鹃，位置就在离港口不远的一处舒适的后街。赫尔佐克是第一批预感到纳粹会崛起的德国作家之一，他于1930年来到萨纳里定居，随后在回到柏林参加演讲活动的时候被纳粹突击队员追杀，并于1933年永远地离开了德国。

我沿着宽阔的奥拉图瓦坡缓缓上山，这条路上没有车，坡度也很缓，还能看到海湾的风景。路的一边是围墙和私人花园，里面种满了棕榈树、迷迭香和粉色夹竹桃。另一边则是热闹的海湾，海上驰骋着摩托艇和帆船学校的双体船。

我来到了那座建于1560年的小小守护圣母堂。曾有一位隐修士住在这里，他的工作就是每当看到暴雨、大雾或敌船时就敲钟。我坐在教堂的长椅上，读着《流沙》中的一段，才发觉，原来贝德福德的继父曾经为一个德国的老朋友玛穆世卡翻新过的那栋宁静别墅，就在萨纳里的这个位置。1933年，玛穆世卡离开了法国，那时托马斯·曼刚刚开始意识到自己无法留在德国，贝德福德以及其他为他打点的人帮他租下了这个别墅。这里有一个奇怪的联系点：玛穆世卡的女婿恰好是希特勒手下的一名特使。

法国沦陷后，为了给一个德国防空炮台让位，宁静别墅被拆毁，但是灰磨坊依然矗立于这座高地之上。这是一座风景如画的古老瞭望塔，《圣女之歌》（The Song of Bernadette）的作者弗朗茨·韦尔弗和妻子艾尔玛（曾是古斯塔夫·马勒的寡妻）在 1938 年将这里选为他们的家。尽管这座瞭望塔有很多窗户，弗朗茨·韦尔弗住得还算舒适，但是他妻子曾在自传中写到，厨房旁边的房间热得让人难以忍受。

我的最后一站选择了莱昂·福伊希特万格的两座别墅。他最好的小说《奥倍曼兄妹》（The Oppermanns）和《犹太人苏斯》（Jew Suss）都蕴含着对纳粹的严肃批判。他也是我父亲（埃德加）的叔叔。贝德福德不喜欢莱昂，因为他为人自负，并且喜欢招蜂引蝶，但是他对于来到萨纳里的流亡人士非常热情，后来，他们都逃离了法国，前往美国加州的帕利塞兹。

我找到了莱昂在萨纳里拥有的第一处房子，拉扎尔别墅。它就坐落于一个小海湾之上，掩映在松林间。但是他的第二个住所——瓦勒梅尔别墅，则更加令人印象深刻。这栋房子位于一条和缓的上坡道旁，可以俯瞰整个海湾。瓦勒梅尔别墅的花园里种满了无花果、樱桃树、扁桃树，还有橄榄树，布莱希特在这里唱过他的歌，贝德福德也在这里忍受过我的叔祖父（莱昂）对她德国写作风格的粗暴评价。而也是在这里，贝德福德的美国朋友，也是莱昂的情妇，生于慕尼黑的画家伊娃·赫尔曼，把他们都画成了漫画。

莱昂曾动情地描写过那个夜晚，他从巴黎回到了这座美丽的地中海花园。1939年，他被法国政府拘禁，在别墅里度过了很长时间。而当1940年德国入侵后，他又一次被拘禁，因为当时的德国侨民全部要被围捕起来，这次是来真的。

他怀有一种矛盾的情绪，他在这里过着美好的生活，但他身处德国的犹太同胞们每天都面临着羞辱与迫害。这种情绪在《奥倍曼兄妹》中自然流露，这部小说正是写于他在萨纳里居住的那段时期，描绘了希特勒的统治对一个历史久远的柏林家庭的影响。

他们常说，这终究还是在萨纳里这个居住天堂的流亡人士才能体会到的一种特殊情感。在现代目光的审视下，他们似乎有着令人震惊的好运，能够来到这样一个地方，依靠自己的智慧或在其他地方积累的财富与名声过活。回溯这批人走过的路，任何人都为他们能找到这样的避难所而感到庆幸。只是这一切无法长久。

由于为克劳斯·曼和托马斯·曼的兄长海因里希出版的《文汇》（*Die Sammlung*）写过批评纳粹的文章，贝德福德在德国的所有财产被剥夺。她曾这样形容："1939年9月，所有生活被拦腰折断。"同样在萨纳里，威廉·赫尔佐克在当月的日记中写道："希特勒在攻打华沙。我在海上咖啡馆见到了韦尔弗。这就是西方的没落吗？"

莱昂和他的妻子玛尔塔，连同韦尔弗一家、海因里希·曼以及托马斯·曼的另一个儿子戈洛·曼，在威廉·赫特和紧急救援委员会（Emergency Rescue Commitee）的帮助下翻过了比利牛斯山。托马斯·曼那时已经到达美国，很快贝德福德也来到美国。距离满目疮痍的欧洲恢复和平，还有五年。

萨纳里只是一个暂时的避风港——无法永远存在。但是今天，我们仍能看到那时的移民所带来的一切——自由的政治争论、文学上的努力、热情好客的民风，一如既往地存在于这里的温暖阳光下。

在里维埃拉阳光下，
菲茨杰拉德找到了他的归宿

※ 原刊于 2015 年 5 月

尼娜·伯利
Nina Burleigh
–
《新闻周刊》的政治新闻记者，
曾出版《美丽的致命礼物：阿曼达·诺克斯的审判》等书。

　　除非你恰好坐在一艘亿万富翁的游艇上，正在找深水港停泊，或者是一名沿着里维埃拉追踪莱昂纳多·迪卡普里奥的狗仔记者，否则你应该没有理由会在某个夏日夜晚来到昂蒂布，或者紧挨着它的迷人村庄瑞莱昂潘（Juan-les-Pins）。真可惜，因为在昂蒂布岬众多的娱乐活动中，探索岩石半岛里维埃拉这一项，传说曾为美国某位最著名的作家带来灵感。

　　一个世纪以前，F. 司各特·菲茨杰拉德就住在这里。他和他近乎精神失常的老婆塞尔达，还有淡黄色头发的女儿斯科蒂，租下了一栋名为"圣路易斯别墅"（Villa Saint Louis）的海滨别墅。菲茨杰拉德一家于 1927 年搬离这里，又过了几年，这座位于瑞莱昂潘海塘上的房子被扩建成为一家拥有 40 间客房的五星级酒店，并更名为"美丽海岸"（Belle-Rives）。

　　菲茨杰拉德和他的几部爵士时代作品一直在"不断地被浪

潮推回到过去", 正如他在自己最著名的作品《了不起的盖茨比》(*The Great Gatsby*) 中所预示的那样, 但是昂蒂布岬的本质却一直没有变。他在《夜色温柔》(*Tender is the Night*) 一书中所描绘的"炎热甜美的南风所散发的魔力……轻柔的夜色与远处地中海幽幽的海浪", 与现在的景色并无二致, 只是, 当年吸引他的多元的人口结构稍有变化, 来这里的英裔美国人少了, 但俄罗斯人、中国人和阿拉伯人多了。

从这家酒店的所有阳台上, 还有位于海堤低处的餐厅中, 仍可以看到那座灯塔发出的绿光, 在 90 米开外的地方忽明忽暗, 提醒附近的船只注意这里的礁石浅滩。菲茨杰拉德来这里时曾见过这座灯塔, 也许这就是书中出现过的码头上的那道绿光。在小说中, 那道绿光象征着杰伊·盖茨比对不可捉摸的黛西的渴求, 还有他一心想成为有钱人的短暂梦想。

我最近一次造访昂蒂布时, 有几个晚上是在菲茨杰拉德酒吧度过的。这个珠宝盒一般的酒吧空间里, 摆着一架三角钢琴、镶嵌镜面的桌子、装饰艺术风格的豹纹软垫椅子, 还有面朝大海打开的法式双扇落地门。我点了一杯"绿色疗法"鸡尾酒, 用金酒、黄瓜汁和蛋清调和, 然后找地方坐了下来, 透过大堂欣赏着海浪起伏。

住在里维埃拉的有钱人并不多, 且有着各不相同的身份背景, 就像附近的海浪下游来游去的发光鱼群。一名体形较小的俄罗斯女子穿着一身白色蕾丝连衣裤, 在洗手间里毫不吝惜地喷着昂贵香水, 而她那大块头的男友戴着面罩型太阳眼镜, 和保镖一起在外面等着。

　　八位来自英国的金融人士，围着一张桌子聊了四个小时的生意经，其间一直喝个不停，但看起来始终没有醉意。一对举止优雅、稍有年纪的法国夫妇，认真地研究着红酒酒单，丈夫的双肩上搭着一件黄色羊毛衫，就像所有想要彰显男性魅力的欧洲男士一样。一队参加婚礼派对的非洲人和非裔美国人从前方经过，个个盛装打扮，有的还戴着闪闪发光的白色亚麻织花头巾。到处都是新涂了指甲、缀着亮片、画着唇线的女士。最后，还有一家爱好体育的美国人，讨论着是否要卖掉纽约队、留下夏威夷队和科罗拉多队，还是暂且观望一阵，等等再说。

　　海湾里停着几艘豪华游艇，其中最引人注目的便是那艘巨大无比的迷人海洋号（Ecstasea）。这艘游艇建造于 21 世纪初，为俄罗斯寡头阿布拉莫维奇量身打造，据报道称，它经历过好几次转手，其中一次甚至被卖给了迪拜王储。这艘游艇还拥有自己的维基百科页面。岸边有数座别墅，曾为儒勒·凡尔纳、W. 萨摩塞特·毛姆等文豪所有，如今里面则住满了阿拉伯和俄罗斯的土豪。

　　昂蒂布岬依然足够大众化，大多数海滨地带（通常是礁石滩，有个别是沙滩）都是对公众开放的。在城墙遗址和淡绿色的海水浅滩之间，中年男女们或浮潜，或裸上身晒太阳，毫不在意自己松弛的肥肉。波浪之下，阳光丧失了热度，变成颤悠悠的道道金光。

　　众所周知，菲茨杰拉德十分着迷于巨额财富的传说，关于人们会如何对待这些财富，这些财富又会为人们带来什么，巨额财富的神奇力量和毁灭作用，还有富人与其他人在生活方式上的水火不容……种种所有。这成了他的作品中最重要的主题之一。在如今的昂蒂布，游客仍可注视、揣测别墅墙内和游艇上的大人物，就像《了不起的盖茨比》的作者那样得出结论：有钱人"跟你我并不一样"。

菲茨杰拉德以前也在里维埃拉住过，并在这里完成了《了不起的盖茨比》。他成年后住在昂蒂布，前后一共住了两年，后来他说，这是他人生中最快乐的一段时光。

但在快乐的同时他也备受折磨。他在昂蒂布开始创作《夜色温柔》(Tender Is the Night)，书中角色迪克·丹佛和妮可·丹佛的原型，便是他现实中的朋友——家境富裕的美国夫妇杰拉尔德·墨菲和萨拉·墨菲。墨菲夫妇曾经买下了昂蒂布西部石崖上的一栋房产，将其命名为"美国别墅"(Villa America)。

在墨菲夫妇优雅且极具波西米亚风情的生活场景中，有许多文学、艺术大家的身影，包括格特鲁德·斯泰因和毕加索，也有约翰·多斯·帕索斯、桃乐丝·帕克尔、海明威以及菲茨杰拉德夫妇。

《夜色温柔》开头的那段描写，很显然就是如今的伊甸豪海角酒店 (Hôtel du Cap-Eden-Roc)，一栋建于 19 世纪 70 年代的传奇性豪华会所，菲茨杰拉德将其改名为"戈赛旅馆"，并将它从原本的白色刷成了玫瑰粉色。"挺拔的棕榈树"依然给它"带来一片阴凉"。白色大理石台阶一路向下，通往一条犹如凡尔赛宫一般的林荫道上，道路两旁种满了完美对称的地中海伞松，还有宽阔古朴的花园（里面包括一座百年前为哀恸的富有客人们修建的爱犬墓地）。

林荫大道从酒店主楼一直延伸到海滩别墅前，那里有挂满紫藤的车辆出入专用道，由大柱子支撑的宽阔入口，还有一座悬空式的码头，像一艘远洋油轮一般，悬在白色悬崖上凿出的无边界泳池之上。海滨餐厅采用了航海主题的设计，与停泊在岸边的豪华游艇相映成趣。穿着条纹法式船衫的侍者，为客人奉上价格不菲的雀巢咖啡。

昂蒂布的魅力之一便是，尽管礁石滩岸边盖满了好多招摇浮夸、铁门紧闭的豪宅，像一只只的华丽海胆一样，但你在这两座小镇的街道上遇到普通人的概率，还是要远远高于遇到一位百万富翁的。每天上午和下午，本地居民们都会聚在咖啡馆里，或者在松林公园附近尘土飞扬的广场上玩滚球。公园里还有游乐场，以及一栋奇特古老的圆石建筑，上面写着一行迷人的文字："给所有人的图书馆"（BIBLIOTHÈQUE POUR TOUS）。

在夜里，海风不再吹向内陆的方向，瑞莱昂潘的味道闻起来就像在北非，混杂着柴油、尘土、食用油和甜得发腻的花香，令人眩晕。娱乐区的边缘地带略显破烂，街边有"帕姆帕姆"这样的夜总会，还有完全美式名字的小吃店，比如"怪兽汉堡"和"华尔街"。

在瑞莱昂潘半岛的另一侧，老昂蒂布（Old Antibes）中世纪风格的市中心里，白天会有个室内的普罗旺斯市集，值得一去。长长的摊位上摆着丰富的商品：奶酪、橄榄、食用油、色彩缤纷的蔬菜水果、蜂蜜、果酱，当然还有马赛肥皂。20世纪二三十年代存在过的渔业已经消失了，但是来自其他地区的渔民仍会带着自己的渔获，到市集外面的鱼市上售卖。

维奇亚诺面包房内不断飘出一阵阵面包香气。挺着啤酒肚的店主让·保罗·维奇亚诺正在用玉米粉和墨鱼汁，努力制作他祖父那辈人就在制作的淡黄色和黑色的面包糕点。但是到了他这一代，他的名字"让·保罗"已经为艾伦·杜卡斯这样的世界名厨所熟知，他的面包也常出现在这些名厨的餐厅和昂蒂布的高档餐厅里。

集市边上，昂蒂布本地人在金属桌前喝着啤酒，从菜篮子里掏出一份又一份的美味——香肠、油炸西葫芦花，还有索卡，一种用鹰嘴豆粉和橄榄油制成的中东风味薄饼。当地人民生活朴素却乐在其中，令人想起被定格在毕加索画稿中的农民和鱼贩子，那些画就在附近的毕加索博物馆里展出。市场上也有很多价格较高的小馆子，为饥肠辘辘的游客们提供精酿葡萄酒、鹅肝酱、意大利调味饭和油封鸭。

在2300多年前，希腊人就已经来到昂蒂布定居，殖民并生活在一座他们称为"安提波里斯"（Antipolis）的城市中，字面意为"对面之城"，因为它正面对着尼斯，仅隔着一道海湾。1200年，这里建成了一座教堂和一座中世纪的防御工事，如今依然保存完好。

在当地城墙的基石中，和经过开掘、可从部分街道的树脂玻璃地孔中窥见的地下遗迹，希腊罗马时代的历史清晰可见。毕加索用画笔记录了许多昂蒂布的场景，有袒胸露乳的妇女与半人半羊的农牧神共舞，还有半人马和仙女。他说："无论何时来到昂蒂布，我总是对这里的古代遗物心痒难耐。"

在今日来到昂蒂布的游客们，则更有可能是对这里的奢侈生活心痒难耐，而在菲茨杰拉德的故居别墅里，他们终于得偿所愿。美丽河岸酒店的现任业主玛丽安·埃斯特纳-肖万（Marianne Estène-Chauvin），放弃了在卡萨布兰卡的艺术经纪人工作，负责酒店早期的所有事务。这栋房产从她的祖父开始，已经在她的家族中传承三代。祖父是一位俄国逃亡贵族，在 20 世纪 30 年代买下了这栋别墅，并将它扩建成一座海滨酒店。自那以后，美丽河岸酒店先后招待过多位名人，包括艾拉·菲茨杰拉德、让·科克托和约瑟芬·贝克（酒吧内挂着一张她与宠物猎豹在码头上的合影）。

埃斯特纳-肖万女士对于酒店与菲茨杰拉德的联系颇为自豪。"他在这里住得很开心。"她说。她一直在努力强调酒店与这位作家之间的联系，部分原因是当地的房地产代理商曾经错误地将隔壁的海滩别墅——皮克莱特别墅（La Villa Picolette）指认为菲茨杰拉德的故居。

为了巩固酒店与这位作家的联系，埃斯特纳-肖万女士在酒店大堂里挂上了菲茨杰拉德和塞尔达的黑白肖像，并采用了装饰艺术风格的笼式电梯。她从 1926 年菲茨杰拉德寄给海明威的一封信中摘取了一句话，将其镶在巨大的画框里，挂在了一棵盆栽棕榈树旁："回到我深爱的里维埃拉（位于尼斯和戛纳之间），住进了一间不错的别墅后，我比过去几年里都要开心。这是一个人生命中那种奇特、宝贵又太过短暂的时刻，似乎一切都很顺利。"

也许菲茨杰拉德在瑞莱昂潘过得很开心，但很显然，塞尔达过得不太好。她当时正处于精神崩溃之中，最后只得被送到美国的收容机构。《夜色温柔》不仅记录了爵士时代的海外美国人在昂蒂布和欧洲其他地方的生活状态，还无情地见证了一段婚姻崩溃的全过程。最终，有钱妻子的精神失常也转移到了原本神志清醒的丈夫身上。

1927 年以后，菲茨杰拉德携家人离开了昂蒂布，再没有回来，他最后去了好莱坞，并在 40 岁出头时死于酗酒引发的并发症。他用了八年才完成《夜色温柔》，部分原因是他不得不一再搁笔，赚钱支付塞尔达住疗养院和精神病治疗的费用。

塞尔达于 1948 年过世，在她去世五十周年之际，埃斯特纳-肖万在酒店里办了一场 200 人出席的晚宴，其中也邀请到了塞尔达的两个外孙女，还有菲茨杰拉德协会的若干成员。两个外孙女讲述了她们的母亲斯科蒂与塞尔达和菲茨杰拉德在昂蒂布共度的时光。

据两人描述，在这栋别墅里，她们的外祖父与外祖母时常争吵。塞尔达在每个房间里都准备了打包好的行李，一不开心就说要离家出走。一次争吵过后，她带着自己所有的行李，顶着正午的日头走出家门，试图叫一辆出租车。在那时，就和现在一样，昂蒂布的出租车根本不可能从这里经过，她最后还是被劝回了家。但是两人共同生活的日子却走到了尽头。

"她们讲述了塞尔达在这里生活时是多么不开心，"埃斯特纳-肖万回忆着菲茨杰拉德这两位外孙女的事，"还有他们是如何离开了这里，而且再也没有回来。"

埃斯特纳-肖万向菲茨杰拉德的后人们展示了几张这栋建筑的深褐色旧照，其中一张上有一位身份不详的金发小朋友正在防浪堤旁玩耍。两位外孙女认出这名小朋友正是她们的母亲。"所有人都在哭。"埃斯特纳-肖万回忆道。

五年前，埃斯特纳-肖万创办了写作大奖赛"菲茨杰拉德奖"（Prix Fitzgerald）。从那以后，每年都会有一批法国作家和评论家组成评审团，从主攻菲茨杰拉德感兴趣的类型写作或主题写作的作家中，选出一名获奖者。历届的菲茨杰拉德奖得主有乔纳森·迪，他在小说《特权者》（*The Privileges*）中讽刺了当今纽约的一个对冲基金家族；还有埃默·托尔斯，他在 2011 年出版的小说《社交礼仪守则》（*Rules of Civility*）中，描绘了20 世纪 30 年代的曼哈顿上流社会。2014 年，作家兼电影人惠特·斯蒂尔曼以自己 1998 年创作的电影和 2000 年的同名小说《最后的迪斯科》（*The Last Days of Disco*）拿下大奖，该作品讲述的是一批上流纽约人在 20 世纪 80 年代的成长经历。2015 年，罗伯特·古尔里克以小说《王子们的陨落》（*The Fall of Princes*）

获奖。

每年，埃斯特纳-肖万都会招待菲茨杰拉德奖得主在菲茨杰拉德以前的卧室里住一晚。颁奖典礼包含一顿晚宴和一场午夜跳水，这也与菲茨杰拉德在昂蒂布居住时的一些传说有关。

传说在一天夜里，他们夫妇俩一直在激烈地争吵和酗酒。塞尔达奚落他在事业和生活上的双重失败，菲茨杰拉德愤怒地冲出家门，跑到了瑞莱昂潘街边一家小酒馆，游说里面的全职管弦乐队跟他一起回家。他将这队人领进一个房间，接着摔了门，上了锁，命令他们：想在天亮时被放出来的话，就得通宵演奏。然后，他问塞尔达，现在她是否依然认为他是一个失败者。

传闻中并没有提到她是如何回答的。不过为了纪念这段故事，埃斯特纳-肖万会在月夜时分派乐手们上楼，为菲茨杰拉德奖的得主单独演奏几个小时的小夜曲。

雪莱与拜伦熟悉的日内瓦湖

托尼·佩罗蒂提
Tony Perrottet
—
定期为《纽约时报》《华尔街日报》和《史密森杂志》（*Smithsonian Magazine*）
撰稿，著有《罪人之路：穿过欧洲历史的另一面》
（*The Sinner's Grand Tour: A Journey Through the Historical Underbelly of Europe*）。

很少人会觉得瑞士是一个狂野的艺术中心。谈起瑞士，我们中很多人都会想起奥森·威尔斯在电影《第三人》中扮演的角色哈里·利姆得出的粗糙结论：瑞士人最有创造力的成就就是布谷鸟钟。

但事实并非全然如此。

几个世纪以前，欧洲最富冒险精神的浪荡者们涌入了瑞士和法国边境的日内瓦湖，沉醉于美丽的山景和开放的政治氛围。他们中最臭名昭著的那群人来自英国，于 1816 年 5 月抵达，由 28 岁的著名诗人乔治·戈登·拜伦爵士带队。这位曾获得"疯狂、邪恶且危险"称号的诗人本身行为放荡，与不同男女之间有过各种戏剧化的风流韵事（包括他同父异母的妹妹奥古斯塔），正因此，在经历和妻子的分居风波之后，他逃离了英国。

他乘坐的交通工具是拿破仑四轮马车的仿制品，随行人员包括一群男仆、一位私人心理医生（约翰·波利多里，一个受感情困扰的年轻医生，有些书呆子气）、一只孔雀、一只猴子和一只狗。他和随从们抵达日内瓦后，和以诗人珀西·比希·雪莱为首的那群文学流浪者碰了头。当时雪莱23岁，因为倡导无神论和自由恋爱，在英国变得声名狼藉。雪莱的身边陪伴着聪明美丽的情人——18岁的玛丽·沃斯通克拉夫特·戈德温（之后同年嫁给了雪莱）以及她迷人的异父妹妹——克莱尔·克莱尔蒙特（同样18岁，在英国时她曾做过拜伦的情妇，也曾在一段时间内做过雪莱的情妇。在听闻拜伦旅行至此后，正是克莱尔精心安排了雪莱与拜伦在瑞士的会面）。

拜伦和雪莱一拍即合，不久就在日内瓦以北四公里的克洛尼村一起租了夏季别墅，比邻而居。拜伦带着医生和仆从租下了一栋豪华别墅，而雪莱、玛丽和克莱尔则在湖边租了一栋相对简陋的房子。

历史学家埃尔玛·丹杰菲尔德在《拜伦和浪漫主义者在瑞士，1816》（*Byron and the Romantics in Switzerland, 1816*）一书中提到，这个小圈子里拥有"整个瑞士甚至欧洲最杰出、最浪漫的一群诗人、作家和名流"。这么说可能有一点儿夸张了，但不可否认，这确实是一群才华横溢的天才的集会。他们要么在日内瓦湖上乘风破浪，要么骑马前往阿尔卑斯山上的中世纪城堡，除此之外的时间都在写作。那个夏天，玛丽·雪莱写出了经典哥特作品《弗兰肯斯坦，或现代普罗米修斯故事》（*Frankenstein; or, the Modern Prometheus*）；拜伦也创作了一系列诗歌，其中包括《西庸的囚徒》（*The Prisoner of Chillon*）；受拜伦启发，约翰·波利多里写出了惊悚短篇小说《吸血鬼》（*The Vampyre*）；多年后，布莱姆·斯托克受该小说启发，写下了《德古拉》（*Dracula*）。

我想知道日内瓦湖为何能激发如此多的创作灵感，于是在去年夏天，我花了一周的时间来到湖边，寻找这些浪漫主义诗人居住的地方——主要任务是拜访那一座座引人入胜的湖边别墅。

牛角状的日内瓦湖是瑞士最大、最深、最蓝的湖泊，周边的景色则令它的美更胜一筹：繁盛的葡萄园，历史悠久的建筑，还有远方终年不化的雪山。这里的冬天很温暖，而夏天炎热干燥，拥有"瑞士的里维埃拉"的美称。湖的东岸长着棕榈树。每年 6 月到 9 月，湖水都非常温暖，可以从卵石滩上跳进去游泳。

但是对我来说，它是拜伦和雪莱的遗赠——两位传奇人物在如此古老原始的环境中比邻而居——令日内瓦湖拥有了致命的吸引力。

拜伦和他的小团体在 1816 年所住的克洛尼村，今天主要是私人住宅，所以我在东边较远的繁华小镇蒙特勒租下了一栋青灰色的村舍。幸运的是，我刚好赶上了蒙特勒的爵士音乐节，而且原本只有安静的花园和咖啡馆、风景宜人的海滨步道，如今被改造成了一条露天商业街，穿着考究的游人在售卖手工艺品、服饰以及小零食的摊位之间穿梭。温暖的夜晚空气中回荡着爵士乐和其他种类的音乐旋律，但是很难找到演奏的具体地点，因为大部分演出都是在价格昂贵的室内场馆进行的。我找了一家湖上酒吧，点了一小杯本地红酒——酒的体量被仔细控制在"1分升（1/10公升）"——酒吧里有个巴西籍DJ。我尽量让自己逐渐融入那些皮肤被晒成棕褐色的人中。

回到我租住的村舍需要爬343层台阶，一路上，我提醒自己，尽管拜伦纵情声色，他可不是为了夜生活才来瑞士的。

次日的早晨，我直奔日内瓦湖。长72公里、宽近15公里的日内瓦湖，拥有齐备的旅游设施，乘坐高级的瑞士火车可以在一个小时内到达任何一个地方。如果想要更悠闲一些，乘坐优雅、古老的湖上游轮也是很不错的选择。我选择乘坐一艘建造于"一战"前的明轮船。玛丽·雪莱曾在书信中描述过日内瓦湖的湖水，说湖水的颜色近似于热带的海，"蓝得好像能映照出天堂"。在《弗兰肯斯坦》中，她多次化用了日内瓦湖的景色。

现如今，小村庄和沿海峭壁的风景都没有发生过太大变化。拜伦和他的朋友们曾一起驾驶露天帆船和四轮马车来此游历，但他们现在一定会感到惊讶，以前那个贫穷的瑞士共和国居然变成了欧洲最富裕的国家之一。我乘坐的翻新渡轮里有一个崭新的餐厅，内饰用的是核桃木嵌板和精致的亚麻细布。于是我享受了一场贵族式的午餐，抿着瑞士白苏维浓葡萄酒，眺望着远处梯田式的葡萄园。

坐了两个小时的船，加上 20 分钟的火车，我到达了日内瓦的市中心，现在这里是联合国官员和银行家的大本营。若是回到 1816 年，拜伦和雪莱是绝不会在这里逗留的；拜伦曾经在信中抱怨说，自己在旅馆花园里一直被一群"瞪着大眼的傻子们"跟踪，换个有礼貌的说法就是：英国游客。所以这两组人就都搬去了日内瓦旁边的克洛尼村，住到了那些隐秘的村舍里——拜伦选择了豪华的迪欧达第别墅（Villa Diodati），雪莱则选择了地势较低、相对简朴的梅森沙皮伊别墅（Maison Chapuis）。

乘着短途巴士，我经过了日内瓦的地标"大喷泉"（Jet d'Eau），来到了克洛尼的中央广场。如今，这个小村庄已经成了日内瓦的郊区，也是欧洲最高级的住宅区之一。这里的住户包括各种首席执行官、酋长和名人。当我经过那些铁栅栏和树篱时，站在玻璃职岗亭里的守卫用怀疑的眼神看看我，所幸我很快就找到了鲁斯路 9 号——古老的石头门柱上低调地刻着"迪欧达第"（DIODATI）。

如今这座浅红色的别墅依然属于私人所有（被分隔成了许多间高端套房），但是你仍然可以从外面的街道和隔壁的花园里看到它的样子。它的外观与 19 世纪的雕刻并无二致，包括那座宽阔的阳台，拜伦在那儿完成了他的史诗《恰尔德·哈洛尔德游记》（*Childe Harold's Pilgrimage*）的第三章。不过，原本一直延伸到湖边的葡萄园，已经变成了开满鲜花的花园，沙皮伊别墅也已不复存在。

大门是开着的，于是我开心地踏足进去，准备敲门。当我靠近它时，我可以很容易地想象出 1816 年那群放荡不羁的文化人聚在二楼，在被蜡烛点亮的餐厅内辩论、畅饮的场景。刚开始，拜伦并不想和黑眼睛的克莱尔旧情复燃，但他没坚持多久。（"我从没爱过她，也没假装说爱她，"他之后写道，"但是男人就是男人——如果一个 18 岁的姑娘整天在你身边蹦来跳去——就只能有一种结果。"）波利多里医生又爱上了玛丽，一时春光旖旎。日内瓦的英国来客中很快流言四起。好奇的人会坐船来偷窥晾衣绳上的女士内衣——这被当作迪欧达第别墅其实是妓院的证据，还有人会在拜伦晚上骑马出去的时候拦住他，指责他让当地的女孩和年轻人堕落了。在瑞士发生的这一切，都被伦敦的报纸记录下来，形容为"肮脏的乱伦联盟"。

但属于 1816 年夏天的历史意义，不仅仅局限于文学领域。1815 年，印度尼西亚坦博拉火山爆发的火山灰遮蔽了整个北半球（比 60 年后的喀拉喀托火山爆发要严重得多），这为欧洲带来了严寒和暴雨，使 1816 年被称为"无夏之年"。坏天气从 6 月中旬开始蔓延到瑞士，玛丽曾回忆过"那场下不停的雨"，湖面上反反复复的可怕雷暴。红酒被消耗得很快，鸦片酒（一种液态鸦片）也是一样。一天晚上，正当拜伦高声朗诵一首难忘的诗时，雪莱突然跳起来，从一个房间里尖叫着跑出来，他产生了幻觉，看到玛丽的乳头上长出了恶魔的眼睛。在这种超现实的幽闭氛围中，她做了那个著名的噩梦，最终被写进了《弗兰肯斯坦》一书中（在该书 1831 年版中，她在前言里重

180

新描述了那个梦），小说情节是一位科学家窃取尸块，拼出了一个怪物，并给它注入了生命。第二天，她就在迪欧达第别墅中向一位全神贯注的听众讲述了这个黑暗的故事。

就像今天的游客一样，拜伦同他的朋友们也喜欢在湖边探险。当大雨终于平息以后，拜伦和雪莱进行了一次属于他们自己的为期一周的文化朝圣之旅。他们的第一站就是克拉伦斯村，那个年代最受欢迎的小说——卢梭的书信体爱情小说《朱莉，或新爱洛伊丝》（*Julie, or the New Héloïse*），就是在这里写成的。在洛桑市，他们带着崇敬的心情去了爱德华·吉本的故居，爱德华就是在那里写下了不朽巨著《罗马帝国衰亡史》（这个房子当时已经是废墟，并在 1896 年被推倒，在原址上改建成洛桑市邮局）。回家的路上，他们遇到了暴风雨，船舵被打烂，船也差点沉了——这也预示了六年后意大利的那场船难将会夺走雪莱的生命，他热爱坐船，却从未学过游泳。

根据拜伦的书信所说，整个旅行的亮点莫过于整个瑞士最令人激动的胜地：西庸古堡，这座中世纪堡垒的炮塔从水面上犹如梦境一般地升起。这座古堡在 16 世纪因关押政治犯而变得众所皆知。一位宪兵带他们参观了地牢，看到了率直的传教士弗朗索瓦·博尼瓦被铐在柱子上整整一年的地方，两名诗人都被深深打动了。

我是从蒙特勒沿着湖滨走了三公里才来到这里的（坐渡轮也可以）。地牢依然是主要景点，因为柱子上刻了拜伦的名字（尽管拜伦的朋友约翰·霍布豪斯坚信这名字是由一个喝醉的保安刻上去的，目的是吸引游客；霍布斯曾和拜伦在那个夏天一起出游，并在1828年重新拜访了城堡）。楼梯穿过层层的内庭，很多地方还留有中世纪原始壁画的痕迹，到达最高处后，从每个箭垛的狭缝中都能看到无与伦比的湖景。

参观完城堡后，拜伦和雪莱在洛桑旁边的港口乌契找了家小旅店住下来。拜伦在这里熬夜创作《西庸的囚徒》，而雪莱则在写《赞智力美》（Hymn to Intellectual Beauty）。直至今日，洛桑依然是日内瓦湖畔最富活力、最壮观的城市，其陡峭的山坡上坐落着哥特式大教堂，坐索道即可轻易抵达。以前的湖滨旅馆依然存在，只不过已被扩建为华丽的商务酒店——安格勒特瑞酒店（Hôtel d'Angleterre），房间里有血红色天鹅绒扶手椅，每面墙上都挂着当代艺术作品。

也许最能唤起1816年记忆的遗迹是已被废弃的科佩城堡——斯黛尔夫人的宅邸。斯黛尔夫人组织的沙龙，应该是拜伦在瑞士愿意参加的唯一的沙龙。由于其撰写的畅销小说，与多位名人纠缠的风流艳史，以及直言不讳的自由政治观念（1804年她被拿破仑驱逐出境），50岁的斯黛尔夫人在欧洲名气很大，她办的宴会总能吸引来欧洲最杰出的才俊。从火车站出来走5分钟就会到达城堡，如今城堡依然由其后裔管理。第10代城堡主人是79岁的奥特宁·豪森威尔伯爵，他今天依然住在城堡里，将其他房间向公众开放。房间内的家具和装饰都保持了原样，包括斯黛尔夫人的私人浴缸和钢琴。

浪漫主义者总是会着迷于大自然的精神力量，哪怕是以自我为中心的拜伦也无法忽略瑞士的阿尔卑斯山。在夏天的不同时节，他和同伴们骑着马和骡子游览了阿尔卑斯山险峻的山峦与瀑布，经历过震耳欲聋的雪崩与静谧安宁的冰川——拜伦曾在日记中这样赞叹冰川，"好像冰冻的飓风"。

最激动人心的一次旅行，莫过于那次拜伦和他在剑桥的好友霍布豪斯深入壮观的伯尔尼高地（Bernese Oberland）。当时拜伦和"霍比"在马背上度过了好几天，但现在，乘坐火车花几个小时就能完成这趟旅程。这是瑞士最美的一条铁路线，从蒙特勒贯穿至德语区内的因特拉肯。在通过蒙特博文时，全景车厢可以让你看到完整的日内瓦湖景。列车穿过隧道蜿蜒而行，进入阿尔卑斯山的中心，将三座最著名的山峰——少女峰、艾格峰、僧侣峰——尽收眼底，它们若隐若现，好像"瑞士莲"巧克力包装上的插画。

就算是痛苦的拜伦，似乎也沉醉于这仙境般的山地美景中。埃尔玛·丹杰菲尔德曾写到，有一次，拜伦在穿过一个高山垭口后，显得特别开心，他"捏了个雪球扔向霍布豪斯"。拜伦在给他妹妹的信中也写过："找到了一个繁茂的林间空地，我躺下来，尽情地享受阳光，我竟然还在口袋笔记本里专门记录下此时的我有多快乐。"

旅行的高潮就在卢达本纳村，那险峻的峡谷之中竟有一连串的高山瀑布，拜伦形容其中的一条为"在风中流动的白色马尾"。

今天的卢达本纳，完全保留了当初的风景，只不过拜伦和霍布豪斯借宿在一名当地牧师家中，而我则在主街上众多便捷的早餐民宿中选了一家入住。接下来的几天，我每天乘坐齿轨铁路和缆车（而非骡子）来到云层之上，在美得令人惊叹的山脊上徒步，然后在晚餐时分回到村里，享用升级版的芝士火锅。一次早上，我清晨起床来到小镇外，参观施陶河瀑布下开凿出的一条隧道，看着周围山峰的激流被冰川缓缓渗透。我想，谁还要喝鸦片酒呢？

那个年代还没发明避孕措施，"自由之爱"的后果对男人好，对女人则不是很好。迪欧达第的田园牧歌般的生活在 8 月时出了岔子，克莱尔发现自己怀孕了，而拜伦在一封信中直接表示出质疑："这孩子是我的吗？"后来他还是很不情愿地得出结论，真有可能是。在拜伦承诺抚养这个孩子后，雪莱一行人在 8 月 29 日离开，前往英国。而拜伦也只在迪欧达第别墅逗留至 10 月初，最后还是离开了瑞士，前往意大利，让自己更深地沉溺于肉欲的放纵中。

回头看看，对于这些以悲剧告终的人来说，"弗兰肯斯坦的夏天"看上去像是一段幻想出来的幸福插曲。1822 年，雪莱溺死于意大利，年仅 29 岁。波利多里医生在前一年自杀，年仅 25 岁。克莱尔和拜伦的女儿于五岁夭折，玛丽和雪莱的四个孩子中只有一个活了下来。拜伦在 1824 年死于希腊，终年 36 岁。

最后的幸存者是勇敢的克莱尔·克莱尔蒙特，她活到了 80 岁。在她生命的最后阶段，写下了一本忧伤的回忆录，公开谴责"自由之爱"，她说"自由之爱令两位英国最杰出的诗人变成了集欺骗、吝啬、残忍和卑劣于一身的怪物"。(这些潦草的手稿在 2009 年由传记作者黛西·海伊在纽约档案馆发现。)

时至今日,在日瓦湖上折射的明亮夏日阳光之下,如此病态的想法维持不了多久。在蒙特勒的最后一晚,我参加了爵士音乐节,在我财力承受的范围内,喝了许多杯红酒。"及时行乐"(carpe diem)——拜伦和雪莱肯定会同意这句话——我们一生又能经历几个夏天呢?

寻找伊舍伍德的柏林

※ 原刊于 2013 年 4 月

蕾切尔·B. 道尔
Rachel B. Doyle
-
"阿特拉斯奇妙之旅"（Atlas Obscura）网站的责任编辑。
她曾是常驻柏林和内罗毕的旅行作家。

1929 年，当克里斯托弗·伊舍伍德刚搬到柏林的时候，这位 25 岁的英国小说家还没做好要在一个地方定居的准备。

有一阵，他在三个月里换了三个住处。其中一处就在树叶繁盛的提尔公园里，挨着（前）性学研究机构（Institute for Sexual Research），不过他几乎付不起这儿的房租。另外他还在克罗伊茨贝格区和一个五口之家合租过一间狭窄、漏水的阁楼公寓。第三个住处在科特布斯门附近，这个地方当时还是贫民窟（现在是一家夜店），搬入后，他去警察局登记，当得知自己是这片地区唯一的英国人时，他还挺高兴的。

"他喜欢把自己想象成那些神秘的流浪者，他们深入异域的土地，用当地人的穿着和习俗伪装自己，在无名的坟墓里死去，被他们远在家乡的同胞们羡慕着。"在《克里斯托弗和他的同类》（*Christopher and His Kind*）一书中，伊舍伍德曾这样描述自己的这段经历。这是一本采用第三人称视角的回忆录，记录的是他在 20 世纪 30 年代的生活。

即使置身于今天的柏林，伊舍伍德也不会觉得格格不入，这里依旧是年轻人和创意者的乐园。尽管时尚潮流已经改变，但伊舍伍德的作品依然能抓住这座德国首都的精髓——曾经的地堡中藏匿着艺术品，没有任何标记的门后掩藏着离经叛道的夜店。

魏玛时期柏林充满着魅力与诱惑，迅速激发了伊舍伍德的灵感——对于这位好奇心旺盛的同志作家来说，这里有无限的性可能，在派对上，舞者们"在天花板上悬挂的巨大阳伞下，微醺着随节奏摇摆"。他沉醉于这座城市的肮脏与精致、灯红酒绿与高档别墅、堕落与恐惧之中——这座城市的自由精神，马上就要被纳粹的恐怖消灭殆尽。"这里沸腾着的，是正在酝酿的历史。"他在回忆录中这样写道。

1930 年 12 月，伊舍伍德终于在舍恩贝格区的诺伦多尔夫大街 17 号安顿下来。住在这栋楼里的净是些稀奇古怪的人，他们的形象化身为小说人物，出现在《最后的诺里斯先生》（The Last of Mr. Norris）和《别了，柏林》（Goodbye to Berlin）等小说中。他与简·洛斯在此处同住，简成了他小说中的著名人物萨莉·鲍尔斯的原型：一个喜怒无常的夜店歌手，同时也是充满抱负的女演员，他为之着迷的是她身上散发出来的那股"毫不在乎他人眼光"的气场。他的女房东梅塔·图劳，则启发了他去塑造施罗德小姐这个角色——她在伊舍伍德的小说里象征了当时典型的柏林人。第一次世界大战以后，经济低迷，施罗德小姐被迫招租房客。她从一开始就对希特勒持怀疑态度，但最终接受了大众普遍的情绪，本地人"就好像还在上学的男孩子一样，为一种秘密的感官愉悦而激动不已。因为，犹太人，即他们生意上的死对头，以及社会主义者们……终于被认定为战败与通货膨胀的罪魁祸首，而且即将罪有应得，真是大快人心"。

伊舍伍德住了两年半的这条街道，在"二战"时遭到轰炸。而这几栋庄严的战前建筑——包括他曾住过的那一栋，淡黄色的墙面上安嵌着水泥狮头雕像——如今则与平淡的新建筑混合在一起。他曾住过的大楼的底层，现在是一家时尚风格的小工坊，以及一间善本书店；街对面可供游客选择的去处，要么是一个卡巴拉教活动中心，要么是一家名叫"斯塔格·李"的地下风格鸡尾酒吧，进门前要先摇个黄铜门铃。街角有一间较新的 20 世纪 20 年代风格的咖啡店，店里有音乐表演，店名则以"萨莉·鲍尔斯"命名。

尽管如此，如今的诺伦多尔夫大街，与伊舍伍德在《别了，柏林》开头处描写的并无太大区别："从我的窗户看出去，是一条庄严而幽深的大街，几家地下室商店灯光日夜长明。带阳台的建筑物都有点头重脚轻，在它们门面的阴影下，有卷轴与纹章图案雕刻在肮脏的水泥门面之上。"

伊舍伍德曾在他公寓的前厅里教英语课，同时写作讽刺、疏离的故事。在当时，这一带是男同性恋的活动中心——如今依然是。今天，在这附近看见身着皮裤、闪亮胶靴或警察制服的男人们闲逛，已经不足为奇了——有好多商店就专门卖这类商品，还有几家俱乐部，顾客必须打扮成这样，否则不让进。

伊舍伍德沉浸在这一带的夜生活里，这里为他的《别了，柏林》提供了养料。这部小说后来于 1966 年被改编成音乐剧，又在 1972 年被改编成电影，都叫《歌厅》（Cabaret）。他当年的公寓附近有几家标志性的会所，其中就包括以变装秀闻名的"黄金国"（Eldorado）。那时，在这家店里，顾客可以购买代币，用以换取与易装后的男男女女共舞的机会，试试能不能猜出自己舞伴的性别。店里还提供面具，给那些希望身份保密的人佩戴。

"他可能在这儿见过玛琳。"布伦丹·纳什说道。纳什来自伦敦，他在这里带领"伊舍伍德故居游"导览。他口中的"玛琳"指的是玛琳·黛德丽——出生并成长于舍恩贝格区的那个光芒四射的女演员。一个晴朗的夏日早晨，纳什和我站在莫茨大街 24 号一家有机食品超市门口，超市的招牌写着"黄金国的配餐坊"，昭告顾客：在这间房里，异装癖表演者曾在舞台上大跳西迷舞。如今这里则是蔬菜专卖店。

我们走进店内，参观收银台旁的一小组旧照片，里面可以看到以前夜总会的样子——原来这里是一间二层楼高的空间，有镀金的天花板、水晶吊灯和白桌布，墙上挂着画。纳什先生从 2011 年开始做导览员，他说在魏玛时代，来这里过夜生活是一件很时髦的事，就好像如今的游客在位于弗里德里希海因区的夜店——"电音圣殿博格翰"（Berghain）——里排着队等着与裸上身的皮裤老爹们跳舞一样。

在《克里斯托弗和他的同类》中，伊舍伍德幽默地描写了柏林的"伪恶窟"："在这里，尖叫的男孩子们扮女装、戴单片眼镜，剪着伊顿头（男式女子短发）的女孩子们穿着礼服夹克，大家就开始上演索多玛和蛾摩拉这两座淫恶之城的各种狂欢，吓坏了一旁的观众，一再提醒人们，柏林依然是欧洲最堕落的城市。"

伊舍伍德许多主要的灵感来源，都来自于他常去的下流"男孩酒吧"。这些酒吧大多位于克罗伊茨贝格运河边上，尤其是位于佐森纳大街7号的"安逸角"。这家酒吧后来成为《别了，柏林》中"亚历山大赌场"的原型。今天，"安逸角"旧址紧挨一家小钢琴店，也临近一些颇具魅力的商店：比如"纽扣保罗"，这家店专卖纽扣，包括桉木和鹿角做的纽扣；又如一家名叫"金色独角兽"的药店，店里有木头药柜和陶瓷药罐。

然而，在伊舍伍德的小说里，这个地方名声很差，警察经常来这里追捕"通缉犯或逃出感化院的男孩子"。周末，来这里找刺激的游客络绎不绝。"他们讨论共产主义、凡·高，还有最好吃的餐馆。有些人似乎有点儿害怕：也许他们觉得自己会在贼窝里被捅一刀吧。"作者写道。

伊舍伍德的天才在于，他的作品中既出现过柏林人私密且时常出格的生活，又融合了如血红旗帜般徐徐展开的政治事件。扛着纳粹旗帜的纳粹冲锋队，消灭了这座城市里大部分属于他的时代的场景，催着他离开。

"现在，各种男孩酒吧都被突袭过，许多都被关停了……怪不得那些谨慎的人都被吓坏了，低调着不敢声张，而那些愚蠢的家伙则满城飞，大赞冲锋队穿着制服多么性感。"伊舍伍德在《克里斯托弗和他的同类》中这样写道。

1933 年 5 月，伊舍伍德离开柏林，此后多年，他与那个逃兵役的德国男友海因茨·尼德迈尔一起漂泊于欧洲各地。1952 年，就在"二战"结束后、柏林墙修建前，他曾回访柏林，发现"熟悉的街道上，建筑已支离破碎"，诺伦多尔夫大街上"房屋正面……被炸弹碎片击出坑洞，逐渐坍塌"。他没有亲眼见到这城市复原的景象，若今日再来，他也许会看到那熟悉、亲切、启发过他灵感的旧日风景。

1939 年，伊舍伍德在南加州定居，但他不断回想起在德国首都暂居的那段时光，每当想起，他都倍感振奋。"背景始终是柏林。它每晚都呼唤着我，它的声音如留声机播放出来的唱片那样，粗糙但性感。"他在 1962 年小说《去那儿旅个游》（*Down There on a Visit*）中写道："柏林影响着我，就像一场派对，曲终人散，我却不想回家。"

在德国，
那条韩塞尔与葛雷特走过的小径

※ 原刊于 2010 年 6 月

大卫·G. 艾伦
David G. Allan
-
CNN 网站健康版的编辑总监，
也是"智慧计划"（Wisdom Project）专栏的作者。

在很久很久以前——约两百年前——有一对兄弟，威廉·格林与雅各布·格林，他们住在黑森公国，也就是今天德国的黑森州。他们喜欢童话故事，四处收集民间故事并将它们结集成书，出版以后受到全世界读者的喜爱，无论老少，直到永远。

1812 年，格林兄弟出版了第一部著名童话集——《儿童与家庭童话集》。若你想做点什么来向这本书致敬的话，可以去迪士尼公园，在那些整齐的人造城堡里散步，你会遇到许多咧嘴笑着、穿着圈环裙的人扮的吉祥物。

或者你可以像我一样。在我的妻子凯特，还有我们两岁半的女儿爱丽丝的陪伴下，我们驾车穿越了德国的童话之路，这是一条由当地旅游局规划的正式旅游线路，但是沿途并无标记，一路上串起的景点里有些是真实存在的，有些则是童话故

192

事里的。这条线路全长 560 多公里，从法兰克福到不来梅，中间蜿蜒经过格林兄弟的故居，故事里小红帽的家、睡美人的家、韩塞尔与葛雷特的家，以及大片幽魅的森林、高耸的塔楼，甚至真正的城堡。

我们在来时的飞机上就向爱丽丝介绍了格林兄弟的世界，我给她读了格林兄弟版本的灰姑娘的故事。"在很久很久以前，有一个女孩名叫伊莎贝拉，她的妈妈死了。"我一开始读就意识到，格林兄弟的童话里其实交织着死亡、邪恶与恐惧。（他们出的第一版书里面还包括一个叫《孩子们是如何在玩屠宰游戏》的可怕故事。）我接着读下去，现场做了一些迪士尼风格化的修改，掩盖了饿狼和邪恶的后母那部分，一直到美满结局。因为被我进行了一番粉饰，所以这些故事吸引了爱丽丝。在自驾的一周内，我们的车里不时传来她在车后座讲故事的声音，开头都是："在很久很久以前，有一个小女孩，名叫爱丽丝。"

我们的旅程从法兰克福的郊区哈瑙开始，这里是童话之路的正式起点，也是格林兄弟在五六岁的时候居住的地方。哈瑙中心广场上有一座雕像，纪念兄弟二人在这里度过的时光。菲利普斯鲁厄宫-哈瑙历史博物馆中还有关于他们个人的小展览。

格林兄弟还在施泰瑙村住过七年，这个小村之前曾被围墙环绕，位于哈瑙东北 56 公里处。他们曾住过的房子，如今已经是格林博物馆，专注于展现格林兄弟的家庭生活。有些房间尚在施工中，准备扩建，将来会做互动展览以及各种国际版《格林童话》的展示，包括图书、游戏、插画和电影。当我在里面参观的时候，爱丽丝则在韩塞尔的"笼子"里玩耍。年幼的威廉和雅各布曾嬉戏过的小镇城堡里，也开放了几个房间用来展示他们的遗物，包括鼻烟壶、墨水瓶，还有家庭《圣经》。

离开施泰瑙后，我们继续上路，时不时地偏离童话之路，前往一些既不是格林故居也没有发生过童话故事的地方。后者当然听上去有点矛盾：很显然，童话故事既没有发生在任何确切的日子里（"在很久很久以前……"），也无法在地图上找到任何确切的发生地（"……在一个遥远的城堡里……"）。但是，确实是在这片土地上，格林兄弟将那些口口相传的故事记录下来，留给了后人，于是在过去两个世纪中，本地人和游客一直津津有味地寻找着那些有可能激发了这些故事的灵感的地方——不管其间的联系有多么微乎其微。

不过，我们的下个目的地确实是有直接联系的：施瓦姆河谷，即"小红帽的故乡"（在英文版里，小女孩的名字"Rotkäppchen"被译为"小红帽"）。施瓦姆博物馆里展出的是这个地方的传统纺织品。在这个地方，在很长时间内，衣服标志着你的社会阶级。在博物馆中，褪色的照片和蜡质模特展示着那个用颜色编码的等级制度：老人穿紫色和黑色，刚结婚的年轻夫妇穿绿色，小女孩则会将自己的头发盘起来，收在一个小红帽里面。

山谷里满是农场、绵延的山丘，还有大片的森林。我把车停在森林边缘的一个停车区域，没有理会那个看上去很不吉利的警告牌，上面的字我看不懂。我们走进了纺锤形的树木之间，阳光从枝叶间洒下来，落在林下茂密的蕨类植物上。一边走着，我一边给爱丽丝讲着小红帽和白雪公主的故事。

那天晚上，我们来到在卡塞尔预订的旅店，却发现店里没有空房了。凯特抱着昏昏欲睡的爱丽丝，再一次按响了门铃，试图说服店主的丈夫给我们找个地方住下来。不知道是不是我的想象力过于旺盛，当他解释说是他女儿弄错了的时候，我不禁怀疑是不是有一个邪恶的后妈要把我们赶走。（在这段旅程中，平常的偶遇总会令我想起那些童话，比如看到一个樵夫在砍柴，一个红苹果从凯特包里滚了出来，甚至是桥边站着一个模糊不清、看上去很像洞穴巨人的男人。）

卡塞尔是《格林童话》诞生的基石。在他们的父亲去世后，这对兄弟搬到了这里继续收集研究工作。大学毕业后，他们成了图书管理员，住在现在的格林兄弟广场的位置，这里立有他们二人的小型雕像。之后他们住到了现在的格林兄弟图书馆附近。在闲暇时间里，他们会去寻找那些滔滔不绝的说故事的人。

我们在卡塞尔城外的一家公路餐厅就餐，这是一家名叫"克瑙胡特"小酒馆。这里曾经的主人是德洛特亚·维曼，她是一位农妇，也是一名讲故事的人，为格林兄弟俩讲了很多故事，其中就包括"灰姑娘"，即辛德瑞拉。我们喝了店里自酿的啤酒，观看了一场德国原汁原味的灰姑娘故事改编的剧，扮演灰姑娘的女演员是个苏格兰人。

随着《格林童话》的知名度越来越高，很多北黑森州的游客会徒步前往一座城堡，据说那城堡有两座高塔，周围遍布森林和玫瑰丛。这处遗迹吻合了我最喜欢的童话故事——"野玫瑰"，它还有更广为人知的名字——"睡美人"。这座城堡如今的名字是"睡美人宫殿萨巴堡"，一半是遗址，一半则变成了老式精品酒店，由冈瑟·柯塞科经营。冈瑟也是当地保护格林童话遗迹组织的成员之一。

酒店里遍布睡美人主题的古董珍玩，提供玫瑰风味的意大利面，以及睡美人故事的现场表演（更加重了媚俗感）。但是从我们房间看出去的景色却引人遐想——绿色的草原、放牧的牛羊，还有漆黑一片的森林。临睡前，我给爱丽丝读了未删节版的《睡美人》，她赞不绝口，一直要求我再读一遍。

我们旅程的最后一段，则是穿过淳朴的下萨克森州前往哈梅林。这个小镇好像华丽文艺复兴时代的电影场景，铺着鹅卵石的人行道两旁排列着木结构的房屋立面。这座城市的特色游览线路，是由著名的"拯救者兼复仇者"——魔笛手来带路导览的。移居至此的美国人迈克·鲍伊是其中一位魔笛手的扮演者，他穿着色彩斑斓的拼布戏服并演奏着竖笛，为这个角色注入了更多的高贵感和幽默感。游览线路以"捕鼠者之家"作为终点，这是一家藏在有 408 年历史的老建筑里面的餐厅，招牌菜是名叫"鼠尾烧"的烤猪里脊，吸引了大量游客蜂拥而至。

根据格林兄弟所说，魔笛手的故事只是个传说，但是魔笛手扮演者鲍伊却认为这位童话人物有其历史原型。（他到底有没有迷走了老鼠——以及在得不到报酬后，又迷走了城里的小孩们——倒更值得怀疑。）

我们沿着高速公路回到了法兰克福，在四天的小镇漫游后重新回到了现代社会。我不知道和阿纳海姆或奥兰多的迪士尼乐园相比，爱丽丝是否会更喜欢这个格林兄弟版的德国。她喜欢城堡和动物园，也曾恰如其分地被魔笛手迷倒，但是我想在她的心里留下更多的东西。

我们在机场酒店住下，临睡前，我的愿望实现了。"我是睡美人，"她对我说，"而你是王子。吻我，然后唤醒我吧！"

越过那段不能承受的黑暗历史

※ 原刊于 2008 年 3 月

尼可拉斯·库利什
Nicholas Kulish
——
《纽约时报》柏林办事处的总编。
他现在是《纽约时报》的调查记者，曾出版小说《最后一个》（*Last One In*）。

金色之城布拉格的历史并不仅仅是由古时的美好与恩惠组成，它远非匆匆一瞥之下的表象。

"一战"后，共产主义建设在邻国的首都大展拳脚，然而，布拉格却几乎完全看不到被影响的痕迹。这里没有经历过布加勒斯特的全部推倒重建，没有体会过华沙之殇，也没有出现过柏林的分裂。"布拉格的人民对那些城市的人民怀着一种既尊敬又自卑的复杂心理。"米兰·昆德拉在他的经典作品《不能承受的生命之轻》中写道，"老市政厅是唯一在战争中遭到破坏的遗迹，他们决定保留这片废墟，这样波兰人或德国人就不会拿着话柄，说他们没经历过战争之痛。"

如今市政厅已不再是一片废墟，而古城不论从哪个角度看都像是印在明信片上的风景。在这个秋高气爽的日子里，伏尔塔瓦河畔的树已经染上了明亮的红与黄，为这座城市已然无比丰富的天际线添上了一层非凡的光彩。虽然已经不是夏天的旅游旺季，查尔斯桥上依然游人如织。

游人们一定不会对哥特风格的泰恩教堂或新艺术风格的市政大楼感到失望。但是如此密集的美景会让人产生一种视觉上的健忘症，哪怕是精通历史的游客也多少会有点失忆，感觉这座城市简直就是迪士尼城堡的放大版，致使布拉格近代的伤痕变得无迹可循。

昆德拉曾描写过小说主人公特丽莎爬上绿草茵茵的佩特林山："她走着走着，多次停下来回首眺望，看到了脚下的塔楼和桥梁，圣徒们舞着拳头，抬起石头的眼睛凝望云端。这是世界上最美的城市。"

1984年，《不能承受的生命之轻》最初以法语译本的形式在捷克出版，该书并不是献给这座城市的情书，而是来自那段压抑年代的消息。若你有计划前往布拉格旅行，非常值得随身带上一本，它能为你提供一个不同的视角。读者在昆德拉的文字中可以感受到当时政治环境的暗流涌动，那段距离现在并不遥远的喧嚣过往，以及那个具有侵略性、令人窒息的年代在人身上刻下的烙印。

特丽莎是在梦里攀登的佩特林山——在那个梦中，她即将被枪决，但执行死刑的唯一条件是她必须说服行刑者，死亡是她自愿的选择。小说不断闪回到特丽莎的这场噩梦中，同时交织着欲望与恐怖。

她和丈夫托马斯生活于捷克斯洛伐克最动荡的一段时期：捷克斯洛伐克的政治民主化运动被苏联终结。1968年的"布拉格之春"是铁幕下短暂绽放的花朵，随即而来的便是这座城市秘而不宣的创伤。小说为我们提供了打开记忆之门的钥匙。

在昆德拉笔下的那个年代，前大使可以被发配去当酒店的前台，私人之间的对话不仅被警察监听并录音，还会在国家广播电台中播放，当局会派摄影师在葬礼上支起明亮的灯，架起摄影机，记录下葬礼全过程，以供回去后仔细研究吊唁者们的面部表情。小说中的托马斯是一位优秀的外科医生，只因为写过一篇关于俄狄浦斯的文章而涉嫌有政治煽动行为，再加上其他莫须有的罪名，当局将他贬去做擦窗工人。

在今天的博物馆里，小放映厅里循环播放着监控和骚乱的场景。游客还可以看到很多令人难以忘怀的照片，譬如在大街上的坦克，瓦茨拉夫广场上的军队，被高压水枪喷、被木棒殴打的抗议者们。

这些照片都是黑白的，就挂在离你伸手可及的墙上。但场景很快转到苏联解体，突然之间，从那些褪色的牛仔裤和糟糕的发型上可以很明显地感觉到——对于年轻人来说尤为如此——这是我们现在所处的时代了。当你意识到那些棍棒指向的很有可能是你时，它们似乎打得更痛了。

尽管这个博物馆感人至深，信息量也很大，但总是透着一种业余的感觉。当时的英雄雕像被杂乱地堆在角落里，没有解说牌，就像祖母阁楼里堆着的杂七杂八的小玩意儿。墙上的解说文字也有点怪，比如"从一开始，苏联就抓紧实施了极其背信弃义与残酷无情的计谋"，这样的陈述引人发笑，不过也减轻了典型学术性论述的陈腐感。

但也许最令人惊讶的是，这个博物馆本身就掩藏在纳普利

200

科普商业街里，用博物馆馆方自己的话来说，"挤在麦当劳楼上，挨着赌场"。数十年的独裁统治，对于许多捷克人来说，就是他们一辈子的时间，而这数十年留下的东西就挤在这样一个狭小的空间内。这里甚至比斯拉夫新艺术的先锋人物——阿尔丰斯·穆夏的博物馆还要小。

毫无疑问，布拉格选择不让自己沉浸于那个年代——起码在公共面貌上来看是这样的。在昆德拉的小说中，托马斯的情人、艺术家萨丽娜就很厌恶别人因为她的国家曾经遭受的苦难而垂青她或者她的作品："问题是萨丽娜一点儿也不喜欢那些题材。'监狱''迫害''禁书''占领''坦克'这些词，在她眼里是丑陋的，没有一丝一毫的浪漫。"

其实不难理解为何这里的人民很快就忘记了那段历史。正如来这里的游客，他们没有去寻找历史的遗迹，只是把注意力集中在这座城市的美景上，也是理所当然的。

这座城市不仅珍爱穆夏的装饰作品，更是毫不客气地将卡夫卡作为自己的桂冠诗人揽入怀中。这里有卡夫卡线路游、卡夫卡咖啡馆、卡夫卡餐厅，还有卡夫卡酒店。但是这些都是拥有卡夫卡品牌效应的商品，不会有《审判》中的恐惧色彩。这些被提炼剪裁过的卡夫卡元素，完美迎合了老式的波西米亚啤酒屋以及城堡的美景。

布拉格的小巷和庭院，依然拥有卡夫卡作品中那种令人晕头转向的特质。随着夜幕降临，那些纠结扭曲在一起的巷子，似乎在嘲弄游客冻麻的手中捏着的皱巴巴的城市地图。布拉格不需要地图。布拉格是迷失之地。

昆德拉曾写过捷克斯洛伐克的普通老百姓是如何抵御侵略者的——不是用大炮，而是把路牌拆掉，逼敌人放慢速度，搞不清方向。这举动有着明显的捷克特色，其中混合了挑衅、创造力、反战主义，甚至还有一丝丝古怪。

带上昆德拉的书作为指引，这座城市呈现出了它的另外一面。就像被当局贬抑为擦窗工的托马斯，用刮窗刷擦洗着老城广场的奢华精品店的橱窗玻璃，对里面的顾客视而不见。

这部小说和根据它改编的电影一样，都以萨丽娜身上带有的那种矛盾的性感而出名——她可以脱得只剩内衣，同时又戴着一顶老式的圆顶高礼帽。这顶帽子身上赋予的含义随着故事的深入而逐渐加深，它原本属于萨丽娜的祖父，一位19世纪的市长，后来成为属于这对情人的一个带有性意味的玩物，到最后感情终结时，它又变成了这段关系的纪念品。

昆德拉曾写道："每一次，这同样的物件会生发出新的含意，与此同时，所有之前的含意将会产生共鸣（像一阵回声，像一连串的回声），令一切更加和谐丰富。"

对于这城市来说也是如此。瓦茨拉夫广场附近的前联邦议会大楼就像一个格格不入的巨大纪念物，那里是城中心为数不多的几栋孤独的苏联时期建筑之一，是斯洛伐克和捷克的议会代表投票的地方。它那庞大的凸出部分在我看来就像一个大下巴，迎着来自建筑评论家的上勾拳。它建在老的布拉格证券交易所之上，在没有损坏原本建筑的情况下，建起了这样一栋充满象征符号的建筑物。从另一个具有讽刺意味的角度来看，在天鹅绒革命后，这栋建筑现在成了"自由欧洲广播电台"的大本营，而这个组织是由美国资本赞助的。

瓦茨拉夫广场上竖立着主保圣人瓦茨拉夫的骑马戎装像，但其实这座广场没有那么正直。保守者们肯定希望消除掉赌场外灯光闪烁的门面，霓虹灯拼出的棕榈树和撞色的美元符号，红色与黄色的灯光闪个不停。广场成了毒贩子和推销脱衣舞的皮条客的大本营，他们都在热切盼望着一批又一批参加单身聚会的家伙在每个周末莅临此地。

这座城市里充满了如此的剧变。1969 年，国家烈士扬·帕拉赫为了抗议苏联的占领，在广场上自焚。现在，这座曾经被苏联占领的广场，已经由他的名字命名。

"捷克和欧洲历史的两张草图，来自生命中注定无法有经验的人类笔下，"昆德拉写道，"历史和个人生命一样，轻得不能承受，轻若羽毛，轻若飞扬的尘埃，轻若明天即将消失的任何东西。"

在旅居巴黎的时候，昆德拉并没有预见到苏联即将发生的瓦解，他写道："这个民族丧失自由的状态也许会经历几十年甚至几个世纪。"苏联时期现在看起来就像是翻页书上快速掠过去的插画，但是在"二战"后的四十年间，铁幕看上去似乎将是不可动摇的永久存在。

这是一段值得被铭记的历史，值得反思，而非直接反驳。这座城市之美，在于它是一个在审判后幸存下来的地方，即便并非毫发无伤——它变成了一个强大且公正的存在。

田纳西·威廉斯的罗马时光

※ 原刊于 2016 年 5 月

查理·怀德
Charly Wilder
－
长居柏林，常为《纽约时报》撰稿。

1948 年的 1 月下旬，田纳西·威廉斯第一次来到罗马。这位时年 37 岁的剧作家立刻深陷其中，称这座城市为"我的心之城市"。在经历了十年穷困潦倒、默默无闻的生活后，就在三年前，他的半自传体式的"回忆剧"《玻璃动物园》（*The Glass Menagerie*）横空出世，迅速取得了评论界以及商业上的巨大成功，一夜爆红。紧随其后的《欲望号街车》（*A Streetcar Named Desire*）于 1947 年上演，在百老汇一票难求，好评如潮，这部戏确立了威廉斯作为美国戏剧界重要人物的地位。四个月后，他起程前往欧洲。

他在法国短暂停留，有点失望（"我没觉得巴黎有什么优点，也就妓女的质量好些。"威廉斯在给伊利亚·卡赞的信中写道，卡赞是他的好朋友兼长期合作伙伴），正在这时，罗马及时地出现了。

"在跨进意大利国界的那一瞬间，我的身体健康和生活状态一下子奇迹般地好了起来。"他在回忆录中写道。在接下来的十年间，威廉斯大部分的时间都住在罗马，这十年也成了他人生中最富有创造力且硕果累累的时期——在1950年的短篇《斯通夫人的罗马春天》（*The Roman Spring of Mrs. Stone*）中，他将故事背景放在了罗马。尽管作家总会反复遭遇瓶颈期，这位敏感、忧郁的剧作家也经常"丧失创作灵感，拿头使劲撞墙"，但他的许多伟大作品恰恰是在无数次回到罗马时在这里写就，或完成其中的一部分，这中间就包括《热铁皮屋顶上的猫》（*Cat on a Hot Tin Roof*）、《玫瑰黥纹》（*The Rose Tattoo*）和《洋娃娃》（*Baby Doll*）。

　　想在今日的罗马寻找威廉斯的踪迹，需要把目光投向那段迷人又混乱的时代——恰处于墨索里尼倒台之后，但在20世纪五六十年代所谓的"意大利经济奇迹"发生之前。他于1948年来到罗马，正逢意大利新现实主义电影崭露头角，即将进入黄金时代，而这座新开放的城市则处于这一切的中心。那时美元坚挺，物价很低，正如威廉斯所说："美国人在这儿可以占到很大的便宜。"

　　威廉斯在罗马住的第一个地方，位于安巴夏特利宫酒店（Ambasciatori Palace）的顶层。这是一栋新文艺复兴风格的华丽饭店，坐落于绿树如茵的威尼托大道（Via Veneto）。时至今日，和其他大多数威廉斯常常造访的地方一样，这条大道和这座酒店都已经光辉不再。尽管威尼托大道依然属于高档区域，但是街上遍布旅游餐厅和连锁酒店，已经难以企及它曾经的光彩——在1960年费里尼的电影《甜蜜的生活》（*La Dolce Vita*）里，这条大道是奢华的象征。不过，尽管地下室的自助早餐略显寒酸，安巴夏特利宫酒店身上还是保有一种褪色的高贵感，让人不难联想威廉斯曾在这里看到服务生脸上的鄙夷神情：那是他来到罗马后的第二夜，他带了一个衣衫褴褛的罗马青年回来，在回忆录中，他称这个人为"拉斐尔"。

对于威廉斯来说，罗马给了他自由——暂时逃离了国内令他束手束脚的清教主义道德观。在1949年写给出版人詹姆斯·劳克林的信中，威廉斯曾提到他与英格丽·褒曼以及罗伯托·罗西里尼共进晚餐。就在不久之前，这位好莱坞明星和那位意大利导演刚刚开始了他们高调的合作与婚外情。二人对流言蜚语毫不在意，他写道："这是一段很美的感情，而且应该会让那些幼稚的所谓道德家名誉扫地——就是那些道德家让人很难在美国坦坦荡荡地工作、生活。"

不止威廉斯一个人得出这样的结论。那时他的社交圈子里有诗人费雷德里克·普罗克什、杜鲁门·卡波特——"那个满腹牢骚、年轻又自负的戈尔·维达尔"——还有其他几位美国作家艺术家，他们和威廉斯一样，都是同性恋或双性恋，都在罗马找到了故乡闻所未闻的创作自由与个人生活自由。他们都拥有与威廉斯相同的著名特质：热爱饮酒。

"美国人是绝对的交际动物，你工作的时候必须把门和百叶窗关死。"他在写给自己的代理人兼密友奥德丽·伍德的信中写道，"是的，有些人甚至爬到你的窗前来看，就因为他们怀疑你在这儿藏了一小口白兰地！"除了在家里开派对，威廉斯和朋友们还频繁出入威尼托大道上的各个据点，例如巴黎咖啡馆、罗萨蒂酒吧，还有弗洛拉酒店底层的酒吧（如今该酒店已经升级为罗马万豪弗洛拉大酒店）。

作为国际知名人士，威廉斯经常登上罗马的当地报纸。但是他的名声并没有阻碍他进行另一项活动，这是只有罗马才有的众多新鲜可能性之一：巡航。

"晚上，暮色深沉，午夜以后，我喜欢开出亚壁古道，把车停在路边，听着墓地里传来的蟋蟀声。"他在给演员简·劳伦斯·史密斯的信中写道，"有时候那里会突然出现一个人影，不是鬼，而是一个有血有肉的罗马男孩！"

"夜莺都叫破了喉咙！"在给诗人奥利弗·伊文思的信中，他讲起刚到罗马的那个晚上，搭上了一位来自那不勒斯的职业轻量级拳击手，"我希望可以告诉你更多……细节、体位、娇美——但那样的话，就连这张浅蓝色的信纸都会脸红！"

离开安巴夏特利宫酒店后，威廉斯搬入了一个"黄褐色老式高顶建筑"中的两室公寓，就在奥罗拉街45号波各塞花园（Villa Borghese）旁边。在罗马的大部分时间里，他都和他的长期伴侣——弗兰克·梅洛住在这里。在威廉斯的大部分长途旅行中，梅洛都以"秘书"的身份陪在他身边。奥罗拉街的这栋房子已经被拆除了，现在这个地方是一栋灰褐色的玻璃办公大楼，里面是法国巴黎银行的意大利子公司。

所以说，威廉斯所熟知并热爱着的大部分罗马——20世纪五六十年代那个性开放、无拘无束的罗马——已然不复存在了，取而代之的是让人麻木的连锁商店、旅游陷阱还有银行支行。有些地方现在只剩下了名字，比如威尼托大街路边的多尼咖啡厅，现在变成了附属于威斯汀高级酒店的一部分，出入的主要客人看上去都是出差商人，身边是百无聊赖的女伴。

但是在威廉斯的年代，多尼咖啡厅是一个充满激情与活力的地方，曾被他在回忆录和信函中反复提及。在一封威廉斯1948年写给戈尔·维达尔的信件中，他说《纽约客》的通信记者珍妮特·弗兰纳和她的女伴们要来罗马了，"到时候社交活动肯定比只有我们几个人的时候要精彩得多，咱们那会儿看起来就好像是几个在多尼咖啡厅前面的人行道上晒太阳的蜥蜴"。在另一封写给纽约时报戏剧评论记者布鲁克斯·厄金森的信中，他写到自己有次经过那家咖啡厅时看到了奥森·威尔斯，推测他应该是来拍那部1949年的电影《黑魔法》（*Black Magic*）的，说他一个人坐在那儿，"读一本叫作《堕落》（*Decadence*）的书"。

1950年，也是在多尼咖啡厅，他在这里第一次见到了传奇罗马女演员安娜·马格纳尼，他一直想让她来演《玫瑰黥纹》中的寡妇塞拉菲娜一角。

"我等待和马格纳尼见面的这一天很久了，这一天终于来了。"在给戏剧制作人谢丽尔·克劳福德的信中他这样说道。在他等了45分钟以后，马格纳尼让人把他带至多尼咖啡厅。

"她的光芒照亮了整条街道，她的身材诠释了性的终极奥义。

她的眼睛她的声音她的风格简直是夺人眼球到无法用语言描述的地步。"

这次见面标志着一场长达几十年的合作与友谊的开端，而这场合作也深刻地影响了二人的生活。威廉斯和马格纳尼都是喜怒无常的艺术家，他们都不惧世俗眼光，决心要过异于常人的生活，他们对彼此有着很深的理解。除了专门给她写的角色以外，从 1950 年开始，威廉斯笔下的女性角色都变得很像马格纳尼：富有激情，充满性魅力，复杂又自信。

在整个 20 世纪 50 年代，威廉斯、梅洛还有马格纳尼在她家的阳台上度过了无数个夜晚，阳台的下方就是密涅瓦广场，从那里可以俯瞰万神殿，以及罗萨蒂这样的时髦场所。罗萨蒂如今依然是可以喝着内格罗尼酒、看看人的舒适之所。

他们也经常去阿尔弗雷多餐厅，据说那里首创了著名的"阿尔弗雷多白脱奶油意面"。现在那家餐厅拥有两家自成一派的继承者：位于原址的 Alfredo alla Scrofa，以及由阿尔弗雷多原所有者的后人经营的 Il Vero Alfredo。可惜的是，如今这两家阿尔弗雷多餐厅都过于旅游景点化，价格也过分昂贵，但是 Il Vero Alfredo 还是值得一去的，里面拥有几百幅框起来的照片，皆是历代店主假装给来此就餐的明星客人喂一大把意面的场景。客人的表情各不相同，有人神情夸张，配合店主（例如詹姆斯·斯图尔特、史泰龙），也有人显得不安，几乎要惊慌失措（例如彼得·塞勒斯、索菲亚·罗兰）。

尽管威廉斯对于辉煌的 20 世纪 50 年代波西米亚的回忆，

现而今已经过时了，但是他对于这座城市如诗般的描绘依然贴切。在《斯通夫人的罗马春天》中，他写道："亮灯前的那一刻，空气中有一种仿佛在老默片夜景中才有的令人兴奋的蓝色的澄澈，就像滴了几滴墨水后的清水。"或者，就像小说开篇中写的那样：

> 三月的下午五点，已经有些晚了，罗马湛蓝的天空开始变得苍白，蓝色透明的狭窄巷子里开始聚起一团模糊的雾气。古老教堂的穹顶们沐浴在金色的阳光中，它们在有棱角的屋顶上方肿胀起来，好像斜躺着的女人的乳房。同样浸在阳光里的还有高处的西班牙大台阶，从圣三一教堂一路往下，直至西班牙广场。

对于威廉斯来说，罗马身上混合着朝生暮死的优雅与盛大的爱欲欢宴、温柔与性爱，这使得这里成为凯伦·斯通故事的理想背景。故事里，这位富有且刚刚息影的美国女演员面临着对于自身存在的焦虑感（她的故事恰巧可以被看作现今以《托斯卡纳艳阳下》为代表的退休旅行浪漫文学的鼻祖，只不过更优秀，也更加黑暗）。

斯通夫人感觉自己有种"漂泊不定"和迷惘，"她感觉自己现在过着几乎是死人的生活"，这里投射了威廉斯自身的情绪。和他一样，斯通夫人也发现，罗马是一个可以让自己消失于其中的地方。

小说中有一个情节，斯通夫人坐在车后座，车在"波各塞花园附近的偏僻小巷里蜿蜒而行"，她"忽然有了一种抵达的感觉。这里就是中心。这里就是那个疯狂的圈子所围绕的中心。这里就是空虚……"。

在罗马度过他的"黄金时代"后，生活对威廉斯不再那般友善。他之后的作品没有得到大众的认可，反倒被评论界批得一无是处。他的许多密友过早逝世，其中包括梅洛和马格纳尼，二人都死于癌症，梅洛死于1963年，马格纳尼死于1973年。威廉斯越来越少前往罗马，他深陷抑郁与药物滥用，这两者也加速了他的死亡。他去世于1983年。

直至今日，梦幻的波各塞花园里蜿蜒的小径，秘密的角落，伞松的绿荫，依然和威廉斯笔下形容的一样——好像柔软的深渊。在这里，比起罗马其他任何地方，都更容易想象出他曾经拥有的模样：那个饱含旺盛创造力的年轻男人，大笑着堕入虚空。

埃莱娜·费兰特与那不勒斯，此时与彼时

※ 原刊于 2016 年 1 月

{ 安·玛
Ann Mah

那不勒斯这座历史文化中心充满着旧世界的魅力——楼与楼之间晾晒着褪色的衣物，鱼店将成缸的蛤蚌和鳗鱼，摆到人行道上，面包店就开在文艺复兴时期的教堂旁边。

但是，我想寻找的是别的东西。来到那不勒斯的我，没带旅游指南，甚至没带地图，只为了寻找一个拥有"剥落的墙皮"和"划损的大门"的凌乱街区，在那里，建筑"肮脏的灰"反衬着埃莱娜·费兰特笔下角色的激情与压抑。我身上只带了她的"那不勒斯四部曲"——这颇有分量的四卷书在美国和意大利都畅销一时——我通过它们探寻这个城市，而这个城市已成了一个角色本身：危险、肮脏、诱惑，每个人都渴望着逃离，每个人却又都无法将其撼动。

我在九月来到这个城市，这四部曲赋予了我一个独特的视角来观察这座复杂的城市，它带我避开了人满为患的旅游景点，从社会、经济以及地理的各个角度对这座城市进行了阐

释。观察费兰特的那不勒斯，就像是带着本地人的视角。

埃莱娜·费兰特是一个笔名，在这个名字之下一共出版了七本书，最出名的就是那不勒斯四部曲——这套书塑造了一段从 20 世纪 50 年代至今，在意大利政治和社会动荡的背景下持续了半个世纪的女性友谊。《我的天才女友》（*My Brilliat Friend*）是这一系列作品的第一部，出版于 2012 年，自那之后，费兰特成了当代文学界最大的谜团——从不与媒体接触，绝对匿名。甚至连这位作者的性别都引发了猜测；但是在出版社的官方介绍中将其指代为"她"，一个女性，并给出了关于她的唯一的个人信息："埃莱娜·费兰特出生于那不勒斯。"

"那不勒斯四部曲"——还包括《新名字的故事》（*The Story of a New Name*）、《离开的，留下的》（*Those Who Leave ad Those Who Stay*）和《失踪的孩子》（*The Story of the Lost Child*）——追寻了两个生活在那不勒斯贫民窟的女孩埃莱娜·格雷科和拉法埃拉·塞鲁罗的生活，她们所住的地方以贫穷、黑手党和暴力事件闻名。她们都生于 1944 年 8 月，中间只相隔了几周。她们称彼此为"莱诺"和"莉拉"，是最好的朋友，也是最大的竞争对手，她们相互激励，各自取得惊人的学业成就。

莱诺好学上进，最终通过努力学习逃离了贫民窟（并用自己童年的小名替代了大名埃莱娜）。而莉拉，冲动又大胆，对生活充满激情，眼睛常眯成一条缝，是一个"可怕的、令人头晕目眩的女孩"，常常带莱诺做一些出格的行为——譬如有一天，这两个女孩逃学，人生第一次试图"越过贫民窟的边界"，去寻找那个平日里看不见的存在，"一个模糊的蓝色的记忆"：大海。

我在这座历史老城中的一条狭窄巷子里散步，面朝西边，午后的阳光照得我睁不开眼，视线所及的天空里都是拥挤的建筑，鼻子里都是饭菜的味道，海确实感觉很遥远。我的朋友宝拉对我说："我们管这个叫'Spaccanapoli'，意思是'撕成两半的那不勒斯'。"

她解释说，和很多古老的罗马城市一样，那不勒斯也是沿着平行的东西向道路而建。这样的路穿过了城市的心脏。作为那不勒斯本地人，宝拉说："越往东边的地方就越穷。"

我走了几个街区，那不勒斯湾就出现在了我的眼前，闪着绿松石般的光芒。十岁的莱诺和莉拉长这么大都没有看到过这座港口城市最重要的存在，这可能吗？我知道，答案就藏在这些旅游景点的背后，在她们所住的贫民窟的破旧街巷里。

在一位那不勒斯本地人、现居布宜诺斯艾利斯的记者艾琳·卡塞利的帮助下，我差不多能认出她们所住的街区：几乎可以肯定就是卢萨迪区。但是她警告了我："那里的名声不好，危险，肮脏。天黑以后别过去。别一个人走路。"

卢萨迪区东接中央车站，北面就是波焦雷亚莱市（Poggioreale）。"没那么远。"宝拉说，事实上，它距离历史文化中心还不到8公里，"但是在心理上，它让人感觉特别远。"考虑到当地以犯罪闻名，我雇了一位当地导游，弗兰塞斯西亚·西尼斯卡尔基。和我在那不勒斯遇到的几乎所有女性一样，她也是费兰特的狂热粉丝。

我们坐着出租车穿过整座城市，西尼斯卡尔基指给我看书中提到过的地方：蕾蒂菲洛（Rettifilo），莉拉曾在这条商业街上买婚纱；宽大的市政厅广场，埃莱娜的父亲在这里当守卫；加里波第高中的灰色大楼，那是埃莱娜的高中。

"她对于那不勒斯的描述并不是明信片式的——而是强烈、复杂情感的综合体。"西尼斯卡尔基如此评价费兰特的书，"她完美描绘了意大利南部的每一代人所丧失的所有机遇。当我读完最后一卷的时候，我哭了。"

在卢萨迪区，我们找到了一堆肮脏昏暗、积满尘土的建筑，狭窄的窗户上挂着晾晒的衣服，还有一片一片的丛生杂草，纵然有着夏末的灿烂阳光，但布满垃圾的人行道上空空荡荡。一栋公寓楼里传出低沉的交谈声，这意味着有人在家，很有可能还在看着我们。书里提到的面包点心店还有鞋匠已经不在了，小贩在卡车后部售卖着水果蔬菜，而不再用运货马车了。尽管拥有这些小小的不同，我依然可以轻而易举地看出这是埃莱娜和莉拉住过的街区。在这"没有特点的城市废墟"中的一处"昏暗、偏僻的角落"里，大海确实看起来像一个梦。

离开贫民窟之后，这个城市光鲜亮丽的购物区——绮雅依亚购物大街（Chiaia），给了我当头一击。小的时候，埃莱娜和莉拉第一次来到这里时就震惊了，她们眼里的时髦女士们仿佛"在呼吸着不同的空气"。费兰特写道："好像学过如何在云端漫步。"尽管那段故事的结尾是暴力，一群富家子弟叫她俩"乡下人"，最终引发了一场流血事件，但绮雅依亚在整部作品中都承担了一个重要角色——它是奢华的"阴"，对应着贫民窟荒芜的"阳"。

挤在一群时尚的本地人里穿过绮雅依亚大街，我来到马尔蒂广场，寻找着索拉拉兄弟的鞋店，莉拉在里面放了一张自己婚纱照的放大版，同时也是损毁版，呈现了一幅带有艺术感的画面——她"被残忍切断"的身体。我只找到了一家菲拉格慕的精品店，以及广场另一头的菲尔特瑞奈利书店（Feltrinelli Bookshop），这里摆了许多费兰特的书。

随着埃莱娜和莉拉从女孩成长到中年，她们经历了动荡的社会局势——激进的女性主义，1968 年的示威游行，涉足激进运动的朋友们，她们年轻的梦想最终幻灭。"我也是同样的感受——愧疚，自我批判。"那不勒斯东方大学的教授安娜玛丽亚·白莱慕这样告诉我。我们在她的公寓里聊天，这是一间通风良好的房子，有着满墙的书，陶瓷地板，还有大大的窗户，窗外便是那不勒斯湾的美景。"在 1968 年，我们感觉自己拥有很大的力量。我当时确信我们可以改变世界。"

白莱慕生于 1943 年，刚好比费兰特书中的主人公大一岁。她生于一个那不勒斯资产阶级家庭，但同样，她也对这部作品感同身受。"有一种穿透社会阶层的东西，那不勒斯人都会为之共鸣。她很好地传达出了这个东西。这一系列小说深深地触及了我们的灵魂。"她说道，"我依恋着这个城市，但是就好像是卡普里的美人鱼——有种东西吸引着你，但是在内心深处，有种东西令你嫌恶。"她所指的是奥德赛中的塞壬，它们用甜美的歌手迷惑水手，令他们触礁而亡。

在书中，埃莱娜、莉拉与当地黑手党克莫拉之间的对抗，是她们一生的任务，也是她们最大的冲突，在费兰特的笔下，这是一段无望而沉重的挣扎。"克莫拉是我们历史的一部分。"西尼斯卡尔基说道，"他们从17世纪开始就存在于这里了。直到今天，他们依然与中央政府有纠葛。在那不勒斯长大的每一天都是战斗。"

不过，从白莱慕洒满阳光的阳台上看来，这座城市一直以来存在的黑手党倒像是一个黑暗而遥远的幻想。波西利波是一处高档住宅区，正面向着海湾，你无法避开大海，它从每个角度都令你目眩。

我想到这四部曲中第三部，《离开的，留下的》中的一个场景，埃莱娜独自一人走在那不勒斯清晨的街头，思考着整座城市的风景，以及在她身上刻下的烙印。"假使每天早晨，我并不是在我现在所住的地方醒来，而是在这海岸边的某一栋房子里醒来，天知道我会对那不勒斯、对我自己，产生怎样的认知呢？"她思索着。

在我面前，是闪烁着光芒的大海，一波又一波的蓝色海浪上方，是若隐若现的维苏威火山。站在这里，贫民窟完全隐匿不见了。

远方

—

Beyond

普希金

奥尔罕·帕慕克

玛格丽特·杜拉斯

阿尔蒂尔·兰波

保罗·鲍尔斯

爱丽丝·门罗的温哥华

※ 原刊于 2006 年 6 月

大卫·拉斯金
David Laskin
-
居于西雅图，曾出版多部小说，
包括《孩子的暴风雪》（*The Children's Blizzard*）和《家庭》（*The Family*）。

在爱丽丝·门罗的温哥华，没人吃寿司。没人在海边慢跑，没人逛格兰维尔街的画廊，也没人在格兰维尔岛市场买有机香草。门罗，加拿大人，85 岁，小说家乔纳森·弗兰岑曾称其为"北美仍在写作的最好的小说家"，她将大部分短篇小说的背景都置于不列颠哥伦比亚省的大城市中，她对于城市的地理描写是如此精确，从她的小说中你可以看出整座城市的全貌。不过尽管地点能对得上，整座城市的氛围却完全不一样。在门罗的笔下，温哥华是一个年轻却又老土得无可救药，充满欲望却丝毫不性感，过时、无害、拥有着惊人美丽却不自知的地方。在这里，新婚妻子们的目光穿过无尽的雨幕，想知道自己何时才能开始真正的生活。

这大概就是门罗 20 岁时候的样子，那时的她正是一位刚刚嫁到这里的新娘。她来自安大略省南部一个不太富裕的家庭，是小镇上的美人。由于她的丈夫吉姆在温哥华城里的百货公司找了一份工作，虽然很不情愿，门罗在 1952 年搬来了温哥华。那时她已读过两年大学，发表过几篇小说，拥有典型 20 世纪 50 年代的完美束腰身材，以及小心掩饰起来的讽刺幽默感。

爱丽丝和吉姆搬进了一栋三层公寓的昏暗底楼，位于杨梅街，就在基斯兰奴社区靠近海滩的地方。那栋楼的门牌号是1316，至今依然矗立在那条街上，但是外墙需要重新漆一遍。那条街上满是"高大的木头房子，里面挤满了人"。穿过街道，走在沙滩上，无边无际的布拉德海湾和沿海山脉仿佛会将你吞没；花十分钟开过布拉德桥，你就能尽情享受市中心丰富多样的世界美食和高端精品店。只是基斯兰奴似乎还没意识到，自己拥有世界一流的环境条件。

"温哥华的冬天和我所知道的其他任何地方的冬天都不一样。"门罗在《科提斯岛》（*Cortes Island*）中写道。这是一篇收录在 1998 年作品集《一个好女人的爱》（*The Love of a Good Woman*）中的短篇，里面的生活细节和她刚搬到基斯兰奴的那几个月完全吻合。"没有雪，在如此的冷风中，没剩下什么东西。"故事中的无名叙述者（在另一个角色口中，叙述者叫作"小新娘"）为了找工作在城市里茫然地转了一天，在傍晚时分回到了基斯兰奴的海边，"云层在西边的海面上破开，显露出太阳的红色光束。回家的路上，我穿过公园，冬日灌木的叶片在傍晚淡淡玫瑰色的潮湿空气中闪闪发光"。

我在一月的某个午后来到基斯兰奴，这个时节的云少些，光更强些——但除此之外，门罗完全写出了我面前的风景的精髓。我完全可以想象出，这位努力奋斗的年轻作家在昏暗卧室的窄床上伸着懒腰，读着柯莱特和亨利·格林的小说；或者在厨房餐桌一侧，伏在摊开的笔记本上，就像《科提斯岛》中那位小新娘那样，"在每一页纸上写着失败"。

不过，那天我去的时候没有看到痛苦的艺人。身形健美的年轻女人在公园里慢跑。水印餐厅外摆放了一大堆水果和点心，等饥肠辘辘的电影摄制组来吃（温哥华在近些年已经变成了一个电影制作基地）。我从海滩往上走了几个街区来到第四大道——30年前，这里是温哥华反主流文化的重要地带（门罗的小说《家人的宽恕》中的流氓嬉皮兄弟就住在这一带，和一群哈瑞奎师那风格的微笑牧师住在一起），但是现在这里明亮又时髦，类似于纽约的哥伦布大道，或者旧金山的菲尔莫尔街。门罗的时代遗留下来的东西不多了，达西书店算一个——这是一家文学书店，曾几何时，整座城市都有它的分店，但是现在，只在这个已彻底中产化的地段剩下了这最后一家。

门罗在基斯兰奴住的时间并不长。1953年，这对夫妇搬去了狮门大桥另一头的北岸郊区——先是住在多雨的北温，一处单调的成批建造的房子里，后来搬去了一个条件稍好些、有着大庭前花园的房子，坐落在西温丹大拉夫的山坡上。她很快接连生下两个女儿（大女儿在出生的当天夭折）。这一家人在丹大拉夫住了七年，吉姆在市区工作，每日通勤；爱丽丝一边忙家务，一边努力写作。

在门罗的小说里，西温的场景一再反复出现——但总是蒙着一层她在那些年所感受的焦虑感。"每次我放学回到家，我妈妈总是在昏暗的起居室里，坐在那张椅子上。"门罗的女儿希拉曾回忆道，"她心怀很大的志向——她曾经发表过一些小说——但是她不知道她是否还能在这条路上走下去。她只是想写作，不想被打扰。"

他们在丹大拉夫住过的房子现在依然还在，滨海大道上的购物区也是一样，门罗经常走路去那边（她一直没有学开车）买东西，或者去她曾租过一阵的办公室工作一会儿，或者带希拉去上芭蕾课。希拉还记得那片购物区特别平淡无奇——一家五金店，一家百货店，几间洗衣房，还有一家中国餐馆。

但是总有些温哥华的新鲜事物被海浪裹挟着抵达这里，今天的丹大拉夫中心有种索萨利托的味道——画廊和咖啡馆、海鲜汤、寿司，花店外的人行道上散落着花瓣。在夏天，这里很适合人们来点一杯卡布奇诺，来顿野餐，然后去海滩散步。海滩就在两个街区之外的丹大拉夫码头，或往东走，去安布赛德海滨公园。

"卡斯和松加在海滩上有她们自己的一块地方，就在一堆大圆木的后面。"这是《雅加达》（*Jakarta*）的开篇第一句，该文被收录在短篇集《好女人的爱情》中，是门罗最令人印象深刻的温哥华故事之一。毫无疑问，这写的就是安布赛德的海滩，尽管现在这片沙滩上，门罗曾写到过的成排小木屋大多已经被仿地中海式风格的豪宅取代了。在圆木后面的小屋里，卡斯和松加紧抓着 D. H. 劳伦斯和凯瑟琳·曼斯菲尔德的书，望着远处那群吵吵嚷嚷的家庭主妇。她们管那群女人叫"莫妮卡们"：

> 这些女人比卡斯和松加大不了多少。但是她们已经抵达
> 一个令卡斯和松加畏惧的人生阶段。她们将整片海滩变
> 成了自己的舞台。她们的重负、她们成堆的孩子和母爱
> 的圈护、她们的权威，足以令明亮的海面、点缀着红枝
> 野莓树的完美小海湾和高大岩石上弯弯曲曲长出的松树
> 丛黯然失色。卡斯尤其能觉到她们的威胁，因为她也
> 当了妈妈。她给孩子喂奶时，经常读书或者抽烟，以免
> 陷进纯动物式的泥淖。[1]

　　这描写的简直是门罗本人：社交焦虑，混合着不安全感和
轻蔑，寻常生活的沉重拖曳，恐惧不断上升、扩散，直到将所
有美好的事物抹去。我问希拉·门罗，门罗笔下的风景和她童
年的记忆是否吻合，她回答道："她总是对的。"但是当我走上
安布赛德码头，我忽然发现，门罗完全没有提到这惊人美丽的
风情——桥、海湾与远山的交相辉映，哑银色的海面，斯坦利
公园墨绿色的隆起，所有这些大地与海洋的壮美景象离你如此
近，就好像大北方的荒野就重叠在这座城市的脚下。

　　但是门罗总是压抑的，几乎被温哥华传说中的美景压垮
了。《纪念》（*Memorial*）这篇小说的背景也发生在温哥华，里

1　此处引用殷杲的译文，译林出版社 2013 年版。

面有个名叫艾琳的角色，质疑了一位正在吹嘘他的海景和山景的有钱笨蛋。

> "好吧，假设你现在情绪低落……然后你站起来，在你
> 面前的是这无与伦比的美景。永远是这美景，你躲都躲
> 不开。难道你就不会在有一天觉得没什么兴趣了吗？"
> "觉得没兴趣了？"
> "你会内疚吗？因为自己当时心情不好，"艾琳坚持说
> 道，带着一丝歉意，"你会不会觉得自己——有点辜负
> 了这面前的美景？"

1963 年，门罗离开丹大拉夫，搬去维多利亚并开了一家书店。九年后，她与吉姆的婚姻走到了尽头，她回到了安大略省，后来再婚了。但是那家书店现在依然开着——门罗书店，店主依然是吉姆，依然是加拿大最好的一家书店。

爱丽丝之后再也没有在温哥华居住过，尽管她有时候会过来领奖，时不时地写一个关于那里的故事。

短篇小说《留存的记忆》（*What Is Remembered*），收录于 2001 年出版的作品集《恨、友谊、追求、爱情、婚姻》（*Hateship, Friendship, Courtship, Lowship, Marriage*）中，里面有着她对于温哥华最好的描写。故事的主人公，年轻的妻子梅丽埃尔在丹大拉夫参加葬礼，一个她并不认识的男人——那个医生，同时是来自北方的无人区飞行员——提出要开车送她回郊区。整个下

午，性张力在二人之间积聚，直到飞行员将车停在斯坦利公园的景观顶，这两个陌生人从车里出来，开始疯狂接吻。

门罗让他们来到基斯兰奴的一栋"体面的小建筑"的用玻璃砖铺就的入口处，但是当他们在这栋借来的公寓里释放激情的高潮时，门罗转去描写梅丽埃尔心中更想要的那个偷情场景："一家局促的六七层的酒店，曾经是时髦的住所，位于温哥华西端。黄色蕾丝边的窗帘，高高的天花板，窗户上也许还有半高的铁栅栏，还有一个假阳台。没有任何肮脏或不体面之处，只有一种常驻的隐秘的痛苦和罪恶的气氛。"

这只是门罗个人中意的地方——比如位于斯坦利公园附近、一条树荫茂密的道路旁边的巴肯旅馆，或者是俯瞰着英吉利湾、爬满了常春藤的西尔维娅酒店。通过文字的魅力，门罗没有正面描写这个基斯兰奴的下午，只让它发生在错误的地方，在错误的城市一隅，在一间错误的卧室里。这一切令这场偷情更加令人战栗。

从某种方面来说，这完美地暗喻了门罗她自己与温哥华之间的联系。对她来说，这里一直是错误的地方——风景太宏伟，天气太灰暗，树木太高大。她从未喜欢过 20 世纪 50 年代的那个庸碌而压抑的温哥华，据说她也从未对今天这个井然有序的温哥华产生过什么热情。但是，当你读过她的温哥华故事，你能感觉到她那目光警觉、背井离乡的形象无处不在。

这也是门罗身为作家的伟大之处。她令自己的形象如此深刻地映入一个城市，但她本人却从未真正地沉浸于其中。

在爱德华王子岛，
寻找绿山墙的安妮

※
原刊于
2014 年 8 月

} 安·玛
} Ann Mah

在爱德华王子岛的第一晚，我来到
海边，踩在被太阳晒得发黑的水草上，
围着一座废弃的灯塔绕圈。圣劳伦斯湾
阴郁的浪花不断向我脚下涌来，海水反
射着天空的深灰色。我的脚陷在流沙中，
然后我转过身，沿着一条紧邻翠绿草地
的柔软红泥路走向岸边。从这个距离望过去，我所住的那间由
建于 19 世纪、格局凌乱的农舍改造成的早餐旅店，灯光明亮
温暖，在召唤我回家。

就在不到一小时之前，我刚开车经过了一连串闪闪发光的
旅游景点——迷你高尔夫球场，水上乐园——这些地方都号称
是"合家欢"的好去处，带着一种惹人怀疑的兴高采烈。但是
在这条乡村车道上，耳边回响着海湾的咆哮声，我几乎可以想
象自己是一名孤独的旅行者，而不是每年那几千名涌入绿山墙
小屋的游客之一，那栋房子就在我所在位置的几公里之外。

我来这座加拿大的小岛，是为了追寻露西·莫德·蒙哥

马利的足迹，她所创作的长篇小说《绿山墙的安妮》(*Anne of Green Gables*) 令她的家乡岛屿声名大振。在 1908 年出版后，这本书迅速畅销。它讲述一个喋喋不休的红发女孩安妮·雪莉的故事。她是一名孤儿，在 11 岁时阴差阳错被一对中年兄妹收养，然而他们本想收养的是一个男孩，希望将来帮忙打理农场上的活计。这个渴望被爱、想象力丰富、经常闯祸令人哭笑不得的安妮，在长达一个多世纪的时光中征服了许许多多的读者，其中就包括马克·吐温，他曾说安妮是"继不朽的爱丽丝之后，小说中最令人感动和喜爱的形象"。

这本书已经销售了超过 5000 万册，被翻译成 20 多种文字，并开启了露西·莫德·蒙哥马利的写作生涯。直到现在，它奠定了这座岛屿价值数百万加元的旅游产业，包括夏日音乐节、礼品店、家庭博物馆、马车巡游、还原历史的仿制村庄，还有许多许多——都和《绿山墙的安妮》以及七部续篇中的场景和人物有关。

小的时候，我就非常想去爱德华王子岛，安妮的恶作剧和蒙哥马利笔下的岛屿美景让我读得废寝忘食。她在日记中曾形容这座岛屿的风景犹如"红宝石、绿宝石和蓝宝石"，而在书里，这座岛屿已经成为和安妮一样的独立角色：在这片由树木、田野和海岸组成的圣殿里，夕阳下的天空闪烁的光彩，"好似教堂廊道尽头那扇巨大的玫瑰色窗户"。

但是我还是担心，怕安妮的狂热粉丝们毁掉了这座岛屿与世隔绝的美丽。不过当我在五月末来到这里时，我发现，不论是在红土小径和斑驳的灌木丛中散步，还是在欣赏农场前方波光粼粼的大海时，你都可以窥见蒙哥马利那时的岛。你只需要知道去哪里才能看到它。

莫德成长于卡文迪许的乡村，就在这座新月形岛屿的北部。她是一个孤独的小孩，从小由祖父母抚养，与他们一起生活在家庭农场里。和她笔下著名的女主人公一样，她也在童年时失去了父母——母亲在莫德不到两岁的时候死于肺结核，父亲搬去了萨斯喀彻温，并再婚了，她经常逃离她祖父母的严格管教，"去小溪里钓鱼，去杉林里捡树胶，在灌木丛中采浆果，去海边玩耍"。之后她将这如诗的风景写进了小说里，将这里重新命名为艾凡里（Avonlea），化用她表兄妹的农舍作为故事背景，而这对表兄妹则让人联想起故事中的马修和玛丽拉。

1937年，绿山墙农舍和它周围的区域被划作爱德华王子岛国家公园，周围迅速涌现了一大批亲子乐园。直至今日，这座房子已成为历史遗迹保护建筑，每年要接待超过12.5万名游客（约20%的游客来自日本，这本书在日本成了现象级畅销书）。很多游客会打扮成安妮的样子，穿着围裙，戴着草帽，帽子上还有红辫子的装饰。

绿山墙农舍内的房间重新翻修过，准确还原了书中的描述，房间内设有拘谨的维多利亚式家具，各处都有能被书粉一眼认出的细节：玛丽拉的床上铺着黑色蕾丝的床巾，安妮房间的衣橱门上挂着一条棕色的泡泡袖裙子。我在安妮的门口站了许久，仔细观察纳西印花的墙纸，白色的矮床，飘动的绿棉布窗帘。这间东山墙的房间——事实上，整栋屋子都是——和我反复阅读小说时在脑中幻想的场景一模一样，我甚至体会到了一股对我自己童年的怀念。

屋外的农场环境把我拉回了现实——它还原了在加拿大沿海地带的恶劣气候下的 19 世纪乡村生活，加上它不协调的周边环境，迅速打破了魔咒。农舍旁边是一个 18 洞的高尔夫球场，占据了曾经的树林和农场。伴随着割草机的轰鸣，我穿过了一片修剪整齐的树林，即书中的"闹鬼森林"。不过我没有遇到安妮想象中哭泣的幽灵，只见到了几个提着球杆的打高尔夫的人。

在闹鬼森林里的小径尽头，我找到了作者童年故居的遗址，她在这里写下了《绿山墙的安妮》一书，那年她 31 岁，与祖母住在一起。在祖母去世后，这栋房子卷入了一场激烈的遗产纠纷，最终倒塌，如今只剩下石头地基。

蒙哥马利家族的后人将这里维护得很好，我在这片地方走了走，望向一棵古老而羸弱的苹果树〔"我喜欢老屋旁边的树，特别喜欢。"她在回忆录《高山之路》（*The Alpine Path*）中写道〕，然后在她卧室窗户原来的位置停下来。透过杉树、田野和草甸，我看到了蒙哥马利曾在一篇散文中描绘过的那片她挚爱的海湾："远山之间，那条小小的蓝色间隙。"

事实上，当我看到那一小片海时，我感觉自己仿佛看到了蒙哥马利的岛：挤在卡文迪许遍地的旅游景点嘉年华中，那几缕美景的碎片。但是当我驾驶着租来的车继续向前开之后，这座岛的壮美景色才真正向我打开。这景色感觉很熟悉，和我重读过很多遍的蒙哥马利书中描写的一样——"冷杉与枫树组成的森林"，"狭长而蜿蜒"的池塘，红色的土路好似"蔓延在碧绿田野之间的明亮缎带"。

我开下高速路，转上一条土路，两边都是高耸入云的杉树，在一片田野的边缘停了下来，和作者在日记中写的一样，田野上"星星点点地缀满了几百株蒲公英"。在我视线所及之处，只有农田，犁开的红色农田连接着绿色的草甸，中间散布着几个单独的农舍，这简直是从书中直接跳出来的场景。事实上，在我探索卡文迪许西侧地带的时候——像弗伦奇河、帕克角以及北格兰维尔那些小村落——我意识到，我很容易就能想象出安妮坐在我旁边的样子。这里任何一条土路都有可能是"情人小径"，那是一条隐蔽的牛道，而安妮喜欢在那里"大声思考"；任何一所农舍都可能是她的绿山墙；任何一座洒满阳光的池塘都可能是她的"闪光之湖"。

1911 年，蒙哥马利嫁给了一位名叫埃文·麦克唐纳的牧师，搬去了安大略省。尽管她还经常回来拜访，但是她再也没有在爱德华王子岛常住了。不过她深爱的房子依然给予她源源不断的灵感——在她的 20 部小说中，有 19 部的故事都发生在这里——在她后来为生活而抑郁的时候，这里一直是她的避难所。

如果她现在来到卡文迪许，应该已经认不出这里了，这里不再是她在《绿山墙的安妮》中所描写的"古老的宁静之地"。但是在其他地方，安妮心中的"绿色隐居"之岛依然还在，海湾的入口像纤细的手指延伸开去，田野上的鲁冰花等待着盛放的那天，丛丛的白桦林中掩藏着18世纪先人们的墓地——这地方是如此美丽，用安妮·雪莉的口头禅说，实在是有太多"想象的余地"了。

牙买加·琴凯德的安提瓜

※ 原刊于 2016 年 7 月

莫妮卡·德雷克
Monica Drake
–
《纽约时报》旅游版的编辑。

空气中弥漫着黏重的雾霭，这时灯光终于打向舞台，照亮了台上仿佛直接从廉价潜水旅店搬来的布景。舞者们穿着很短的短裤——当地管这个叫"怪骑手"——以机器般的精准扭动着髋部。这是典型的狂欢节过场，只等丹尼斯·罗伯茨穿着一身潜水服跳上舞台，圆圆的肚子伸出来，露出一个海豹一样的轮廓。

罗伯茨，别名"危险"，透过潜水面罩望向人群，嘴上叼着呼吸器。一看到这个形象，那些一无所知的游客立刻爆发出一阵大笑。然后他唱起那首热门单曲"Sand to Beach"，这首歌讲的正是那种一无所知的人，和每年从美国与欧洲来这座岛屿度假的游客一样。其实最好的解释方法，是联想牙买加·琴凯德在《一个小地方》（*A Small Place*）中所描写的那种超级自信、但也有缺点的闯入者形象。《一个小地方》是一部细腻的非虚构作品，是关于她的故乡——安提瓜和巴布达的。

有个丑陋的事，就是当你成为一名游客以后……这停停，那走走，看看这个，尝尝那个，你永远不会知道就在你刚才停下的地方，那里的原居民根本受不了你，他们躲在紧闭的门后，嘲笑着你这个陌生人……

这本书出版于1988年，距离安提瓜和巴布达独立仅仅过去了七年，书中将安提瓜的旅游业视为殖民统治的残余。这座260平方公里的小岛，曾见证了一波又一波来自世界各地的移居者，有阿拉瓦克人，有加勒比人，也有英国人，他们拐来大量的非洲人在甘蔗地里干活。在琴凯德的书里，黎巴嫩人和叙利亚人也搬了进来。而现在，一股新的浪潮正在席卷全岛：来自中国、美国和加拿大的开发商和殷勤的公司，正在摩拳擦掌，准备上岛。

2015年夏天，我和丈夫、女儿一起来到安提瓜岛。我丈夫家的先祖就来自这个岛，而我的女儿则非常好奇，想要了解琴凯德书中描写的那群人是什么样子，那是安提瓜在旅游宣传时并不会提到的东西。

当你抵达安提瓜时，琴凯德写道："你脚下是一条很糟糕的路……你感觉特别好，你说：'啊，这破路，多么神奇的改变呀，我都习惯了北美的那种豪华高速路了。'（或者更糟一点儿，欧洲的高速。）"

但是对于现在从纽约来到安提瓜圣约翰的人来说，哪怕是安提瓜最荒芜地区的路，都比去肯尼迪机场的某些坑坑洼洼的路强。

你注意到的第一件事应该不是路——现在路面铺得很平整了——而是在靠近机场出口的环形交叉叉口，那栋巨大的米黄色建筑。这里曾经是斯坦福国际银行总部，该银行以美国创始人罗伯特·艾伦·斯坦福命名，他曾操纵斯坦福银行进行了美国历史上骇人听闻的骗局——庞氏骗局。用安提瓜的指路方式来说，"沿着路往下走"，你会来到一个板球体育馆，这也是斯坦福建的，俯瞰着一片那尘土飞扬的灰色空地。每次我们经过，那里都是空荡荡的。

这个体育场就像一个巨大的废墟，被抛在这座经历了一系列梦想破碎的小岛上。这里有倒闭的糖厂，生锈的汽车，还有那些即使在旱季也在不断涌现的建筑。我看到一个男人把行李箱塞进婴儿车里，里面还装有一个熟睡的孩子。我还看到骑摩托车的人把整个头都用围巾包起来，应该是为了防沙。

但这里也有富饶的东西。在一个名叫约翰·休斯的村庄附近的水沟里，落满了因太熟而从树上掉落的芒果，烂在了里面。（我们的侄子阿米尔是从安提瓜移民出去的，他跟朋友讲了我们从市场买芒果的事，他朋友说我们居然在芒果上花钱，这也太让她看不过去了，然后她给了他二十几个芒果。）涂着明亮油漆的水泥房子——琴凯德说黎巴嫩与叙利亚的房主喜欢用这种建筑材质——在数量上现已超过岛上很多地区的淳朴小板房。

这里即将迎来新的改变。一家名为一达国际投资公司的中国企业，准备在主岛的东北角以及邻近岛屿投资 74 亿美元开发度假村项目。投资 4 亿美元的罗亚尔顿酒店准备在深水湾开业，罗伯特·德·尼罗及其合伙人准备在安提瓜的邻岛巴布达岛上投资 2.5 亿美元建酒店。据政府统计，这些项目将在未来五年中为全岛增加 3000 套酒店套房。

当然，奢华在这里不是什么新鲜事。有钱人都会去像磨坊礁石私人俱乐部（Mill Reef Club）这样的地方。（在书里，琴凯德特别表达了自己对这个地方的愤怒，她认为这里就是殖民统治的替代品。）磨坊礁石是一个非常注重专享的俱乐部，哪怕是在淡季，该俱乐部的经理也不愿意开放餐馆。为了体验花钱就可以买到的奢华，我去了琼比湾（Jumby Bay），据说那里常有名人以及来自富贵世家的客人出没。

我没有坐飞机，而是选择搭阿米尔的车过去。他离开安提瓜已有 20 多年，直到我们这次的旅行前，他一次也没有回来过。他把车开到码头，让他的妻子阿玛和我的嫂子凯瑟琳陪我一起下车。坐了一小段轮渡后，一位长着猫眼的女人微笑着迎接了我们。她名叫梅兰妮·弗莱彻，是度假村的客户经理。我们走向那个掩映起来的酒吧，我瞥到了一抹明亮的颜色：那是洒水器的喷雾下，亮绿色的草坪。

早期的琼比湾是私人别墅群，占据了这座 1820 亩的长岛四分之一以上的土地。尽管这个度假村可以容纳约 400 名游客（根据弗莱彻的说法，这里 98% 的客房已经满了），但我们只感觉到空气中的静谧。这里没有车，只有自行车和高尔夫电瓶车，每栋别墅之间的距离都很大，邻居们听不到你的私密谈话。

文献说，琼比（jumby）的意思是"雀跃的灵魂"，但是一些安提瓜人却说，它的真实含义是邪恶的。度假村中间留下的糖厂提醒我们，这里的居民原来曾经是奴隶，这让我们不禁疑惑，现在游荡在这里的灵魂究竟是什么样的。

午饭后，我们谈起家族的历史，不禁有点搞不清时间和地点。"你怎么看待这个地方的历史？"凯瑟琳一边问着，一边望向一棵美丽的树。它的枝条非常结实，似乎可以承受绞索的重量。长岛上还没有关于私刑的记录，琼比湾也没有将自己市场定位为一个种植园度假村。但是那里却有一个无法逃避的事实：工作人员大多是棕色皮肤，而客人却不是。这是在整个美洲都存在的奴隶制残余，也暗示了琴凯德在《一个小地方》中所嘲讽过的种族隔离制度。但是在那里，以及岛上其他地方，我却看到了《一个小地方》中没有提到过的一种倾向：上进心。在那里工作的五百人都成功找到了工作，他们看上去对嘲笑游客没什么兴趣，只是想拥有一份可以养活自己、养活家人的稳定工作。

在酒店的精品店里，我们触摸了一番价格不菲的罩袍，结果不知怎么错过了轮渡，其实我们离码头只有五分钟的步行距离。于是我们在附近的酒吧里坐下来，望着海水——"三种不同层次的蓝"，琴凯德在小说《露西》（*Lucy*）中这样写道。结果又差点没赶上下一班轮渡。我们在日常生活中所累积的紧张情绪在这遥远之地似乎消散殆尽。我们可以永远在这里待下去。

这是安提瓜的力量，琴凯德写道。尽管历史中波澜不断，但是这个地方的美景，既吸引了无数游客到来，也让它成了本地居民的时间胶囊。"没有什么可以与这无与伦比的永恒存在相提并论，没有什么重大的历史时刻能将这里的现在和过去相比。"之后她又写道，"现在令它美得如此不真实的一个原因，就是它一直都是这样美得不真实。"

她笔下的角色经常逃离这片美景，去往季节会更替、有着变革可能的地方。这也是琴凯德自己，以及千千万万从加勒比地区移民出去的人走过的路。

琴凯德原名艾莲·辛西娅·波特·理查森，1949年生于首都圣约翰。她的小说详述了自己的人生经历：她的母亲是一名来自多米尼加的非裔印第安人（出自《我母亲的自传》）；她的父亲是一位安提瓜出租车司机，抛弃了家庭（出自《波特先生》）；琴凯德自己在1965年离开安提瓜，去做了保姆（出自《安妮·约翰》《露西》）。

在美国写作获得巨大成功后，琴凯德于1986年返回故乡，这是她在离开20多年后第一次回来。但是《一个小地方》中的言论使得安提瓜禁了她的书，出于对自身安全的担忧，她选择了自我流放。

但是现在，长久旅居海外的她开始思念童年的故乡了。她定期会带两个孩子，安妮和哈罗德，回到安提瓜——"我希望他们看到这些寻常、平淡的黑人是如何在过他们寻常、平淡的生活。"在 1996 年的一篇《纽约时报》的采访中，她如是说。最近她刚好回来参加了一个学术会议，还赶上了狂欢节。

她是大批离开故土前往美国、英国和加拿大的安提瓜人之一。每年夏天，他们中的很多人都会回来参加狂欢节。这里也是我能感受琴凯德的安提瓜的绝佳机会。

我们有位朋友将自己的卡车停在路边，游行队伍就从路上经过。我们坐在后面。就在花车、舞队和钢鼓乐队鼓手到来之前，另一位把车停在附近的朋友，忽然提到她认识我丈夫的祖母，并亲切地称之为"维克阿姨"。我立刻向她提了一大堆问题，她笑了。这种事对她来说并不奇怪。与此同时，我女儿看到了正在游行队伍里跳舞的表兄妹，人们在队伍里行进着，和各自堂兄弟的朋友们或朋友们的堂兄弟打着招呼。这是一次家庭的大团聚，有安提瓜人，也有从安提瓜移民出去的人，都回来并聚集在这么小的一块地方。一月是属于游客的。而淡季才是属于真正安提瓜人的时间。

有一天，我终于找到了那条通往天堂的坑坑洼洼的路。那里是一片原始的海滩，缓缓伸向温柔的新月形状的约会湾（Rendezvous Bay），整片海湾只有我们一家人在。我们在绿松石颜色的海水中嬉戏，旁边一块牌子上写着这里将要建一座度假村，但这位置其实属于国家公园的范畴。

听起来荒谬。但我才意识到，移民来到安提瓜的人并不仅仅是从西非和欧洲回到岛上退休的原住民后代。这个国家最近启动了一个项目，在此地购房金额达到 40 万以上的人士，可以申请成为安提瓜公民。琴凯德曾形容安提瓜为一个由外国空降来的有钱人所掌控的国家，看来这个说法现在也并没有过时。

如果你想要寻找琴凯德的安提瓜，还有她笔下那些栩栩如生的角色，就请在七月末来，这时正赶上狂欢节，还有飓风季。找一个不是海滩的地方，在院子里留意看看，有没有狼蛛挖的洞，如果有，那么下雨时候要记得关窗。租一辆车，你会迅速学会在路的另一侧开车，然后去小面包店买一个面包黄油奶酪三明治。然后，在狂欢节的时候开车去圣约翰，看各支乐队争奇斗艳。挤到队伍的最前，别怕有人偷你的钱包；把信用卡还有你身上看起来像游客的东西，都留在那间你记住了在下雨时关窗子（谢天谢地）、以防蜘蛛爬进的旅店房间里。当独角戏演员大肆说着类似"高傲自大的人"这种词，接着有人站上台扮演游客的时候，你可以放声大笑，因为你自己看起来一点儿都不像游客了。

看看四周——你在这里找不到任何一个看起来像露西或者安妮·约翰的人，因为她们不能来这儿——她们在家里，等着熄灯以后偷偷摸摸地看书。但是你可以找到琴凯德笔下的角色们离开的那个地方，那个不断将她拉回难以捉摸的小说世界的地方。

诗人的马提尼克

※ 原刊于 2013 年 11 月

赛尔维·比加尔
Sylvie Bigar
—
美食与旅行作家，现居纽约，拥有三本护照，两个孩子，两只狗。

当他们讲起关于他的故事之后，每个人的眼睛都开始发光，脸上出现笑容，手在空中挥舞起来。我在马提尼克遇到的每个人都至少拥有一个和艾梅·塞泽尔有关的私密记忆——某次安静的偶遇，或某次演讲，都深深地镌刻在了他们的记忆里，而且他们都认同，这位已经在加勒比海岛上取得了不朽地位的诗人、剧作家、政治家，是他们遇见过的最谦逊的人。

譬如丹尼尔·霍克，霍克是塞泽尔人生的最后十年被分配给他的两名司机之一。大多数的下午，霍克都会载着塞泽尔在这座 70 多公里长的岛上穿梭，塞泽尔总是带着他挚爱的植物学专著（书名已无从知晓）。"他会突然看到一棵树，让我停下来，然后让我爬到车后座，这里我们可以一起查这是什么树。"霍克说。

我第一次来马提尼克是 15 岁，和我的瑞士籍父母一起来热带度假，当即就被加勒比的气息淹没了。这次旅行之后，我又来了很多次。成年后，我搬去了纽约，开始不满足于仅仅是勒杜鹃和沙滩的旅行。我会去危险的培雷火山（Mount Pelée）徒步，探索热带雨林，并开始观察这里的人。直到有一天我读到塞泽尔的文字，一下子被它深深地迷住。这些文字让我新认识到了马提尼克的苦痛历史。

尽管他的诗歌粗犷，甚至充满愤怒，但是究其根本却是源于对祖国的热爱："我美丽的祖国，有着高高的芝麻海岸。"他如是说。当我听说2013年是他的百年诞辰时（他去世于2008年），我规划了一场纵贯马提尼克这个国家及其历史的旅程，就让它最亲爱的孩子作为我的向导。在海浪间，在火山坡的大风里，在香蕉田中，他的声音为我挖掘了深藏于这座岛屿美景之下的人类故事。

塞泽尔生于1913年，那时的马提尼克岛还是法属殖民地。20世纪30年代，他前往巴黎读书，在那边黑人知识分子的帮助下，他树立了"黑人特性"[1]的观念，有意识地接受自己的黑人身份且为之自豪，并对殖民地种族主义产生抗拒。

1939年，年仅26岁的塞泽尔回到马提尼克教文学，之后不久就发表了诗篇《回乡札记》（*Notebook of a Return to the Native Land*）。这首反殖民主义诗歌中的超现实呐喊，将黑人

1　黑人特性运动（Negritude），20世纪30年代初兴起了旨在恢复黑人价值、强调非洲文化存在的文化运动。该词最早出现于塞泽尔的长诗《回乡札记》中。塞泽尔后来明确了该词的内涵，即"黑人世界的文化价值的总和，正如这些价值在黑人的作品、制度、生活中表现的那样"。

特性的概念付诸行动，揭露了奴隶制及其残余的恐怖。他写道："我们是行走的肥料，将要骇人地产出鲜嫩的甘蔗和丝滑的棉花。"

1941 年，一艘船载着一群作家和艺术家来到马提尼克，他们刚逃离沦陷的法国。塞泽尔立刻开始与法国超现实主义者安德列·布列顿和古巴艺术家维福里多·拉姆来往，开始了他们长达一生的友谊与知识交流，他们的关注也令塞泽尔崭露头角。

1945 年，塞泽尔被要求在马提尼克首都法兰西堡的市长选举中代表共产党竞选，让他惊讶的是，他选上了。从那以后，直至 2001 年，他连任法兰西堡市长（除了 1983 年、1984 年）。1956 年，就在苏联坦克攻占布达佩斯之前，他退出了法共，之后参与创立了马提尼克进步党。48 年间，塞泽尔老爹——很多人依然这么叫他——作为马提尼克的代表出席法国国会，引领了马提尼克从法国殖民地到法国大区的和平过渡。

我的旅程全程由高大、优雅又和蔼的霍克陪伴。法兰西堡的机场就叫塞泽尔，我们从那里开始，沿着蜿蜒的"足迹之路"（Route de la Trace）一路前行。这条公路最初由 18 世纪的耶稣会会士们修建而成，沿途会经过巴拉塔植物园，一个公园，还有一个 19 世纪的军事要塞，这些都是诗人常常去散步的地方。在我们的一侧，卡尔贝火山的五座锥形山峰在远方若隐若现；而另一侧，法兰西堡的海湾在阳光下闪烁着光芒。这座城市最近刚修了一条"文学大道"，路两边排列着巨大的桃花心木，我走走停停，阅读道上镌刻的布列塔尼和马提尼克本地名人的名言，包括塞泽尔的。其中一条写道："我深深地迷恋着自然，迷恋着花，迷恋着根。这与我的处境有关，我是一个被流放的人。"

在巴拉塔植物园，我踮着脚走在空中吊桥上，迟疑不前，不敢往下看。直到安全通过并松了一口气后，我才注意到宛如雕刻而成的红色蝎尾蕉花——这是塞泽尔的进步党的象征。随着我们逐渐深入，雨林变得越来越密，难以通过。风拂过巨大的蕨类，形成层层的涟漪，让人想起塞泽尔那首诗《贪婪的空间》（*Rapacious Space*）中的句子，"树状蕨类那来自另一个世界的喃喃自语"。

我迫不及待地想去看看他海边的故乡——巴斯潘特（Basse-Pointe）。他喜欢在这里看大西洋的分界线，"从特里尼泰到格朗里维耶尔/海洋歇斯底里的巨浪"。在距离热带雨林一小时车程的地方，沿着一条崎岖的死胡同一直走到头，就能来到一个小海湾。那里的黑沙——其实就是火山灰——将海水染成了翠绿色，震耳欲聋的海浪声听上去像永不停息的鼓点。

对比之下，在内陆方向不远的培雷火山，就显出了一种不祥的安静。在我周围，沟壑上都长满了草，掩盖其压抑的暴力。（火山坡上一家咖啡馆的店主告诉我："每当我们看到轿车，就知道是塞泽尔回来了，他在巡视火山，并守护着我们。"）又走了8公里，我们来到圣皮埃尔，看到了那棵木棉树:"树,又非树 / 美丽的巨树 / 那日栖息着 / 受惊的鸟儿。"

该城镇曾经是这座岛屿的繁华中心,直到 1902 年 5 月 8 日,三万居民死于培雷火山的爆发。这棵树本已炭化,却不知怎么重焕了生机,如今,它巨大无比的枝叶悬盖在这座城镇令人震撼又忧伤的废墟之上。"塞泽尔老爹被这棵树高大的身姿与顽强的生命力深深折服。"霍克说。

第二天,我来到一间剧场中的小博物馆,这里曾是塞泽尔在法兰西堡的市长办公室。在庭院里,我看到了一支由托妮·莫里森协会新安放的长椅。该协会的"道路工程"自 2006 年启动,在有不同纪念意义的地点安置长椅,以纪念黑人的历史。该项目的灵感起源于莫里森,经她观察发现,很少有纪念场所可以让人停下脚步,悼念那几百万从非洲掠夺的灵魂。"没有墙,没有公园,没有塔,没有摩天大楼的展厅——甚至连路边一张小小的长椅都没有。"她说。今天,这些东西纪念着那些变革性的事件以及从非洲离散的人。

我想到了奴隶船,上面满载着被铁链锁着的男人和女人,也想到了我的母亲和祖母,在 1942 年 7 月 16 日纳粹军队吹响号角之后,她们从自己巴黎公寓的天花板逃了出去。我坐在长椅上,内心惆怅,流下了眼泪。

博物馆里回荡着诗人的声音:照片、手工艺品、手稿,甚至他的眼镜都完好地摆放在桌上,让人觉得他会突然出现。我遇见了他的女儿——米歇尔·塞泽尔,她是艾梅·塞泽尔剧场的艺术总监。"我的父亲创建了许许多多的文化中心,人们可以在这里免费学习跳舞、音乐、戏剧和陶艺，"她说，"它们现在依然在开放。"

之后我开始在法兰西堡漫步，这里是充满活力的大熔炉：带有法国味道的古董店，满是芒果和菠萝的集市，还有那座舒尔切尔图书馆，在1889年为巴黎世博会修建，结束后拆卸下来整个搬运回马提尼克，并在此原样重建。

而在40公里外崎岖的卡拉维尔半岛上，气氛就完全不同了。在1994年的纪录片《艾梅·塞泽尔：历史的声音》中，马提尼克电影人尤占·帕尔西镜头中的塞泽尔，穿着他标志性的米黄色西装，背着手走在迪比克城堡（Château Dubuc）的遗址之中，这里是1725年在半岛上建立的糖料种植场。那里有一名梳着辫子的博学向导，迪米特里·查尔斯-昂日尔，将这座种植场里近300名奴隶的生活、劳动与痛苦往事讲述得栩栩如生，我听得如痴如醉。

这些激情澎湃的故事刚好为卡普110纪念碑做好了铺垫，纪念碑位于安斯卡法德（Anse Caffard），就在岛的西南角，钻石巨岩的对面。我以为马提尼克南部的风景就是白色的沙滩，还有长满香蕉树的连绵群山，但直到最近我才了解到，那块从海面上拔地而起150米高的火山岩巨石——它周围的海域是岛上最好的潜水胜地——原来目击了1830年那艘秘密奴隶船的沉没悲剧。为了纪念在这场海难中死去的人，马提尼克艺术家劳伦·瓦莱雕刻了15座高耸却弯腰驼背的混凝土雕像，排成三角形(暗喻黑三角贸易[1]，即奴隶和货物在非洲、美洲和欧洲之间进行贸易交换)，忧郁地望向几内亚湾，面朝着遥远的西非海岸。这些雕像的姿势似乎在承受着来自历史的重压。

但我还想往更南边走。沿着海岸线，我在一个离钻石巨岩几公里的山坡上停下来，回头望去。我可以清晰地辨识出摩恩拉彻山(Morne Larcher)的轮廓，这座断崖看上去就像一个睡着的女人。塞泽尔应该着了迷：他为她写了一整首诗。"幸存者，幸存者，"他写道，"你是我的放逐，是这片碎石的女王 / 永远无法令属于她的王国完美的幽灵。"从诗人的文字中，我感受到了历史之殇：自然与人的联结，以及我们人生航程的相似之处。

---

1 "黑三角贸易"即奴隶贸易，开始于16世纪，欧洲奴隶贩子从本国出发装载盐、布匹、朗姆酒等，在非洲换成奴隶沿着所谓的"中央航路"通过大西洋，在美洲换成糖、烟草和稻米等返航。在欧洲西部、非洲的几内亚湾附近、美洲西印度群岛之间，航线大致构成三角形，由于被贩运的是黑色人种，故又称"黑三角贸易"，历时400年之久。

虽远却真实存在的哥伦比亚

※ 原刊于 2014 年 5 月

尼可拉斯·吉尔
Nicholas Gill
–
经常撰写拉丁美洲的美食与旅游故事。他常驻布鲁克林和秘鲁的利马。

我第一次听说蒙波斯（Mompós），准确来说是蒙波斯的圣克鲁斯（Santa Cruz de Mompox），还是十年前，在加西亚·马尔克斯的小说《迷宫中的将军》（*The General in His Labyrinth*）里读到的。"蒙波斯并不存在，"马尔克斯写道，"我们时不时会梦到它，但它并不存在。"此后很多年间，我都以为这句话是真的。

直到 2008 年，我的老朋友、常驻哥伦比亚的英国记者理查德·麦考尔开始在那儿盖旅店，我才意识到蒙波斯原来是真实存在的。这座拥有近五百年历史、被完美保存下来的殖民城市，就坐落于马格达莱纳河（Magdalena River）岸边的小岛。事实上，许多马尔克斯著作的故事背景，都发生在这个充满着历史和浪漫精神的地方。

城市中并没有什么和马尔克斯直接相关的东西——没有雕像，也没有牌子，但是这个地方，尤其是这条河，深深影响了他的写作。2014 年 4 月 17 日，马尔克斯去世于墨西哥城家中，而他年轻时曾在蒙波斯以及周边的苏克雷住过多年，他的小说《预知死亡记事》（*Chronicle of a Death Foretold*）里的很多情节就发生于此。忽然之间，这些地方看上去似乎充满了他的故事中的精神。他曾在一次采访中提到："我来来回回沿着马格达莱纳河走过11次，我对这条河边的每一个村庄、每一棵树都了如指掌。"

对我来说，最大的困难却是如何到达这个偏远小城。蒙波斯和哪儿都不挨着，走陆上路线需要先坐巴士再乘渡轮，据说今年会在马甘格（Magangué）修一座桥，路也会重新铺过，但是现在从波哥大（Bogotá）到蒙波斯，依然需要十个小时。

我乘坐"托托快车"从港口城市喀他赫纳（Cartagena）出发，这是一辆五人座的皮卡，会去每个乘客住的酒店接人。清晨4点半，它就在我的酒店楼下等着了。我们沿着铺了一半的沥青路或土路向内陆开了320多公里，在热带灌木林地中穿梭了7个小时，终于来到了马格达莱纳河岸边，在那里乘上渡轮，过了河。

蒙波斯约有3万居民，大多住在殖民时期留下的40个街区中，这里的建筑可以追溯到16世纪至19世纪蒙波斯的全盛时期，那时，大量的烟草、奴隶和稀有金属从安第斯山脉经由这里运往海上。19世纪早期，随着马格达莱纳河逐渐淤塞并改道，蒙波斯失去了航运路线的枢纽地位，其影响力日渐衰微。到最后，它被完全遗忘了。

而在20世纪80年代，即哥伦比亚最动荡的年代，马格达莱纳河谷只有在白天特定的时间段可以进出。这种状况一直持续到20世纪90年代中期，直到贩毒集团和武装分子逐渐撤出，武装威胁减弱之后，这片地区才重新开放。1995年，联合国教科文组织将蒙波斯历史中心列入世界遗产名录。

来到这里后，我一直在猜想这里未来的样子。水滨的房地产价格正在不断上涨。有人预言，未来将会有一群富有的哥伦比亚人来这里翻新老建筑。不过现在来看，那应该是很久以后的事。骡子拉车的数量仍然远远超过汽车。每年只有在10月的爵士音乐节还有圣周庆祝活动时，镇上的房间才会客满，在其他时间，蒙波斯的游客寥寥无几。

我在阿玛利拉酒店住下，这就是麦考尔和他的妻子阿尔芭·托里斯开的酒店，他妻子一家都是蒙波斯人。麦考尔修复了一栋17世纪的建筑，让它从一间简单的旅社，摇身一变成为一家舒适的精品酒店，配有空调和液晶电视。我们去河边散步，路过亮黄色的圣芭芭拉教堂，教堂里巴洛克式的钟楼和镀金圣坛的历史都可以追溯到1613年。一个男人推着一辆木头推车经过，上面摆着新切的厚片猪肉，他身边的女人叫卖着"cerdo, cerdo, cerdo"（猪肉，猪肉，猪肉），好像棒球比赛上卖花生的小贩。

我们在河边的水上餐厅（El Comedor Costeño）吃了炸当地淡水鱼和椰子米饭，远方漂来一艘船。有人喊起来，说这船上载着哥伦比亚著名的"奇昆奎拉处女"（the Virgin of Chiquinquirá）肖像。有人告诉我，这艘船正沿着马格达莱纳河顺流而下，在路过的每一个城镇传播信仰。会有几百人簇拥着这幅肖像上街游行，每到一处教堂便高唱赞歌，唤醒昏昏欲睡的城镇。

城镇昏昏欲睡，很大程度上是由于这里闷热的天气，气温决定了一天的作息。清晨，穿着格子裙的女孩们走路去上课，带着草帽的男人们从独木舟上卸下香蕉和菠萝。正午是蒙波斯最安静的时刻。大多数人都待在家中，不在家的人则会去水滨餐厅喝加了粗蔗糖的柠檬水。

在距离河岸两个街区的塔马林多广场上，妇女们在卖着吉开酒（chicha），这是一种用玉米酿的酒，盛在用葫芦做的容器里，而男人们则端着盘子出售拉丝的奶酪球，有的里面还填有番石榴酱做的馅。在一家银器店里，几名工匠坐在庭院里制作精美的首饰，这是来自过去那个流金淌银的年代的一种坚持。

傍晚，当蝙蝠开始在街上飞来飞去时，当地人会聚集到康塞普西路广场（Plaza de la Concepción）的红色咖啡屋。我也在这里找了一个摇椅坐下来，点了杯啤酒，听着贝多芬和维瓦尔第。想吃晚餐的话，推荐去圣多明各教堂门前的广场，每天晚上那里都有十几家食品摊和饮料摊。

来自奥地利的沃尔特·玛利亚·格思先生经营着全城名气最大的饭店——堡垒饭店（El Fuerte）。饭店所在的建筑叫圣安塞姆堡（Fort of San Anselmo），是由奴隶修建的，后来西蒙·玻利瓦尔以此为据点集结军队，将拉美大陆从西班牙统治下解放出来。

香蕉树的叶子悬吊在由原木打造的餐桌纸上，餐厅的屋顶以瓜多竹覆盖，这一切都由格思亲手完成，他曾经的工作是维修旧飞机和帆船。（"这里的一切都出售。"菜单上写着，"除了我们的宠物。"）烧木柴的炉灶烤出薄薄的比萨饼，上面撒着自制肉肠和蓝奶酪。喝过几小杯自酿的格拉巴酒后，随即奉上的是智利红酒和金巴利苦酒混苏打水。

我在蒙波斯停留了四天，在最后一天，我雇了一名名为亨利的船夫带我顺流而下，前往更加偏僻的农庄和渔村。我们穿过溪流和湿地，成群的鹭飞过开满丝兰的田野，吼猴在树枝上睡觉。

在途中，船夫一次次指着岸边，让我看看2010年洪水留下的痕迹，在许多房子的围墙上，都有一米高的水印，有些房屋周围依然堆着高高的沙袋。我问，那场灾难持续了几天？"几天？七个月！"亨利答道，"在蒙波斯，人们都以为世界末日到了。"

然后他又一脸严肃地补充了一句："不过，对渔民来说，那确实是很好的一年。"

回到阿玛利拉酒店，我向麦考尔问起那场洪水。他说道："蒙波斯盆地是一片无与伦比，却又脆弱而特别的湿地，对于这个国家的其他地方来说，它的功能就像是一块海绵。在过去的50年间，低地热带森林被大量砍伐，转化成养牛的牧场，这一度让人们赚得盆满钵满。但现在，我们正在为此付出代价。"

上一次发生这么大的洪水还是在 80 年前。那个时候，居民们将一尊黑人基督雕像从智利的圣奥古斯丁教堂请到了马格达莱纳河畔，人们将黑基督像的脚在河里洗了洗，据说洪水就此退去。2010 年，人们又做了同样的事，洪水再一次退去。当然这应该是和雨季本来就将要结束有关，但我仍然很高兴地得知，有这么一个地方，有着如此荒谬、异想天开的事——你很可能在马尔克斯的小说里读到。或许，那并不仅仅是小说。

在智利，遇见聂鲁达的生活与爱情

※ 原刊于 2015 年 12 月

乔伊斯·梅纳德
Joyce Maynard
–
出版过一系列小说，包括《劳动节》(*Labor Day*)、
《酒醉阴影下》(*Under the Influence*)。

参观巴勃罗·聂鲁达在圣地亚哥的故居，完全是临时起意。我和丈夫吉姆游览了智利的许多地方，其中有一天要在首都圣地亚哥停留。

乘坐索道缆车到大都会公园 (Parque Metropolitano) 的山顶游玩，似乎是游客们必选的经典旅游项目。回到山下时，我们离查斯蔻纳 (La Chascona) 只有一个街区的距离。那是聂鲁达 1951 年为他当时的秘密情人玛蒂尔德·乌鲁蒂亚购买的房产（他那时仍与第二任妻子德里娅·德尔卡里尔保持着婚姻关系）。或许值得一看吧，但我并没有抱太高期望。

我在旅行中参观过不少名人故居，结果总是发现，我最想看到的东西（艺术家的画作、书桌或画室）要么已经被变卖，要么被送到了博物馆。房子里没有了艺术家以后，你最有可能看到的，大多就是几个房间，加上几张旧家具。

我本打算只在礼品商店买一本聂鲁达的诗集。在旅行的最

后几个晚上，我向吉姆提议，我们俩向彼此大声读诗，或许还可以背下来几首。我们可以花些时间来研习西班牙语，除此之外，还可以做点浪漫的事。还有谁比聂鲁达更能撩动情欲呢？

然而一踏进查斯蔻纳的花园，我立刻改变了主意。"我要在这里多待一会儿。"我看着表，轻声对吉姆说。距离关门还有两个小时，我已经开始担心时间不够用了。

我不可救药地痴迷于收藏那种可能在别人眼里是垃圾的东西，它们在我眼里都是珍宝。如今，在荣获诺贝尔奖的智利诗人、左翼支持者聂鲁达的家中，我好像发现了同类。

在还没有踏进前门，仅仅看到里面的花园时，我的心脏就已经开始剧烈跳动起来，就好像是遇到了一家格外吸引人的古董商店，或者是一场似乎能淘到宝贝的庭院旧货甩卖。这里具备了以上事物的全部特征。

我还有另一个发现：一个与聂鲁达的诗歌并非毫无关联的元素。如果他与玛蒂尔德的感情就像他诗歌里描述的那样，她是他生命中的挚爱，那么这所房子就是他期待中二人演绎这场恋情的舞台。"这里是面包、酒、餐桌、寓所。"他在《爱情十四行诗一百首》中写道，"男人的，女人的，以及生活的必需品。"

在门口，我看到了各色锻铁花园家具、马赛克镶嵌瓷砖、绘着飞鸟和藤蔓纠缠的拱门、手工锻造的旋转楼梯、来自船舶浮标的玻璃球、橘子树和天使雕像，它们杂乱地组合在一起。当时我就意识到，无论我多么喜爱聂鲁达的诗歌，真正让我对这位故去 40 多年的诗人感到亲近的，是他对室内装饰的品位。

实际上，"室内装饰"这个词不足以形容他的作为。聂鲁达不仅是一位诗人，他还是一位收藏者、住宅建造师，以及梦幻空间的设计者。

查斯蔻纳（这个名字指的是玛蒂尔德狂乱纠结的头发，也是在聂鲁达诗歌中反复出现的元素）是我最喜欢的那种住宅——那是一个男人新奇、古怪、夸张的创造，对他来说，里面的每件物品都承载着深刻的情感意义，不是因为它们的内在价值，也应该不是因为传统美感，而是因为它诠释了创造者的梦想。

这里也是一个真正浪漫的居所，总是能听到鸟鸣，蜿蜒穿过宅院的潺潺水声，叮叮当当的钟声，这里到处都是具有象征意义的物件和护身符，还有送给爱人的私密信息，来访者只能解读其中很小一部分（我猜的）。在我参观的那天以前，我只知道聂鲁达写过《二十首情诗》（*Veinte Poemas de Amor*）。但这所房子本身就是一首情诗。

查斯蔻纳一点儿也不像弗吉尼亚的蒙蒂塞洛庄园，或者凡尔赛宫。它也不像波士顿的伊莎贝拉·斯图尔特·加德纳故居，那里如今是一间很棒的博物馆，是我的最爱。与那些地方不同的是，你不会在室内装潢精选集中看到聂鲁达设计的房间——这里没有路易十六时期风格的扶手椅，也没有品位高雅但毫无新意的组合家具。在聂鲁达的房子里，你会在头顶发现一只火烈鸟的标本，看到一匹真实大小的铜马，或是一只比实物大

50 倍的男鞋。

而这就是我爱的东西。《建筑学文摘》（*Architectural Digest*）中的房屋设计或许很漂亮，但我希望房间能够讲述居住者自己的故事，展示出他的幽默感，带着一点儿夸张，还有最重要的，呈现出一个充满激情的灵魂。

聂鲁达是一名感官主义者，从他的诗中就能感觉出来："我渴望你的嘴，你的声音，你的头发。沉默而饥渴地，我游荡街头。面包滋养不了我，黎明让我混乱，整日里我搜寻你脚步中流动的声响……"

在他居住的空间也能看出这一点。迈入低矮狭窄的过道，进入餐厅，我们就能立刻感知：住在这里的人热爱美食。餐桌是长条形的，上面摆放着英式瓷器和来自墨西哥的玻璃器皿，以及造型怪异又精美的碟子，椅子摆放得格外紧密，显示出曾经的温暖与融洽。

属于聂鲁达的座位一目了然：在桌头。通过语音向导，我得知他喜欢为聚会盛装打扮。他收藏了各种礼帽，有时还会在脸上画个胡子。他喜欢通过一个专门的小门进场。厨房一直是绝对的禁区。魔术师如果想让观众沉迷于那个魔法世界，就不会展示魔术是怎么变出来的。

我这里只能列举一小部分特色鲜明的家具和物品。有些东西单独来看可能很丑，甚至有点俗气。但正如装置艺术家约瑟夫·康奈尔所说，艺术在组合中诞生。

在查斯蔻纳，我们发现了装裱简陋的卡拉瓦乔作品的复制品、毛绒动物玩具、20世纪60年代风格的福美家（Formica）家具贴面，还有一个大眼睛的活动雕塑（也拥有纯粹的20世纪60年代风格），旁边放着几张非洲面具。这里还有一只来自法国的皮沙发、莱热制作的原版瓷器头像，以及一幅聂鲁达的友人迭戈·里维拉为玛蒂尔德所画的肖像，画中凸显了她那头美杜莎一般的红发，这红发也是让这座房屋得名的理由。

进入卧室之后，我感觉自己不应该出现在这里。这名男子对这个女人的感情似乎太过强烈，反而令一群带着耳机在里面走来走去的游客显得有点不合适。（"两个幸福的恋人做一个面包，一个月亮落在草地上。"他写道，"行走，他们投下两个影子一起流动；醒来，他们留下一个太阳空虚在床。"）

床上盖了一块简单的白床单。梳妆台上摆着一瓶香奈儿No.5香水、一个手镜，没有太多东西。不过，这里仍然散发着激情的味道。

参观结束后，我在礼品商店买了几本聂鲁达的书，还给丈夫买了一顶聂鲁达式的鸭舌帽。但这次经历让我想继续探寻下去——不是探寻他的诗歌，而是诗人本身和他的房子。

我们原计划把剩下的时间留给圣地亚哥。但当得知聂鲁达和玛蒂尔德还有另外两处故居，而且他们在里面一起度过了他人生的最后二十年，我就彻底着了魔。我向吉姆建议（不，比建议还要迫切）去参观这两处故居——一处是位于瓦尔帕莱索（Valparaíso）的塞巴斯蒂阿娜（La Sebastiana），另一处是建在遍布岩石的智利海滩旁边的黑岛故居（Casa de Isla Negra），距离前一处有几小时的路程。

这是我在旅行时最期待的事情之一：精心制订的计划和行程被打乱，因为一个临时决定而前往全新的目的地，在你到达之前，你甚至都不知道它的存在。

一小时之后，我们就安排好了一切：租一辆车去瓦尔帕莱索，然后订了一晚的酒店。参观完塞巴斯蒂阿娜之后，再驱车去黑岛。

吉姆开着租来的宝马敞篷车，我们兴高采烈地踏上了追寻聂鲁达的旅程，起码我是这样的。在某种程度上，这是一次浪漫的探险（有点像《罗马丽人行》(*Two for the Road*)，只不过少了阿尔伯特·芬尼和奥黛丽·赫本）。我想要把见证了巴勃罗和玛蒂尔德爱情的三处故居全部参观一遍。但是实际上，我真正想了解的是住在这些房子中的二人的故事。

前往瓦尔帕莱索的一路上尽是迷人的乡村风光，包括许多智利的酿酒厂。沿着高速路行驶了 30 多公里后，好像要下雨，我们只得把敞篷车的车顶罩架起来，但即便如此，我仍然忍不住去想象巴勃罗和玛蒂尔德的心路历程，他们是如何放弃了在首都的可爱家园，来到佛罗里达山高处的这个陌生地方。这所住宅俯瞰着疯狂的瓦尔帕莱索市。在那座城市里，没有两条街道是平行的，许多车道是单行道，却没有指示牌告知你这一点。

塞巴斯蒂阿娜是他们从建筑师塞巴斯蒂安·科利亚手中于 1959 年购买的房产，建筑师在房子完工前去世，这所房子就是以他的名字命名的。聂鲁达为了给情人惊喜，独自购买了查斯蔻纳，塞巴斯蒂阿娜则是他和玛蒂尔德（此时是他的第三任妻子）共同购买的。1961 年，他们为了庆祝房屋竣工而举办了一场著名的晚宴，在随后的新年庆祝活动中，友人们聚集在这里，观看海港上方绽放的焰火。

我们花了一个下午和晚上游览了瓦尔帕莱索——吉姆说，这个令人沉醉的地方好像是新奥尔良和旧金山教会区的结合体，又混合了一点儿巴黎拉丁区的味道：潜水酒吧里演奏着 20 世纪 30 年代的爵士乐，售卖皮斯科鸡尾酒；鹅卵石街道弯弯曲曲通向水边；壁画和缆车，溢满鲜花的花盆；在道路上游荡的狗。

第二天早上，我们来到了塞巴斯蒂阿娜。与查斯蔻纳一样，聂鲁达的这处房子也有一个爬满藤蔓的入口，一条镶嵌着马赛克瓷砖的走廊，秘密花园，楼梯，低矮的门和天花板，让人感觉好像身处于船上——这正是聂鲁达的设计。尽管他向来对驾驶船只不感兴趣，但房子里满是航海主题的陈设。

这里也有一个完全被吧台占据的房间，餐桌上摆放了更多的彩色玻璃杯，还有一张玛蒂尔德的梳妆台，床尾摆了一只聂鲁达在晚年时买的绵羊玩具，用来代替几十年前他还是一个失去母亲的孩子时，丢失过的一只心爱玩具。

屋里还有一只旋转木马、一个音乐盒、一套木船收藏品、几张地图（其中一张可追溯到 17 世纪）。和之前一样，聂鲁达给自己打造了一间美妙的写作室，里面到处是这位诗人与名人朋友（包括毕加索和马歇·马叟）以及杰出作家（爱伦·坡和沃尔特·惠特曼）的合影，还有他于1971年接受诺贝尔奖颁奖时拍的照片。

就像他的其他住所一样，办公空间里有一系列的铜质手部雕像，桌子旁边有一个水槽，满足他写作之前洗手的习惯。他的房间清楚地告诉参观者：这位诗人对美食、爱、船模和葡萄酒有着无法被满足的强烈欲望，同时拥有良好的职业道德。

他在清早写作。下午时间留出来见朋友，或者四处搜罗宝贝，这令我不禁想象，如果那个时代就有网上购物，聂鲁达的生活会是怎样。或许他的家里会有更多的铜质手部雕塑和船画，而他的诗作应该会减少。

距离我们的返程日期越来越近了，我们回到了车上，前往聂鲁达的最后一处故居，打算下午在那里参观，然后冲回到市里搭乘飞机。我们的时间紧迫，但冲动占了上风。

前往黑岛的路上，我们经过了一连串小城镇，最后到达了海边。但即使我们到了那里，要找到那栋房子也不是件容易的事。在这个不起眼的海滨小镇，到处是廉价的餐馆和纪念品商店，并没有指示牌昭告它的存在。

按照一个当地出租车司机的建议，我们沿着一段土路向城外开了800米左右，终于找到了它。它在一片石头山上，俯瞰着咆哮的大海，涛声太大，吉姆不得不提高嗓门，我才能听清他说什么。这里就是聂鲁达最喜欢的家：黑岛。

这栋房子是他为第二任妻子德里娅·德尔卡里尔（昵称是"小蚂蚁"）买的。他声称自己要找一个地方写《诗歌总集》（*Canto General*）。但是你可以反驳说，一个人要写一首长诗，何必需要满屋子的瓶中船模和几百个玻璃瓶子呢。

"我为了一片新近干燥的土地而写作。新近由于花朵、花粉、胶泥而新鲜的土地。"他在《诗歌总集》中写道，"我为了几个矿坑而书写，那些白石灰的坑顶，就像白雪旁边那空旷的圆穹一样……"[1]

这里仍然有餐柜和庞大的餐桌，巨大的壁炉和柔软深陷的椅子（俯视着汹涌的大西洋），写作室，还有一间通过一段特殊阶梯方可抵达的浪漫卧室——实际上是两间卧室；当巴勃罗·聂鲁达跟德里娅离婚并娶了玛蒂尔德之后，新的爱人需要一个新房间。在黑岛，不会航海的聂鲁达对与海洋有关的物品更加痴迷，起居室的墙上挂着十几个装饰船头的女性人像。

每年的 9 月 18 日，聂鲁达都和许多友人在这里庆祝智利独立日。也是在这里，他得知 1973 年 9 月的政变推翻了他的盟友萨尔瓦多·阿连德的政权，阿连德在政变当天自杀。

仅仅三个星期后，同样是在这里，他在玛蒂尔德的陪伴下度过了最后一晚，然后被送到医院，几天后去世。死亡原因起初被报道为前列腺癌，但智利内政部之后发布的一份声明称，聂鲁达的死极有可能是"由第三方介入导致的"。

---

1 引自王央乐译本。上海文艺出版社 1984 年 12 月版。

聂鲁达死后，玛蒂尔德再没有在黑岛住过；她回到圣地亚哥，在查斯蔻纳度过了余生。不过，首先她必须进行重建工作，因为就像这座城镇一样，那栋房子在政变之后遭到了军方成员的洗劫和破坏。

如今的参观者并不知晓，聂鲁达精心收藏的宝贝和家具曾被砸坏和烧毁。房屋的墙上有很多张照片，展示了劫难后的日子——房屋被破坏，还有数千人走上街头哀悼他们爱戴的诗人。在照片里，默哀的群众中有玛蒂尔德的身影，她的头发藏在黑色的面纱之下。十年之后，她死于癌症，被葬在黑岛，丈夫的旁边。

在回程的飞机上，我拿出了在查斯蔻纳礼品店买的诗集。其中一本里有我非常熟悉的《二十首情诗》，以及聂鲁达匿名出版、写给玛蒂尔德的情诗，这些诗写于20世纪50年代早期，当时他们的关系还是秘密。

另一本是厚达843页的巨著，内容包括所有聂鲁达写过的颂歌，书页的一侧是西班牙文，另一侧是英文（《洋蓟颂》《字典颂》《沃尔特·惠特曼颂》，还有《西服颂》："每天早晨，西服 / 你在椅子上等待 / 被我的虚荣、爱 / 希望、身体 / 填满。"）。由他来写这225首颂歌再合适不过，因为他是如此热爱各种物件——不是出于它们的价值，而是出于它们本身所象征的东西。

我不是诗人，也不是诗歌评论家，但当我在背包里装满了聂鲁达的作品，跨越南美大陆向北飞去的时候，我突然在想，聂鲁达并非所有的诗歌都是伟大的或令人印象深刻的。诗人少写一点儿可能效果会更好。比方说，他美妙的住宅如果只有现在十分之一的收藏，仍然是值得参观的好地方。说不定还会更美观。

然而，我有什么资格批评一位伟大诗人缺少节制？我马上要回到的家里也有大量诗集证明我就是个收藏癖。我也知道，一切终将归于尘土。人能带进坟墓的只有自己的骨头。

但是在生与死之间，也曾有过这样的光辉时刻：在一张精美的圆桌前，举起红色的墨西哥玻璃酒杯，桌上满是镶金边的瓷器，烛光摇曳，乐声悠扬，主人戴着土耳其毡帽，他美丽的红发妻子在耳边轻声说着情话。她的脖颈上戴着一串稀有的珍珠，船头雕像中的女子丰满的胸脯几乎要从紧身上衣中跳脱出来，伸到宾客们的眼前，而屋外，烟花在汹涌的海面上空绽放。

博尔赫斯的布宜诺斯艾利斯：幻想充盈的城市

※ 原刊于 2006 年 5 月

拉里·罗特
Larry Rohter
—
《纽约时报》前海外文化记者，他正在为巴西探险家坎迪多·龙东撰写传记。

出租车沿着加拉伊街行驶，在离宪法广场还差几个街区的地方停了下来。虽然我从没来过这里，但是这个街角看上去很熟悉。当我看到了塔夸里街（Calle Tacuarí）的路牌，一下子反应过来：在豪尔赫·路易斯·博尔赫斯的小说《阿莱夫》（*The Aleph*）中，他就是选取了这样一个无名街道的无名建筑的地下室，放置那个神秘宇宙中的"包含着一切点的空间里的那个点"。

对于博尔赫斯的仰慕者来说，在布宜诺斯艾利斯街头漫步，就是在与他狂热的想象力进行碰撞。他迷恋自己的故乡，尤其喜欢在这个城市的大街小巷漫无目的地行走，但是他曾经抱怨说，这里"没有幽灵"，于是他决定在这个快速扩张的新兴移民城市中塞满他自己创造出来的幽灵。他曾写道："在我的梦中，我从未离开过布宜诺斯艾利斯。"尽管他的梦常常是痛苦的，就像他在那首名叫《布宜诺斯艾利斯》的诗中表达的那样：

> 这座城市，此刻，像一张地图
> 上面画满了我的耻辱与失败；
> 从这扇门中，我曾见过暮光，
> 在这大理石柱下，我曾徒劳地等待。

在博尔赫斯六月的忌日和八月的诞辰之间的这段时间，这座城市开展了许多纪念活动，譬如读书会、圆桌论坛、展览、音乐会以及其他表达敬意的活动。然而，在大多数时候，若用博尔赫斯式的意象来表达，在布宜诺斯艾利斯寻找博尔赫斯的明显痕迹，就像在阅读重写本[1]：你必须穿透第一层的表面意思，感受潜伏在其下的含义。

博尔赫斯成长于巴勒莫地区（Palermo），当时那里还叫作赛拉诺（Serrano），后来为了纪念他而更名。现在这片区域也许是布宜诺斯艾利斯最时髦的地方，充斥着时尚酒吧、餐厅和古董店，常有年轻的作家、艺术家、电影人频繁光顾。不过，他们口中更常提到的是保罗·奥斯特或者马丁·艾米斯，而不是博尔赫斯。

但是在博尔赫斯年轻的时候，如果按照他自己的形容，巴勒莫只是"破旧的北郊"。这里曾是一片半乡村地带，经常有

1　重写本（palimpsest），尤指纸莎草纸或羊皮纸的底稿，已被写了不止一次，以前写的东西并未完全擦除，依然可以辨认。

高乔人和罪犯出没，来这里的小酒馆里放肆地喝酒、斗殴。他们的大胆行径以及时不时爆发的暴力事件，给这位别人眼中的书呆子少年"乔治"（指博尔赫斯）留下了深刻的印象，并引发了他关于刀的无限想象，之后，这种意象渗入了类似《匕首》这样的故事或诗歌中。

> 它不仅仅是一段金属的结构，人们孕育它、塑造它，只为一个目的。于某种永恒的意义，它就是昨夜在塔夸赫波行刺的那把匕首；它就是像雨点一样落在恺撒身上的万把匕首。它要杀，它要见瞬间迸裂的鲜血。[1]

博尔赫斯在巴勒莫的故居，如今依然存在，就在赛拉诺街2135 号，但是不对公众开放，而且除了一块小牌子，上面也没有留下任何关于博尔赫斯往日的痕迹。但是《布宜诺斯艾利斯》那首诗提到的地方就在这个街区，危地马拉街和赛拉诺街相接的转角处，博尔赫斯曾想象那里是"布宜诺斯艾利斯的神秘地基"，"我认为它（这座城市）如空气和水一般永恒"。

一眼望去，这个街角平平无奇：一家汉堡店，一家设计商店，一家名为"奇异世界"的酒吧，酒吧的座右铭是"我们相信酒"，抓住了当代巴勒莫的精髓。但是占据这街角的第四个建筑，是一家名叫"优选仓库"（Almacén el Preferido）的小酒

1　引自潘帕译。

馆，它所在的建筑始建于1885年，博尔赫斯说这里是恶棍们的藏身之所："一家杂货铺的粉红色门脸像是纸牌背面 / 灯光明亮，店后房间里在玩纸牌……"

其实布宜诺斯艾利斯的咖啡馆比小酒馆还要多，而且有几家是博尔赫斯和朋友常常去的。不过它们中的大部分已经消失了，或者像位于犹太区的珍珠咖啡厅（在电影《曾经》中曾出现过）那样，变成了比萨店，再或者，像托托尼大咖啡厅那样变成旅游景点——那里有一尊博尔赫斯的蜡像，同著名探戈歌手卡洛斯·加德尔的蜡像摆放在一起，在同一张桌子的两边。

但是里士满咖啡厅依然保留着20世纪20年代的氛围，在那个年代，博尔赫斯正坐在角落里编辑先锋派文学杂志《马汀·费耶罗》（*Martín Fierro*），并和一众作家共度了很长的时光。正如咖啡厅名字所昭示的，这里有着英式酒吧的氛围，木头墙面上挂着绘有猎狐场景和田园风光的画作。博尔赫斯应该很喜欢这些细节，他一直为自己拥有母亲那边的英国血统而自豪。

博尔赫斯的朋友圈中包括年轻的作家阿道弗·比奥伊·卡萨雷斯（他们合写了几部侦探小说，故事背景都放在了布宜诺斯艾利斯），还有比奥伊·卡萨雷斯的妻子、诗人西尔维娜·奥坎波。但是他的朋友中最吸引人也最有影响力的那个，则是画家兼诗人亚历杭德罗·舒尔茨·索拉里，博尔赫斯曾称他为"我们的威廉·布莱克"。这位画家以舒索拉为艺名，比博尔赫斯大二十岁，却和博尔赫斯一样，喜欢创造幻想的宇宙和语言，探索这个世界的奥秘之事。在 20 世纪 50 年代，博尔赫斯常常逃离他和母亲一起住的沉闷公寓，前往舒索拉位于拉普利达街 1212 号的家，两人花上一整天的时间，谈论古犹太神秘哲学和北欧海盗传奇。

舒索拉的家现在已经是他的个人博物馆了，里面展有一百多张画作，还有很多他创造的稀奇玩意儿，他管它们叫"来自另一个宇宙的遗物"。看着舒索拉的画，你就能体会到这两个人在思想上的紧密联系：舒索拉的水彩画里尽是乌托邦，飘浮在空中的城市，半人半机器的生物，多重宇宙……还有其他很多细节，让人很容易就能联想到博尔赫斯。

参观这些博尔赫斯住过或工作过的地方，会让人惊异于他的想象力之强大。1937 年，他那曾经前途无量的文学生涯似乎受到了阻碍，他不得不在米格尔·卡内图书馆谋取一份书籍分类员的工作，在这里一直工作至 1945 年。他在那儿没什么事可做，大部分时间，他都在二楼后面那间狭小、没有窗户的房间里，写下碎片化的文字，后来整理结集为《虚构集》，这其中就包括那篇《巴别图书馆》（*The Library of Babel*）。

"人，不是十全十美的图书管理员，可能随机产生，或是邪恶造物主的产物；而宇宙，包括里面的书架，谜一般的书卷，为旅行者准备的用来攀登的无尽的梯子，和为坐着的图书管理员准备的厕所，只能是上帝的杰作。"他写道。

博尔赫斯后来写道："故事中那不计其数的书籍和书架，其实真真实实存在于我的手肘之下。"但是和故事中所写的那个房间（可以参观）一样，这个图书馆本身是很小的，藏书也有限，看上去和博尔赫斯赠给它的不朽名号不太相符。它位于一个名为伯多（Boedo）的工人阶级街区，博尔赫斯以前会搭乘7路电车去那里上班，在车上站着读但丁。现在电车已经没有了，但是一个沿用了"7路"车号的巴士依然在同样的路线上行驶。

他的个人生活并不快乐，而图书馆则给他提供了某种慰藉。"我一直在想象，天堂应该是图书馆的样子。"他曾在一首诗中这样写道。1955年，胡安·贝隆倒台后不久，博尔赫斯被任命为阿根廷国家图书馆的馆长。这个地方更像是巴别图书馆的原型——一栋四层八角形建筑，书架上镌刻着伟大的作家和思想家的名字，例如莎士比亚、歌德和柏拉图。

这座图书馆位于圣特尔莫区，现在已经变成了阿根廷国家音乐中心，对公众开放。隔壁就是阿根廷作家协会总部，博尔赫斯有时候会在这里办公共读书会。如今协会和一家名为"阿根廷传奇"（Legndaria Buenos Aires）的餐厅共享空间，餐厅主厅的墙上挂着著名歌剧演唱家的照片。餐厅的一面墙上可以找到一个和博尔赫斯有关的东西：一块金属牌上刻着1942年到1994年作家协会的理事会成员名字，其中就包括博尔赫斯。

除了匕首之外，也许博尔赫斯作品中最喜欢的主题便是猫科动物，譬如在《另一只老虎》（The Other Tiger）这首诗中，他思考了现实中的老虎与他幻想中的那些有什么不同。从童年开始，他就迷恋着老虎。他常常去位于巴勒莫区的边缘地带拉斯埃拉斯大道上的布宜诺斯艾利斯动物园，去那里看老虎。在他 60 岁之后，有时候他的身边会有一个他想要为其留下好印象的女性，他们站在笼前时，他会念诗：

> 它来回踱步，脆弱而致命，怀有无限的能量，
> 它就在铁栏的另一侧，我们在这一侧望着它……

现如今，那个动物园里依然养着各种老虎，其中还包括一只孤独的白色孟加拉虎，大多数时候它都睡在树下。

成年以后，博尔赫斯在雷科莱塔地区换过几个公寓，他在金塔纳总统街住过，也在普伊耶顿大道住过，这些地方都设立了纪念铜牌。但是他住了最长时间的地方——断断续续长达四十年——是在圣马丁广场不远的迈普街 994 号的 6B 公寓，他将这里看作真正的家。

在 20 世纪 80 年代初的时候，我还是《新闻周刊》(*Newsweek*) 的年轻记者，曾在那里两次采访了博尔赫斯。我记得那个房间不大，陈设简朴，没有电视，没有收音机，而且最令人惊讶的是，对于一个当时已经失明的人来说，他也没有留声机。博尔赫斯坚持用英语进行采访，他说自己的口音是英格兰诺森伯兰郡口音，是从教给他英语的英国祖母那里继承来的，他表达出对于那些陈旧过时的词语的喜爱，例如"三次的"(thrice)。

尽管这间公寓没有对公众开放，但是街对面商店街的拉休达书店 (La Ciudada) 现在依然开着，博尔赫斯曾在那里度过

了无数个下午。书店橱窗里陈列着许多本博尔赫斯的初版书，还有一张他坐在某把椅子上的照片——该椅子现在依然摆在原来的位置，形成了一个纪念地点，仿佛在等待他的归来。书店店主现已年逾八十，如果她心情好的话，甚至会和你分享一点儿关于她的朋友、这里最著名的顾客的一点儿往事。

但也许最能让人相信博尔赫斯不仅仅是一个文学巨匠的名字，而是一个真实的有血有肉的布宜诺斯艾利斯居民的地方，在巴拉圭路 521 号。这里是一个摄影工作室，当地居民依然会来这里拍护照和身份证件照片。仔细看橱窗里的三十几张人像，第一排右数第四个，就是博尔赫斯。照片中的他眼神依然透着疑惑，仿佛眼前的这个世界对他来说过于陌生，他只能去创造他自己的世界。

在埃塞俄比亚，兰波找到安宁

蕾切尔·B. 道尔
Rachel B. Doyle

※ 原刊于 2015 年 3 月

1880 年 12 月，活泼的法国诗人阿尔蒂尔·兰波乘坐一艘木头帆船横渡亚丁湾，再花了 20 天骑马穿越索马里沙漠，终于来到了哈勒尔，一座由古老城墙围着的埃塞俄比亚城市。就在七年前，这位《地狱一季》（*A Season in Hell*）和《彩图集》（*Illuminations*）的作者突然宣布不再写诗，开始游历世界，其足迹遍布欧洲、亚洲、中东以及非洲。在 26 岁时，兰波接下了一份法国贸易公司的工作，工作内容是"不断接收运来的打包咖啡豆"，而工作地点正是在繁荣的"阿比西尼亚"（埃塞俄比亚旧称）。

那时的哈勒尔如同现在一样，也是一个集市城镇，高高的石灰岩和凝灰岩墙壁之间交织着无数陡峭曲折的鹅卵石小巷。今天，这些墙壁被漆成了绿色、白色、粉红色和蓝色的几何图案。当一个人漫步在这狭窄如迷宫一般、两侧排列着单层住宅的街道上时，这座戒备森严又神秘莫测的城市会给人一种与世隔绝的感觉。在带有雉堞的古城门口，驴子背着成捆的柴火，耐心地等待着主人。这是一座人口密集的古老城市，拥有超过 180 座清真寺和神殿，其中有些的历史可以追溯到 10 世纪。这里时常会举办露天集市，香料、阿拉伯茶和咖啡豆都用巨大的袋子装着，成袋出售。

据兰波的雇主阿尔弗雷德·巴蒂形容，刚刚抵达哈勒尔的兰波"生着病，无依无靠"。他租了一间简陋的土墙房子，屋顶上盖着芦苇和茅草。1880 年至 1891 年，这位公认的现代欧洲诗歌重塑者，曾三次来到这座前工业化时期的埃塞俄比亚城市，总居住时间加起来将近五年，比他成年后在任何一个地方停留的时间都长。"我追逐旅行，只为驱散占据我脑中的魔力。"19 岁的兰波在《地狱一季》中写道。《地狱一季》中包含九首如梦如幻的诗作，出版于他来哈勒尔的七年之前，诗中的叙述者先是对世界充满怒火，然后开始环游世界。"我的人生总是太难掌控，无法奉献给力量和美。"

在离开欧洲之前，兰波的人生刚陷入谷底：他的爱人、法国诗人保罗·魏尔伦在一间比利时旅店里用一把左轮手枪射伤了他的手腕。他和执拗的母亲一起住在位于法国阿登高地的沙勒维尔的农场，作为一名敏感的诗人，这个地方的压抑保守令他感觉难以忍受。更何况，虽然《地狱一季》在后来使他获得了肯定，但是在 1873 年刚刚出版之时，没有人注意过这本书的存在。

因此，这位"颓废派运动"的代表人物来到了哈勒尔，一座距离亚的斯亚贝巴480公里的城市，拥有比埃塞俄比亚首都还要多出1000年的悠久历史。

在探险家理查德·伯顿爵士于1855年来到这座城市之前的几百年中，哈勒尔曾是一个不对外开放的苏菲派穆斯林学习中心。兰波一听说这个地方的存在，立刻求在阿拉伯海港口的雇主将他派过去。这个地方被认为是非常危险的，几名贸易商都在那里与达纳吉尔沙漠（Danakil Desert）的武士发生过冲突，兰波却毫不在乎。他是如此热爱冒险，立刻就认定哈勒尔这个位于已知世界的边缘的古城，一定有着非常广阔的商业前景。

在前往哈勒尔的七年前，诗人在《彩图集》中写道："在流浪中，生活变成了舞台，文学杰作在此轮番上演，我可以分享尚不为人所知的财富。"（尚无证据表明兰波21岁后曾再度写诗，不过，他给自己远在法国的母亲和姐姐寄去了数百封信件，栩栩如生地描绘了他在埃塞俄比亚的新生活。）

哈勒尔古城当前的城市格局形成于16世纪，现已被联合国教科文组织列入世界遗产名录。如果想探索古城，就要先做好心理准备，因为你将会在里面不断地绕圈子，常常回到原地。这里没有路牌。如果够幸运，你会遇到某位开心的老板娘，正在给坐在铁桶上的老顾客递上一杯又一杯用烤咖啡叶子制作而成的奶茶；或者你会在骆驼市场遇到一个男人，正徒手给俯冲而下的猎鹰喂食；或者在梅金那吉吉尔街，看着裁缝们用古老的脚踏缝纫机缝补衣服，一旁的小贩们提着香蕉叶编织的篮子贩卖油煎饼和浇满糖浆的油炸甜点。

哈勒尔古城的中心有一栋木质外墙的商人别墅，现已被改建成为兰波博物馆，用以纪念他在哈勒尔居住的岁月。房间内有着彩色的玻璃窗和描画的天花板，展品虽数量不多但胜在颇有信息量，包括诗人使用那台从里昂订购的相机拍摄的自拍像。其中一张兰波拍摄的照片是一个男人坐在仓库中的陶器之间，而这应该是有关于哈勒尔的第一张照片了。"当他在这里的时候，他完全是另一个人。"博物馆馆长阿卜杜纳斯·阿卜杜莱如是说。馆长就是哈勒尔人，他的姊祖母在年幼的时候见过兰波。"她说他是个穆斯林，他们曾经一起在他家里玩耍。"

阿尔蒂尔·兰波文化中心于 2000 年开放，现在"年轻人开始相信，兰波真的是一位热爱着哈勒尔的白人，他希望能够死在哈勒尔，相对于复杂且盛行国家主义的欧洲，他更喜欢这里"。阿卜杜莱说："他的思绪在这里是安宁的。"

在此之前，很多本地人对这位著名的前居民不屑一顾，因为他们怀疑他可能是一名间谍。事实上，这位法国贸易商是真心着迷于这座城市及其周围的环境，他甚至去学了当地的语言。"面对普通人的时候他说阿拉伯语，但是面对自己的仆人他说哈勒尔语。"阿卜杜莱说，"他的哈勒尔语说得非常好，而且他还学了阿姆哈拉语和奥罗莫语。"

在兰波的时代，哈勒尔是重要的贸易枢纽，来自高地的昂贵货物——咖啡、兽皮、金戒指和麝香——都可以在这里与乘着木帆船而来的外国货物进行交易。兰波的工作大部分时间就是去远方的市集寻找货源，或者按他在 1881 年远行之前寄给家人的信中说的那样，"去未知之地做买卖"。

"距这里有几日行程的地方，有一个大湖。那里是象牙国。我准备去那儿。那个地方的人可能不太友善。"他在信中写道，然后给家人详细说明了假设他没有回来，该如何讨回工钱。

兰波在写给母亲的信中总是强调他在非洲生活的风险和困难，他的母亲并不赞同他的作为。"上一次探险真是让我筋疲力尽，我常常躺在太阳底下，动都动不了，像一块没有知觉的石头。"他写道。他还写过另一次旅行："疯狂的队伍穿越这个国家的陡峭山脉。"不知道兰波还记不记得《地狱一季》？他现在所抱怨的，在当时正是被他歌颂过的风景。"我曾爱过这沙漠，烧毁的果园，晒黑的店铺，温暖的酒。我沿着腐臭的街巷曳身而行，闭着双眼，将自己献给太阳，火之上帝。"

尽管兰波可能会抱怨，但根据他的老板巴蒂的说法，兰波总是"不耐烦地等着下一个冒险的机会……跑得比流星还快"。

在 19 世纪 80 年代末，这位巴黎文学界的"坏孩子"正处于阿比西尼亚南部，世界对外贸易的中心。事情并非总是一帆风顺，当未来的埃塞俄比亚皇帝孟尼利克二世需要枪支时，他找到了兰波，兰波用数月时间为这位反复无常的君主收集欧洲来复枪，结果货一送到就被诈了。"孟尼利克一拿到货，就逼我给他让利，禁止我零售，还威胁我要把货送回海上，我自己付费！"兰波曾给法国领事去信抱怨过此事。

若撇开交易的挫败，兰波为孟尼利克采购武器的经历，应该是他对现代非洲历史做出的最大贡献。学者认为，他在

1887年卖给孟尼利克的枪支，帮助这位君主在1896年的战争中击败了入侵埃塞俄比亚的意大利人。在阿杜瓦溃败后，意大利人签署了协议，承认埃塞俄比亚是一个独立国家。

兰波没有亲眼看到这场胜利。1891年，他的膝盖肿痛已无法忍受，他被迫离开了哈勒尔，寻求医治。16个脚夫用担架抬着他走了12天，共320多公里，将他从哈勒尔送到了泽拉港口。这里是11年前兰波第一次来到非洲时登陆的第一个港口。等他的船抵达法国时，已经太晚了，他生癌的那条腿只能被截肢。

身处于法国马赛的病房内，这位诗人、探险家依然怀念着他在"挚爱的哈勒尔"度过的时光。他在那个夏天写下："我想要回到那里……我将永远住在那里。"1891年11月，阿尔蒂尔·兰波去世，年仅37岁。去世前，他给法兰西火轮船公司的主管留下了一条口信。

"请告诉我，何时我会被抬到船上。"直到最后，这位才华横溢的博学家依旧决心回到那个城市，他终于在那里找到了一种安宁的所在。

在圣彼得堡，
过去的诗人是此刻的向导

※
原刊于 2005 年 9 月

{ 大卫·拉斯金
{ David Laskin

　　优雅的文学咖啡馆就坐落于圣彼得堡的涅瓦大街上，在它的入口处，亚历山大·普希金独自坐在一张临窗的桌前。楼上是餐厅，莫扎特的小奏鸣曲伴着瓷杯碰撞的叮当声，但普希金没有在听。他衣着完美，定定地凝视着空气，这位诗人——至少他的蜡像是这样——正在思索着爱情的苦涩秘密和复仇的甜蜜结局。

　　每一个能识字的俄罗斯人都知道，这尊有着浓密的黑色卷发和浪漫鬓角的精美蜡像就放置在一家咖啡馆的窗口，位于喧嚣的涅瓦大街旁，与肯德基相比邻。那是因为 1837 年，普希金正是在这家咖啡店享用了他人生的最后一餐，随后奔赴决斗。

　　随便问一个在此享用蛋糕的人，你就能听到所有的故事：普希金向宪兵队军官丹特士发出决斗挑战，后者一直在无所顾忌地追求普希金的美丽妻子娜塔莉亚。那个傲慢的法国人先开了枪，击中了诗人的腹部；这位文学巨匠在受伤后，痛苦挣扎了整整两天才死去，年仅38岁。讲故事的人甚至可能会抬起眼睛，骄傲地挺起胸膛，为你背诵一首十四行诗，或者长篇诗体小说《欧根·奥涅金》（*Eugene Onegin*）中的几行诗句。

对于一个美国人来说，可能有点难以理解俄罗斯人对于普希金的狂热崇拜。尽管我曾专门前往圣彼得堡，参观和普希金相关的神圣之地——夏宫茂密的椴树大道，年轻的欧根·奥涅金曾在这里和他的法语家教散步，还有大理石宫的舞厅，这位百无聊赖的帅哥曾在此与圣彼得堡上流社会精英跳过玛祖卡，但我还是被俄罗斯的普希金狂热的范围之广、热情之甚深深地震撼了。托尔斯泰、陀思妥耶夫斯基、契诃夫——这些人在美国本土的知名度和接受度都比普希金要广得多，但他们在自己的祖国被纪念的方式只有偶尔的游览线路和标识牌。而普希金无处不在，在曾经的首都圣彼得堡更是如此。在公共广场、博物馆、街角的海报上，到处都能看到他的形象。尽管这座城市经历过革命和围城，但是这名诗人的公寓，他上学时住过的宿舍，甚至他中弹倒下去的那一小片土地，都被精心保存了起来。

如果看背景，他真的是最不可能成为英雄的那个人。他是一个贫穷的贵族，其贵族身份承袭于曾祖父——一名来自非洲的奴隶；他是一位艺术家，融合了莫扎特的优雅和拜伦的讽刺辛辣；他是一名政治反叛分子，沉迷于狂欢和决斗。但当第一首诗发表后，他就成了巨星。打个比方说，在他葬礼的那天，从全城各处而来的哀悼者只需要跳上出租车大喊一声"去普希金那儿",司机就能立刻脚踩油门把乘客送到普希金的遗体所陈放的教堂——他的名气就有这么大。在俄罗斯,把莎士比亚、托马斯·杰弗逊和鲍勃·迪伦几个人的名气加在一起,那就是普希金。

"在俄国文学中,莫斯科是一个冷静的城市——而所有的坏事都发生在圣彼得堡。"哥伦比亚大学斯拉夫语教授弗兰克·J. 米勒这样对我说,"圣彼得堡的疯狂,是以普希金的《黑桃皇后》(*The Queen of Spades*)为开端的。"故事的冷血主人公格尔曼,沉迷于追求一个赌博必胜的秘密而失了心智,事实上,在这座属于普希金的疯狂城市里,几乎所有的居民都在日以继夜地偷情、饮酒、决斗、狂欢、看戏,然后负债累累。普希金在《欧根·奥涅金》中表达过:"通达的人,我们承认,也能够想法子使他的指甲美丽。"[1]他用了五节诗来描写主人公"换上夜礼服"的场景:

> 你可以说,他是个纨绔少年。
>
> 每天至少三个小时,
>
> 他要消磨在镜台前面,
>
> 一切完毕,这才走出梳妆室,
>
> 好像是维纳斯出现在人间!

1　引用查良铮译本。

你看这女神穿上了男装

翩翩地来到化装舞会上。[1]

　　以前曾有诗人将如此无聊的场景写得这么有趣吗？通过香槟气泡和法国香水，普希金构建出贵族生活的舞台，他笔下的剧院与皇宫、饭店与舞厅，至今依然震撼地保留着原貌。果戈理或托尔斯泰的作品会描绘详细可辨识的街道与建筑，但普希金则更喜欢让城市风景从疾驰的马车窗户里一闪而过。谁也不知道奥涅金雇了马车赶赴下一场舞会时走的是哪条街巷，也没人会在乎：

　　风驰电掣地向那里奔去。

　　在沉睡的街心，不少车成列

　　驰过一排排黝黑的楼房，

　　车前的两盏灯射到飞雪，

　　闪着愉快的、长虹似的光芒。

　　前面显出簇簇的灯火

　　照出了门廊，辉煌夺目，

　　和一座雄伟的巨厦的轮廓。[2]

　　————————

1　引用查良铮译本。

2　引用查良铮译本。

不过某一个晚上，在北方夏日的暮色余韵中，我确实跟着普希金笔下那位钟情于宴饮享乐的男主人公的脚步，来到了涅瓦河河畔的花岗岩河堤上。他曾在这里听着百万大街上不绝于耳的马蹄声，"陷入沉思"。在这条大街上，从冬宫一直延伸到战神广场的位置，列满了一栋栋百万富翁的豪宅。我靠着同样的花岗岩河堤，望着细雨在河上打出的朵朵涟漪。这条河在这一段与哈得孙河差不多宽，两侧河岸排列着狭长、低矮的皇家建筑。好像事先安排好似的，当我俯身穿过那道横跨在冬运河（The Winter Canal）之上的拱门时，一匹马正快步穿过百万大街。冬运河是一条极美的运河，它流经冬宫侧翼如峡谷一般的石头建筑——这里又被称作"大艾尔米塔什"或"艾尔米塔什剧院"。

天色终于全部暗了下来，我来到了彼得大帝骑马塑像前，普希金在一篇叙事长诗中将这座塑像称为"青铜骑士"。《青铜骑士》开篇描写了彼得大帝剑指欧洲的磅礴气势——"我爱你，彼得兴建的城 / 我爱你，严肃整齐的面容"[1]，但是诗篇结束时，却沦落至消沉与疯狂。在之后，主人公的爱人死于 1824 年 11 月 7 日涅瓦河的洪水肆虐，他陷入疯狂，总觉得那位"可怕的君主"骑着快马，从那块波涛般的花岗岩基座上一跃而下，在这座城市的大街小巷追赶着他。

在探射灯的强光和夜晚花朵的浓郁芬芳中，这座建于 18

1　引用查良铮译本。

世纪的青铜像以及它的石头基座确实让人感觉有点恐怖。普希金曾在诗中这样描写圣彼得堡:"壮美之城,乞丐之城/奴隶的氛围,灿烂的面容/你的天堂拥有浅绿色的拱门/还有无聊,冰冷,花岗岩的优雅。"关于这座城市,他所钟爱与厌恶的一切——美景与专制,壮丽与单调,优雅与冰冷,都在专横的沙皇的凝视之下,度过了三百年。

普希金故居博物馆位于莫伊卡河河堤(Moika Embankment)旁,从冬宫过来只需要走五分钟,这里是所有关于普希金的地方中最神圣的所在。走过令人眼花缭乱的宫殿广场后,沿着莫伊卡河的城市风景让人感觉有种亲密的孤独——阿姆斯特丹的气势,威尼斯的微光,所有这些,都笼罩在圣彼得堡如水的北极光下。这是典型的普希金,他选择在这座城市最美的水道上的最美的河湾旁居住,然而对于来到此地的普希金朝圣者们来说,这里的优雅气氛被诗人临终那几日所受的痛苦蒙上了阴影。

普希金是一个不谙世事又愤世嫉俗的人(他曾说自己的妻子是"我的第113位恋人"),对于别人的挑衅,普希金会极端敏感。1836年11月4日,当他收到那封匿名信,信中将他推举为"绿帽子协会副会长",讽刺他的妻子与丹特士公开调情,他嫉妒得发狂。在故居博物馆入口旁的房间里,陈列着娜塔莉亚小巧的粉红色舞鞋,还有普希金决斗用的那把手枪,它们被放置在天鹅绒镶边的盒子里,好像圣诞节的装饰——诗人的悲剧像是一首实体化的俳句,这样摆在你面前。

邻着莫伊卡河的套房是如此庄严宁静，任何一位文学大家都会梦想拥有这样的房间——高高的天花板和窗户，红色与金色的地毯，镶金边的灯，红宝石般的酒瓶。但对我来说，在他工作和去世的房间里，他的形象变得实在了起来。书房的墙壁上摆着约四千本藏书，棕色和金色的皮革书皮呈波状起伏，他宝贵的手杖和土耳其佩剑就近在眼前，从三扇面向庭院的窗户中透进来的光轻柔地洒在桌子上，照着那些留下的纸、书籍还有小玩意儿。

书架下方的阴影笼罩着那只沉重的胡桃木包边沙发，诗人就躺在这张沙发上死去，做着攀爬书籍的梦。

奥尔罕·帕慕克的伊斯坦布尔

※ 原刊于 2014 年 2 月

乔舒亚·汉默
Joshua Hammer
—
海外通讯记者，曾出版《廷巴克图图书馆管理员：以及他们拯救世界上最珍贵手稿的故事》(*The Bad-Ass Librarians of Timbuktu: And Their Race to Save the World's Most Precious Manuscripts*)。

12 月中旬的一个多风的下午，在离伊斯坦布尔大学不远的一处草木葱茏的广场上，作家奥尔罕·帕慕克沉浸于一段四十年前的回忆。他经过停在路旁的摩托车、粗壮的橡树、石头喷泉，来到一栋浅黄色建筑的底楼中庭。在各种杂七杂八的店铺前方，有一个书市，帕慕克正是来此翻阅二手书的。自从拜占庭时期开始，这座伊斯坦布尔的旧书大市场——萨哈夫拉尔·查尔希希——就吸引了无数的文学爱好者前往寻宝。

在20世纪70年代早期，当时的帕慕克还是建筑系的学生，立志成为一名画家，同时热爱西方文学。他经常从家里乘车穿过金角湾，来这寻找托马斯·曼、安德烈·纪德以及其他欧洲作家的土耳其语译本。"我父亲会给我钱，我在周六早晨搭他的车来这里，然后把淘来的书塞满车厢。"这位诺贝尔文学奖获得者回忆道。此刻的他正站在易卜拉欣·穆特费立卡的半身像前，易卜拉欣在1732年出版了土耳其最早的书——阿拉伯语和土耳其语双语词典。

"其他人一般都不会在周六来这儿，所以我就可以在这讨价还价，和人聊天，我和这里每一个书贩都认识，但是现在一切都变了。"帕慕克如是说。他指的是这里愈加浓厚的旅游气氛，而且他以前所认识的人也都不在了，譬如那位卖手稿的苏菲派传教士。"现在我一年只来一次。"

1952年，帕慕克出生于繁荣的尼桑塔西街区，那里离书市只有5.5公里。他的父亲是一位商人，因投资不利而损失了大部分的财产。帕慕克小时候，身边有许多的亲戚和仆从，但是父亲母亲经常吵架，家庭一直笼罩在随时可能瓦解的阴影之下，这使得他的青春陷在迷茫和周期性的悲伤之中。

从那儿以后的六十年里，帕慕克的大部分时间都住在伊斯坦布尔的尼桑塔西和吉汉吉尔附近，靠近博斯普鲁斯海峡。他的作品根植于这座城市，正如狄更斯之于伦敦，或纳吉布·马哈福兹之于开罗。在《纯真博物馆》(*The Museum of Innocence*)、《黑书》(*The Black Book*)和自传体小说《伊斯坦布尔：一座城市的记忆》(*Istanbul: Memories and the City*)中，一个既魔幻又忧伤的城市逐渐浮现：经历了帝国的衰落，被世俗派和政治伊斯兰的冲突撕裂，同时又经受着西方世界的诱惑。在帕慕克的小说中，大部分人物角色都是世俗派的精英，他们的爱情、争执与痴缠，都发生在这几个街区的咖啡馆和卧室里。

"1959年是我第一次出国旅行，我和父亲在那年夏天去了日内瓦，从那以后直至 1982 年，我从未离开过伊斯坦布尔。"帕慕克这样对我说，"我属于这座城市。"

我来过这座城市很多次，已经不满足于仅仅参观游客景点，而是想要从帕慕克的视角来观察这座城市——这座拥有史诗般的厚重历史，同时又与他个人产生着深刻联系的地方。我给他发了邮件，询问他是否可以带我去看看那些塑造了他的童年、令他成为一名作家的街巷。帕慕克欣然应允，两个月后，我和他在位于吉汉吉尔区的公寓见了面，从那里可以看到吉汉吉尔清真寺，那是一座建于 19 世纪的庞大建筑，两侧耸立着尖塔，再往远处看，就是隔开了亚洲与欧洲的博斯普鲁斯海峡。

拜访帕慕克的时候正逢淡季，这似乎是个很合适的时机，在譬如《雪》（Snow）与《伊斯坦布尔》（Istanbul）这样的书里，他的注意力总是放在冬日、灰色与忧郁的情绪上。空气清冽，天光柔和，虽偶尔有阳光穿过云层，但这座城市看起来似乎稀释了颜色。"我总是喜欢伊斯坦布尔的冬天胜过夏天。"帕慕克在《伊斯坦布尔》中这样写道，"我喜欢从秋入冬的那段时间，傍晚的天色黑得越来越早，光秃秃的树枝在北风中颤抖，人们穿着黑色的大衣和夹克衫匆匆穿过逐渐暗下来的街道各自奔回家。"他站在公寓的阳台上，望着云层后面微弱的太阳，面露喜色，说今天很适合散步。"如果艳阳高照，我就会很沮丧。"他说，"像我在《伊斯坦布尔》里写的那样，我喜欢黑白的城市。"

我和他联系的时候，正是他润色《我脑袋里的怪东西》(*A Strangeness in My Mind*) 的最后阶段，这本小说于 2015 年出版，书中描写了一名伊斯坦布尔街头的小贩自 20 世纪 70 年代至今的生活。他告诉我，他很高兴可以稍微休息一下。"我是个工作狂，但是我喜欢。"他说道。他穿上一件防水短上衣，戴上一顶黑色的棒球帽，为了不那么容易被认出来，他所做的仅仅是把帽檐压低到眉毛下面。

2005 年，帕慕克在一次访问中谈到土耳其对言论自由的限制，"100 万亚美尼亚人和 3 万库尔德人在这个国家遭到屠杀，而我是唯一敢于谈论这件事的人"。这句即席的评论被刊登在瑞士的一家报纸上，随即他就受到了死亡威胁、媒体诋毁，土耳其检察官甚至以"公开诋毁土耳其人民尊严"为由对他进行指控。帕慕克不得不离开故土将近一年——这是他离开土耳其时间最长的一次。在一片国际抗议声中，指控于 2006 年被撤回，对他的死亡威胁也在慢慢减少。尽管帕慕克出行时，尤其在夜间散步的时候，会有保镖跟随，但是他现在感觉已经相对安全多了。

在这个多云的下午，我们沿着一条与博斯普鲁斯湾大致平行的曲折路线，穿过了吉汉吉尔的中心，那里曾经是一片重要的希腊社区。20 世纪 60 年代，帕慕克还在博斯普鲁斯海峡另一侧的罗伯特学院就读中学时，因为塞浦路斯冲突，全国上下民族主义情绪高涨到了顶点，政府将这片地区的希腊人全部驱逐了出去。失去了商业阶层后，吉汉吉尔变成了红灯区。

"70年代的时候，我在这里写过一篇早期小说，就在我祖母的公寓里写的。"帕慕克说，"每个晚上，我都会被附近的声音吵醒，那些女人还有她们的保镖——特别强壮的男人——还有她们的客人，在那里讨价还价，把皮带从窗户里丢出来。"

吉汉吉尔现在是一个时尚街区，这里住着很多艺术家和作家，还有优雅的咖啡馆、古董店，以及极高的租金。

促使吉汉吉尔复兴的其中一个理由，来自帕慕克自己的创造：纯真博物馆，开放于2012年。这是一栋铁锈红色的小楼，位于一条陡峭的巷子深处，这巷子向下一直延伸到金角湾，即连接博斯普鲁斯海峡与马尔马拉海的地方。这座博物馆一丝不苟地复刻了20世纪80年代的伊斯坦布尔，向痴迷的力量致敬。这个地方的原型来自帕慕克在2008年出版的小说《纯真博物馆》，书中讲述了一位富有的伊斯坦布尔商人凯末尔·巴斯马基，爱上了一位贫穷的女店员芙颂，他是如此痴狂地爱着她，收集了她接触过的所有物品。

帕慕克是图书馆的创立者与策展人，更是展品提供者，书中人物的虚拟收藏来自于跳蚤市场和他自己的家传遗物。昏暗房间墙上的玻璃柜按章节顺序排列，里面摆满了故事主人公暗恋的证据：水晶香水瓶、陶瓷狗、伊斯坦布尔的明信片，还有4213根芙颂抽过的烟蒂，每一个都装在单独的小柜子里。帕慕克告诉我："我很多年没有出小说了，但是我有借口，我在这段时间造了一个博物馆。"

沿着山坡向下，可以走到卡拉柯伊广场。这个海滨广场连接着许多条大街，上面排列着或现代或源于奥斯曼帝国时代的办公楼、食品市集和电器商店。街上的小贩卖着石榴汁和司米特，司米特是一种车轮形状的面包，也被称作土耳其百吉饼。

一条陡峭的大街上隐蔽着一条小巷，这里有一些政府批准的妓院，由警察维持治安。对帕慕克来说，卡拉柯伊是一个能够唤起他童年记忆的地方。他指着一排自行车店，说他的父亲曾在这里给他买了第一辆自行车。再远处就是通往"杜乃尔（隧道）"的通道。杜乃尔是全世界最古老的地下交通轨道之一。这条地铁线只有两站，由法国工程师设计修建，自1875年开始运行，至今仍正常运营，连接着卡拉柯伊广场和贝约格鲁区中心的使馆区。起初，这趟列车的形态是由蒸汽火车头拉着两节木质车厢，一节坐男士，一节坐女士。"帝国瓦解后的120多年间，土耳其都没有修其他地铁。"帕慕克说。他小的时候很喜欢和父母一起坐这趟列车。

我们来到加拉塔大桥的阴影下吃午餐。这座双层的钢筋混凝土大桥于1994年启用，双向各有三条车道，一条人行道，还有一条电车道。水边的一条泥泞小道上，杂乱地排着许多塑料桌椅，道路两侧有很多烧烤摊，贩卖着长棍面包配鱼排，上面撒着辣椒、咖喱粉，还有切碎的蔬菜。泥巴里躺着一只流浪狗，它的耳朵上有个标记，表示它被政府统一注射过狂犬疫苗。"它就是本地的见证。"帕慕克说。十三年前，帕慕克曾在一次夜晚散步的时候被一只流浪狗咬过，不得不去打了一堆疫苗针。

而在海湾对面，和此处的肮脏环境形成鲜明对比的，是圣索菲亚大教堂的银色穹顶，它被包围在一片石灰岩和砂岩修筑的尖塔中。这是一座建于公元537年的希腊东正教大教堂，在1453年，君士坦丁堡被奥斯曼土耳其帝国攻陷后，它被改造成了一座清真寺。直至1935年，它被世俗化，由第一任土耳其总统穆斯塔法·凯末尔·阿塔蒂尔克将其变成了一座博物馆。

"我从小就对拜占庭没什么兴趣。"帕慕克在《伊斯坦布尔》中写道，"这个词总让我联想起那些幽灵般的、长着大胡子、穿着黑袍的希腊东正教牧师，仍在流经整座城市的引水渠，圣索菲亚大教堂，还有那些古老教堂的红砖墙。"

法律纠纷使得这片滨水地带——也就是我们正在吃午餐的地方——陷入了一个三不管的状态，导致在这座城市的心脏地带出现了一片罕见的被遗忘的区域。这是帕慕克最喜欢的地方。"在我的童年，所有的地方都像这里一样，但是二十年后呢，这里还会保持这个状态吗？不可能。"他对我说，此刻我们呼吸的空气里带着海风的味道。他几乎可以肯定，周围社区的迅速中产阶级化的进程将最终拿下这个被遗忘的地带。

我们继续穿过加拉塔大桥，这里是伊斯坦布尔的历史中心，我们在桥中间停下来，欣赏眼前的景色：旅游船和游艇沿着金角湾水流而下，一侧是苏丹艾哈迈德清真寺，另一侧是吉汉吉尔的陡峭山坡。"这最初是一座木头桥，在我小的时候，过桥是要付费的，但是你也可以搭小船过去，我记得在50年代的时候，我妈妈曾带我搭过船。"帕慕克说。

800米外的金角湾上，一座崭新的大桥刚刚建成通车，这座光滑的白色大桥挡住了远处几座宏伟的大清真寺。正如土耳其总统雷杰普·塔伊普·埃尔多安那个未实施的计划那样（他原本想要拆除塔克西姆广场的格济公园，在原地建起一座奥斯曼军营风格的购物中心），这座大桥也按照社会经济阶层的不同将整座城市分裂成了两半：城市的自由派精英们强烈支持保留奥斯曼帝国的核心，而大多数贫穷的伊斯兰主义者则更倾向于消除过去的痕迹。

帕慕克告诉我，在一个世纪以前，"所有来自马尔马拉海和地中海的船只，都以这里为目的地"。

正如他在《伊斯坦布尔》中讲述的，古斯塔夫·福楼拜于1850年10月来到这里，停留了六个月，那时他已经在贝鲁特染上了梅毒。但是他还是常常光顾这座城市的妓院，描写那些在晚上服务士兵的"墓地妓女"。在那个时期还有一位名人访客，法国作家、政治家阿尔方斯·德·拉马丁。"他曾写过，桥上有一群男孩子会向游客大声请求：'先生，给我一便士吧。'"帕慕克继续讲道，"游客会把钱扔到大海里，男孩子们纷纷从桥上一跃而下，潜到海里去抓钱，谁抓到就是谁的。"

到了金角湾的南侧，我们从香料市场熙熙攘攘的人群中挤过来，来到艾米诺努街区的一条繁华的街道上。在帕慕克小的时候，他总是对奥斯曼苏丹和巴夏的故事很感兴趣，而他们盘踞于这个地区，这里有过叛乱、政变和实施过可怕刑罚的秘密监狱。"在艾米诺努有一个地方，被人们称为'钩子'，"帕慕克在《伊斯坦布尔》中写道，"死刑犯赤裸着身子，身上被一只锋利的钩子刺穿，用滑轮提到高处，然后行刑者放开绳子，任其坠落。"

就在这为数不多的几个街区里，奥斯曼帝国的统治者们建造了宏伟的宫殿和其他建筑，意在表现这个帝国将永世长存。"所有的政治机关都在这里了。"帕慕克指着锡尔凯吉火车站说。这是一座典型的欧洲东方主义建筑，有着彩色的瓷砖，摩尔式风格的拱门，还有双子钟楼，它建于 1890 年，是《东方快车谋杀案》(*Murder on the Orient Express*) 中的终点站。但是这繁华的年代并没有持续太久。帕慕克说，当弗拉基米尔·纳博科夫在 1919 年来到这里的时候，他只看到"废墟之城"。"虽然没有建筑物上的损毁，但这个原本汇集了整个中东和巴尔干地区的财富的地方，在那时已经完全消失了，只剩下贫穷。"

在《伊斯坦布尔》中，帕慕克捕捉到了在他童年时代萦绕于整座城市之上的忧郁，或用他的说法——"呼愁"，在那个年代，这里深陷于奥斯曼帝国倾覆后的漫长衰落。他描述道："隆冬时分，停泊在废弃港口的博斯普鲁斯老渡轮……在一次次财务危机中蹒跚而行、整天惶恐地等顾客上门的老书商。"

这部自传出版于 2001 年，里面记录了帕慕克自童年至 1973 年立志当作家的人生经历，记录了这座城市极为不同的几段历史时期。"这座城市曾经很贫穷，一点儿也不像欧洲，而我又想成为一名作家，我总在想：'住在这个城市里，我能快乐吗，我能实现自己的梦想吗？'这是我当时所面对的两难境地。"他这样告诉我，"当书出版后，年轻的读者对我说：'我们的伊斯坦布尔不是那样黑白色调的，我们比以前的人快乐多了。'他们并不想去了解这座城市曾经的忧愁，它在我记忆中的暗淡历史。"

不远处是另一个奥斯曼帝国傲慢的象征：中央邮局。它建于 1909 年，就在青年土耳其党发动军事政变并夺权之后不久。"现在它就仅仅是一个本地的分局了。"帕慕克的笑声中带着一丝讽刺，上下打量着那拱形的入口，还有如巨穴般、几乎是空空荡荡的中庭。这个地方和帕慕克有着很深的渊源。1973 年，21 岁的帕慕克刚刚从建筑学校退学，准备投身于写作。深陷于自我怀疑的情绪和父母的质疑，他决定给一家当地杂志的短篇小说比赛投稿，试试自己的能力。他写了一篇发生在 15 世纪的历史传奇小说，以安纳托利亚为背景，那是伊斯坦布尔以东的荒蛮秘境。他的几个朋友疯狂地把小说分章节打出来，交给帕慕克，帕慕克冲到这家邮局，把书稿交给柜台后的女人，这时距离比赛截止只有几个小时了。"第二天，我收到了她捎给我的字条，告诉我：'你的邮资没给够。'"帕慕克一边讲，一边凝望着故事的发生地，就在这中庭高耸的中央穹顶之下，那间小凉亭一般的邮政服务台，"但是她知道我有多心切，于是她替我寄出了手稿，由她自己出钱替我付了邮资。"一个月后他得知，他赢得了比赛。"就因为此，我爱这个地方。"他说。

书市后面，就是秋风扫落叶的拜亚兹广场，紧邻伊斯坦布尔大学，这里曾是奥斯曼国防部旧址：纪念碑式的入口大门后面是一片庞大的砖石建筑，以及几栋稍新一些也更显草率的楼。在 20 世纪六七十年代，这个广场上充满了示威人群、暴乱和镇压的军队。在那段最动荡的时期，帕慕克刚刚考入新闻学院，但是当他的朋友们正用生命和军队对抗时，他大多数时间都在位于尼桑塔西的家中读书。"我那时满怀雄心壮志，感觉自己可聪明了，大学对我来说就是浪费时间。"

几步之外就是拜亚兹餐厅，这是另一个他最爱的地方。这家店建于 1876 年，环境舒适，有着皮革沙发和古董镜子。这里的特色饮料是"博扎"（boza），一种源于俄罗斯的小麦发酵饮料。这种奶油糖果色的乳脂状饮料用玻璃杯盛着，混了水和糖，撒了肉桂，几十杯排成一排，整整齐齐地摆放在擦得发亮的木头柜台上。装石榴醋的架子旁有个柜子，里面展示着这家店铺最有价值的镇店之宝：一个银质的博扎杯，是凯末尔·阿塔蒂尔克在 1927 年用过的。

我们走进法提赫清真寺的庭院。这座清真寺是由君士坦丁堡的占领者法提赫·穆罕默德苏丹于 1463 年下令修建的，最初的建筑已在地震中被损毁，目前的清真寺是在 1771 年重建的。

这座巨大的粉色砂石清真寺被认为是伊斯兰世界最优雅的清真寺之一，在它旁边的大理石庭院中，帕慕克留意到了一张墙上的海报。海报上要求释放沙里赫·米尔扎比约格卢，一位激进的伊斯兰主义者，也是许多煽动性政治传单的作者，他以从事恐怖主义的罪名被判 12 年监禁。对于激进派在土耳其和中东的崛起，帕慕克既感兴趣，又深觉不安。在帕慕克小说《雪》（Snow）中的一个角色——恐怖主义分子"神蓝"，正是部分取材于米尔扎比约格卢这个人。神蓝是一个模棱两可的人物：他是一个富有魅力的知识分子，支持暴力，却又避免直接卷入恐怖行动。米尔扎比约格卢和神蓝在这一点上很相似，帕慕克说："有些伊斯兰主义者会杀人，他没杀过人，但是他被关了很长时间。"

当我们离开清真寺，走入伊斯坦布尔核心的逊尼派街区时，帕慕克显得有点紧张。他轻声对我说："我们就像到了另一个国家。"萨拉菲男人们留着长长的胡子，戴着无檐便帽，坐在小广场的长凳上；穿着黑袍的女人带着她们的孩子走在鹅卵石街道上，经过一所宗教学校。

冬日的下午，太阳落得早一些，金角湾已经笼罩在一片阴影之中。我们站在一个清真寺的台地花园里，望着伊斯坦布尔的地标——吉汉吉尔的红色屋顶，还有为数不多的几处留存下来的拜占庭时期的遗迹，如建于 13 世纪的加拉塔石塔。我们已经走了四个多小时，穿过了好几个街区，剥下了伊斯坦布尔对旅游者呈现出来的友好外壳，暴露出隐藏于其下的复杂纹理。

"这正是住在这儿的美妙之处。"帕慕克告诉我。然后，我们沿着陡峭的鹅卵石小道走向阿塔特尔克大桥，开始了漫长的回家之路。

斯里兰卡，疏离与欲望之岛

※ 原刊于 2014 年 12 月

} 米歇尔·格林
Michelle Green

岸上是成排的椰子树，霓虹灯打亮水中摇曳的双体船，斯里兰卡的韦利格默湾是避世隐居者的天堂。它朝向印度洋，距离喧闹的科伦坡有 148 公里，安静悠闲，完全看不到焦虑的影子。下午时分，赤裸上身的渔夫无所事事地躺在岩石上，滔滔不绝地闲聊着。精瘦的孩子跃进水里，叮叮当当的音乐从一个摊位上悠悠传来，那里正在烤着亮闪闪的鲯鳅鱼。哪怕有牛群无意间走进空荡荡的沙滩咖啡馆，也不会有人回头看一眼，它们会把椅子撞散，然后又慢慢走回海浪之间。

但是这个类似于慢镜头的海滩场景，并非韦利格默的景点，而是在距离海岸 180 多米的一个小岛上。这个被称为塔普罗班（Taprobane）的地方，被闪光的巨石围绕，岛的最高处是一栋白色的别墅，这里已是斯里兰卡的地标，由一名自称贵族的法国人在 20 世纪 20 年代创建，几番易主之后，它的其中一任拥有者是保罗·鲍尔斯。

现而今，塔普罗班是一家私人所有的奢华度假酒店，配有五间客房的别墅，有五人服务团队，包括一位私人大厨，能保证你杯中的添加利酒不断。

就在新帕拉迪奥式的大门下，塔普罗班的防波堤只往前伸出了很短的一段就没入水面之下。尽管有时候会有大象来摆渡访客，大多数时候，客人们会踩着到小腿深的海浪去他们的住所。

2014 年春天，在我自己的朝圣之旅中，我踢掉了拖鞋，跟在两名行李工的后面在水中费力前行，我的行李被他们举在头顶。我来到那扇精美的大门前，一只手拿着毛巾递了过来。"女士，你好，女士。"一个声音响起。

我独自一人来此旅行，但这并不是因为我渴望独处，或期待什么奇景。在塔普罗班度过一晚，意味着我可以尽情探索这座宅邸，仔细解析岛上的风景为何会对鲍尔斯产生如此大的吸引力。

这位生于纽约皇后区的美国侨民（去世于 1999 年）是我认识的一名作家，至今依然是许多旅行者的试金石。这个冷静而富有魅力的人常年旅居于远离故乡的地方，曾写下多篇黑暗且令人压抑的故事，里面的人物总是在寻找异域的风景，最后深陷于混乱。

他最出名的小说《遮蔽的天空》(*The Sheltering Sky*)，正是写给那些莽撞冒险者的警世通言：一对年轻的美国夫妇在婚姻出现裂隙后，却决定前往撒哈拉沙漠冒险。在漂泊途中，他们遇到了各种各样的陌生人，最终双双付出了代价。

诺曼·梅勒曾发表过这样的评价："保罗·鲍尔斯打开了嬉皮士的世界。他的作品中，有谋杀、药物、乱伦、迷茫者的死亡……狂欢的召唤，文明的终结。"

鲍尔斯本人是优雅且沉默寡言的，大概是最不像嬉皮士的那种人。他的大部分人生都在旅途上，与自己的周遭环境乃至笔下的人物都形成了一种疏离感。不过这样的特质，在丹吉尔这座摩洛哥港口城市并无大碍，这里成了他的人生舞台。

1948年，鲍尔斯带着他的妻子——作家简·鲍尔斯，来到摩洛哥的丹吉尔。那时的丹吉尔属于"国际地带"，别墅便宜，毒品横流，到处都是妓院。但是吸引鲍尔斯夫妇来到这里的并非是那股堕落气质。真正的原因是，他们之间的关系本就是模糊的，二人都有自己的同性情人。

尽管名义上是在隐居，但鲍尔斯的大门总是敞开的。整整一代鲍尔斯的仰慕者总是可以找到伊特萨大厦去，他在那栋浅褐色的大楼里住了四十年。我在1986年去过那里，当时我在研究一本关于鲍尔斯和其他曾在丹吉尔居住过的作家的书。鲍尔斯总是很有耐心，常常会开玩笑，他看上去像一个魅力四射但生错了时代的人。

不过在那时，他在斯里兰卡（那时还叫锡兰）的时光已感觉非常遥远，被浓缩成为种种奇闻，譬如那魔鬼舞蹈的仪式以及他仆人的怪癖。但曾几何时，塔普罗班曾满足过他对极致的追求。他曾写道，离开撒哈拉之后，热带地区那繁沃的生命力会驱使他进入一种"近乎狂喜的状态"。

大卫·赫伯特是居于丹吉尔的一名贵族，也是鲍尔斯的密友，正是他点燃了鲍尔斯对这里的热情。在 1949 年（斯里兰卡从英国独立后一年），赫伯特给鲍尔斯看了一本相册，里面有家人去塔普罗班的照片。鲍尔斯对这里一见钟情，1950 年就迅速启程前往斯里兰卡。他发现，这座私人小岛是他"自童年开始就不断从脑海中飞掠过的无数幻想和白日梦的化身"。

两年后，鲍尔斯从一位当地橡胶种植园主那里买下了这座岛。用他的形容，这"一小片天堂"的花费大约是 5000 美元。

上岛后的我穿过繁茂的丛林，嗅到了一丝属于鲍尔斯的幸福感。火焰树和鸡蛋花盛开的小径上散落着掉落的花瓣。成百上千只冠鸦在空中盘旋呼号，组成壮观的波浪。大海的矿石气息渐渐退去，取而代之的是熟透的果实香气。

最引人注目的就是别墅了，外墙由走廊环绕。建筑是纯白色的，顶部亭子的位置是一间光影斑驳的书房。在八角形的大厅里，挑高 9 米多，卧室和起居室向外延伸开去。这里的四面皆有视野，拥有无限的海景。

马乔多莫·卡曼·阿比尤佳是一位小个子男人，他和他的员工一样，都穿着短裤，赤着脚，却依然仪表堂堂。塔普罗班的服务迅捷且低调。我的包已经被放在了一间小卧室里，正午时分，这间屋子被关上了，以防太热。屋内的陈设是厚重的荷兰殖民时代风格的家具，挂着蚊帐的四柱床。这间屋子虽破

303

旧，但很吸引人。

在阿比尤佳为我准备超级好吃的咖喱时，我在周围转了转，看到了种植园主的椅子和豪华的家庭照片，我觉得塔普罗班给人的感觉融合了高端奢侈杂志和殖民地两种风格。图书室的书架上放满了被翻旧的书籍，其中包括《英国瘾君子的自白》（*Confessions of an English Opium Eater*），但是我没有找到哪怕一本鲍尔斯的书。

那些照片看起来都是英国商人杰弗里·多布斯的，他从一位斯里兰卡大亨的手里买下了塔普罗班。多布斯是一名退休出版商，在当地很有声望，他将加勒的两栋殖民地别墅改成了精品酒店，帮助扶持当地因残酷内战与海啸而元气大伤的旅游业。（他的大象马球队在沙滩上的照片令我叹为观止。）

据说，在鲍尔斯的年代，塔普罗班并没有这么高级。"那时这里没有自来水，也没有电，更没有那所让查尔斯·亚当斯心生欢喜的房子。"这是亚瑟·克拉克的原话，他本人于1957年曾到访这里，"窗户用木条封上了，石膏也在剥落，尽管这地方非常宜居，但总有一种荒芜的感觉。"

任何忧郁感对于鲍尔斯来说都是加分项。他本来就喜欢这座岛曾经布满眼镜蛇的历史。在他的回忆录《永不止步》（*Without Stopping*）中，他曾描写过他的妻子第一次来到岛上的情景。他写道：鲍尔斯夫人立刻就懂得了这地方的魅力之所在。"我知道你为什么喜欢，"她耸耸肩，"这是爱伦·坡故事里的地方。"

简·鲍尔斯在她丈夫的房子里深感困扰。"我事先给她打过预防针,晚上可能会有蝙蝠进来……但是她没想到会是这么多,她说,而且也没想到它们张开翅膀有一米长,还有那么长的獠牙。"他回忆道。

但是鲍尔斯喜欢这异国情调。在一封1955年写给编辑大卫·麦克道尔的信中,他写道:"在这房子里,鸡蛋、兰花、龙虾、螃蟹都是自给自足的,这就够了。"他接着写道:"想想看,要是这里不长兰花,我们每天得花多少钱去买兰花啊。"

我坐在阳台上吃午餐,周围开满了艳粉色的花。红米、姜黄木豆、咖喱土豆,还有现烤薄饼,这午餐令我兴高采烈。

我想躺在树荫下,听岛上的鸟鸣与大陆那边传来的声音相抗衡:笛声、汽车喇叭,可能哪里在放鞭炮。但我没有,我拿起相机,来到岛的南坡,小心翼翼地俯在6米高的断崖边,用镜头记录下拍在巨大卵石上的海浪。

太阳依旧毒辣,于是我走向遮蔽道路的丛林中。和房子一样,这里的花园也是由那位自称贵族的法国人莫里斯·莫尼·塔勒万德修建的。他是一位深受债务困扰的美学家,当他与一位伯爵之女的婚姻破裂后,他将这座小岛视作未经琢磨的王国。1925年,他买下了这座当时还叫作格尔杜瓦的小岛,他用古希腊人原来给斯里兰卡的名字——"塔普罗班"——为这座岛重新命名。

现在,这里走出的每一步都充满惊奇——绿色豆荚里包裹着血红色的种子,深红色的花心深处喷发出白色的花朵。心形的叶子有着亮白色的叶脉，兰花穿过小径，跃入眼前。

在摩洛哥的时候，鲍尔斯常吃"麻琼糖"（majoun，一种含大麻的摩洛哥糖）来调整自己的意识，而在这里，他觉得这片花园有它自己的生命。在1955年写给麦克道尔的另一封信中，他描述："这种奇怪的心理作用，总感觉植物世界的强大力量可以将自己的意识打开……总的来说这感觉令人相当不适，总能强烈地感觉到这里的植物并不是静态的，不是毫无知觉的。"

尽管如此，这地方还是适合他。那个冬天，他建立了一套令人羡慕的日常工作习惯，完成了他的第三本小说《蜘蛛屋》（Spider House）。每天早晨喝完茶，他会穿上纱笼，看天光渐白。然后一直工作到中午，直至气温骤升。下午他会睡个觉，再去"超级温暖"的海浪里游泳。

鲍尔斯想要在这里将自己与世界分隔开，但是他大多数时候都不是孤单一人。1954年的下半年，他和简·鲍尔斯来到塔普罗班，同行的还有他的情人——摩洛哥画家艾哈迈德·雅克比，以及他们的朋友穆罕默德·坦塞曼尼。同居生活并不和谐：由于酷热的天气加上文思枯竭，鲍尔斯的妻子总是崩溃，酗酒严重。她在这里住了两个月就回丹吉尔了。

自始至终，他的宅邸对陌生人都充满了吸引力，他们似乎都觉得这是一处公共财产。那些从韦利格默、科伦坡甚至是孟买来的游客会在门前"大声呼号，砸门"，哪怕鲍尔斯已经在门上放了一块警示牌，写着"闲人免进"，也无济于事。

随着时间推移，他开始觉得自己才是闯入斯里兰卡的不速之客。据他所说，游客开始向他表达，他能住在他们的历史建筑里是有多幸运，报纸也开始将塔普罗班称作国家历史文物。

经济吃紧，以及他妻子对这个地方的厌恶，这些改变都催着鲍尔斯卖掉了他这一生只有一次的天堂。1957 年，这个地方转到了爱尔兰作家肖恩·曼迪的手中。

很难说塔普罗班还有鲍尔斯留下的什么痕迹。据说他曾在此睡觉的房间里挂着的画像应该画的是莫里斯·莫尼·塔勒万德。但是鲍尔斯曾经写到，塔普罗班在被他买下之前"跟他说过话"，所以，也许这种联系现在依然萦绕在这里。

但塔普罗班确实会让人想起鲍尔斯对于热带的爱：当我赤脚踩在凉爽的地板上，听着夜晚的露天厨房传来的笑声，我就会想起他。

在塔普罗班，睡眠来得很容易。海浪的冲刷声消解了寻常的寂静，没有一只蝙蝠打搅到我的梦境。

我醒得很早，打开百叶窗，发现露台上空无一物。我可以在那里做瑜伽，看海鸟，或者读书，完全不会被打扰。

但是我选择走出门，去看大海呈现出不同深浅的蓝，远处小到几乎看不见的船只慢慢消失在海平面上。

我记得鲍尔斯说过海另一头的世界，他写道："在塔普罗班，你和南极之间杳无一物。"

这成了我开始新的一天的咒语。

在越南，文学与禁忌之爱

原刊于 2006 年 4 月

> 马特·格罗斯
> Matt Gross
> ——
> 曾是《纽约时报》"穷游"（Frugal Traveler）专栏的撰稿人，出版游记
> 《爱苹果的土耳其人》，与妻子和女儿们住在布鲁克林。

再没有比胡志明市更适合偷情的地方了。这座城市的每个街区几乎都有酒店或小旅馆，在你带着情人办理入住登记的时候，前台接待都不会抬一下眼睛。西贡发生的事，只要不被忘记，就会永远留在西贡。

没人比玛格丽特·杜拉斯更了解这一点。这位法国作家于1914年出生在殖民时期的法属印度支那，并在那里度过了她的童年。15岁的杜拉斯和她的母亲与两个兄弟住在湄公河沿岸的小镇沙沥，并在那时与一位27岁的中国男子发生了一段关系。那人是一位中国富商的儿子，他们在一艘渡轮上相遇。很快她就开始从寄宿学校逃学，去往这座城市最大的中国城堤岸区（Cholon），到他的"单身公寓"里度过一个又一个热情缱绻的傍晚。

他们的不伦之恋为后来多部作品提供了原始素材，包括出版于1984年，杜拉斯最畅销的小说《情人》（*The Lover*），后

308

来在越南拍摄的同名电影，以及 1992 年她重溯过往写就的自传体电影笔记式小说《来自中国北方的情人》(*The North China Lover*)。

不过，虽然《情人》的诸多版本广受欢迎，杜拉斯的生活轨迹在当今越南却无迹可循。尽管如此，经过几天对她书中细节的寻访，我发现，虽说越南在过去的 75 年间经历了翻天覆地的变化，但杜拉斯的世界在很大程度上得以保存。

我的寻访从东桂街开始，这里是胡志明市第一区的中心地带。东桂街原来叫作卡蒂纳街，曾是西贡首要的购物和娱乐区。现在这里依然人来人往，从圣母大教堂这端到另一端的西贡河，整条街满是精品店和咖啡馆。街的中段有一条两边摆满书架的小巷，便是兰安书店(Lan Anh Bookshop)了。老板是一个 69 岁的西贡人，非常友善，自称为"撒奇先生"，他喜欢收集一切体现"越南狂热"的书籍与物品。

在一番混杂着英语、法语、越南语的笨拙描述后，我终于向他表明了我的意图，撒奇以 20 万越南盾（约合 12 美元）的价格卖给我一份 1953 年出版的《联系国年鉴：柬埔寨，老挝，越南》（一份带注解的殖民地目录，附有地图、香烟广告以及一本对照旧时法式街道名的小册子），这或许能把杜拉斯提到的地方和西贡如今的地名对应起来。我感觉自己中了头彩。

当东桂街上的摩托车风驰电掣地从我身旁驶过、小贩不停向我兜售昨天的报纸时，我正在翻阅手里这本黄页电话簿风格的册子，突然我留意到一个标题："电影院"。标题下面便是伊甸电影院，而杜拉斯的母亲曾在那里当过钢琴手。

对杜拉斯来说，伊甸电影院的存在意味着她可以短暂逃离那个悲惨的家庭。当年的电影院，现在已经改名为"东桂迷你录像厅"（Video Mini Dong Khoi），孤零零地躲在一个布满卖越南和欧洲油画复制品商店的回廊后面。原先那宽大的红皮座椅都已经被连根拔起并堆在大厅里，而剧院里面则布满碎石。唯一能让你联想起过去的，是墙上的手绘电影海报，例如《埃及艳后》（Cleopatra），和一些说明此建筑物归伊甸公司所有的标识。

对于这个发现，我既高兴又失望，另外我在任何地图上也找不到杜拉斯曾住过的利奥泰寄宿学校（Lyautey Boarding School），于是我决定追随杜拉斯的脚步，离开西贡。

在西贡人的想象中，堤岸区的面积和电影《唐人街》中的洛杉矶中国区差不多大。它就位于胡志明市的第五区和第六区，却不为外人所知，充满异域气息。尽管这里的街道看起来和西贡一样，并且拥有近百万居民，我的越南朋友一个里面的人都不认识，一条街也不熟。这里与西贡唯一的区别是，路牌上的越南文字下标着汉字，餐厅橱窗里悬挂着烤猪和烤鸭，道路两旁布满了殖民时期带阳台的低矮商铺——在那里，杜拉斯情人的父亲积累起巨额财富。

要寻找一个类似他们的底楼爱巢般的酒店（"看着布置得很草率，配有超现代化的家具"），也似乎不太可能。于是我只好前往第二名的选项：凤凰酒店。酒店的外墙是仿包豪斯风格，有一个楼梯能让人直接绕过前台去到房间，对于偷情者们来说，这是保证隐私的基本特征。（我对此并无兴趣——更何况，我的未婚妻简也肯定不会同意。）

夕阳西下，阮豸街和冯兴街交界处的夜市拉开帷幕。尽管烤鸭看起来十分诱人，但我还是坚持选择了一份杜拉斯式的晚餐。《情人》里著名的晚餐场景发生在昂贵的中国餐厅里——"它们占据了整栋建筑，像百货公司或军营那般大，从阳台和露台上俯瞰整座城市"。在这里，杜拉斯的哥哥们因为马爹利和巴黎水而烂醉，忽视并侮辱她的情人，但最终还是由情人买的单。

由于杜拉斯从来不会提到餐厅的名字，我再次翻开了年鉴，上面有一则关于彩虹餐厅的广告，写着"无以匹敌的独特环境"和"香港舞女"。令人惊讶的是，经过了五十多年，艺术装饰风格的彩虹餐厅依然营业，只是没有了舞女的项目。现在这里主要是一家酒店，有三层是餐厅。

屋顶的花园露台正在举办一场婚礼，于是我便和朋友克里斯汀和希塔坐在底楼餐厅，点了一份热扇贝和脆米糕。这里的环境非常优雅，可以是全世界任何地方的任何酒店。然后我鼓起勇气，向希塔——这位来自美国罗德岛的已婚女艺术家——提出了一个邀请。你是否愿意，我问道，在沙沥来一场假装的风流韵事？

"当然。"她答道。

第二天，我穿着一套意大利亚麻西装——这是我能找到的最接近杜拉斯情人的生丝西服的衣服——从酒店的 205 房间走出来。外面停着一辆 20 世纪 30 年代产的前轮驱动雪铁龙敞篷车，用来替代小说里情人的那辆黑色莫里斯·莱昂-博来，载希塔和我往返沙沥。司机名叫简先生，体格不错、衣着时髦，他优雅地驾驶着雪铁龙穿过拥挤的街道，前往河对岸希塔的房子。

希塔出现了，就像杜拉斯复活了一般：瘦弱如少女一般的身躯，穿着一条浅色的太阳裙，头发梳成辫子，从她戴的男士软呢帽里垂下来。在她没有假装要做某人的模拟情人时，就已经戴着这顶帽子了。

大概有一刻钟吧，我们沉浸于自己想要表现出来的形象——两个时髦的旅行者在这个国家度周末。然后我们开始出现罪恶感：这也有点太新殖民主义了。与此同时，我们才发现敞篷车里没有空调，也没有什么设备可以阻挡越南高速路上的灰尘。去往湄公河三角洲的路和电影《情人》里拍的不一样，并非是那条两旁种满碧绿稻田的暗红色乡间土路。越南汹涌发展的经济已让这儿呈现出一片城市风光，放眼望去皆是工厂、写字楼和工业园区，一直延伸到几公里以外。

就在我们穿过美顺大桥之前，这样的碍眼景色总算到了头。这座跨度足有 1.6 公里的大桥 2000 年由澳大利亚人建造，横跨在湄公河之上，淘汰掉了当年杜拉斯（当时她还叫玛格丽特·陶纳迪欧）和她的情人初见时所坐的渡轮。从那里开始，一条颠簸小路带我们驶向沙沥，两侧时不时路过有蜂窝状的砖厂。

拥有 9.6 万人口的沙沥，可以说是一座精致的河畔小镇。它夹在湄公河的两条支流中间，无数溪流和运河从中穿过，水上布满了大大小小的拱桥。沿着水系，各类商店沿着一条贸易航路将自己的面粉和猪肉运送出去，这条航路已经为全镇人服务了几个世纪。

然而沙沥最著名的居民却没有留下明显的标志。在奉洪酒店，希塔和我住进了不同的房间（说什么风流韵事！），换掉我们的精致行头，等简先生冲洗雪铁龙轿车的空当，我们开始询问当地人：如何才能找到那个富有的中国男子的临河房子？尽管被询问的人并没有谁能给出一个明确的方向，但他们都知道我们谈论的是谁：李云泰，那个著名的情人。

即便如此，我们至少还是成功找到了电影中的陶纳迪欧所居住的那栋殖民地别墅（现在是一个教育部门的办公楼），然后我们去了一栋带有中国式屋脊的矮房子。这难道真的是情人住的那栋有着"蓝色栏杆"和"可眺望湄公河的层层阳台"的"大别墅"吗？这房子现在的使用者是戒毒所民警，他们似乎并没有兴趣和我们交谈。

最终，我们乘坐摩托车的士前往统望小学，当地人告诉我们它是由法国人创建的。房屋外观确实带有殖民色彩，而当希塔和我站在安静的院子里，一个穿白色夹克衫和黑色长裤的人从他的办公室门口向我们挥手，并喊道："你好（Bonjour）！"

这位桑先生是一个害羞而颇具绅士气质的法语教师，六十

313

多岁的他将其一生都奉献给了沙沥。他谨慎地解释说，这个学校很有可能便是杜拉斯母亲曾管理的那个学校，但是没人可以百分百肯定。

"根本没有文件证明，"他说道，"有人说陶纳迪欧女士在此住过，因为隔壁有栋房子是校长住的，用来观察学校。但现在一切都不同了，没有人能找到完全精确的位置。"

我们询问了关于戒毒所的建筑，他确认说这里曾经是情人的别墅。然后他提出可以做我们的向导："你和你朋友是来我们国家的外国人，所以作为一个越南人，理应带你们四处走走。"我们怎能拒绝？

我们首先来到情人及其中国妻子的墓地，就在我们酒店附近，一个覆满水藻的池塘中央的混凝土小岛上。一个写有中国文字的白色牌楼立在坟墓上方，旁边小岛上还有两处墓地，属于情人的父母，正是情人的父亲不让他与杜拉斯结婚。

桑先生接下来把我们带到了建于 1838 年的香塔（Huong Pagoda），杜拉斯的情人生前曾在此奉纳无数。进到里面，穿过一个布满乌龟的池塘，我们在一尊装饰华丽的神坛前发现了两张照片。桑先生说，这就是李云泰和他的妻子。

照片上的情人看上去七十来岁，身材清瘦，几近秃顶，但有着曾经吸引杜拉斯的"中国北方人的白皙皮肤"。在他的眼里是否有遗憾？在他们的恋情过去多年后，他打电话给在巴黎的杜拉斯，并告诉她"他爱她将一直爱到他死"。这或许也是照片上的妻子显得如此不安、不被人所爱着的原因。

塔外开始下起小雨，我们快速冲向我们的车。简先生驾车带我们穿过一条湿漉漉的街道，然后我们请桑先生一起享用了一顿晚餐：炖猪肉和酸鱼南瓜花汤。之后，希塔和我回到酒店各自的房间。我将一张《情人》的盗版 DVD 插入光驱，却不能播放。最后我只好看了部《罪恶都市》，然后独自睡去。

致谢

地球上的每一个角落都曾被人踏足过。我要感谢在世界上漫游的众多文学大家，他们以不同的语言，写下了激励人心的文字。

同样，我衷心感谢多位《纽约时报》的编辑前辈，是他们构想了"文学履途"的每一篇专题，并成了这些文章的守护者。他们中包括旅游编辑麦可·李希（Mike Leahy），他负责的詹姆斯·乔伊斯系列中所使用的框架，大体被沿用至今；还有南希·纽豪斯（Nancy Newhouse）、斯图尔特·埃默里克（Stuart Emmrich）、丹妮尔·马顿（Danielle Mattoon），作为我的前辈，他们都以一己之力使这个栏目更加丰富、多元化。还要感谢编辑史蒂芬·雷迪克利夫（Steve Reddicliffe）、苏珊娜·麦妮利（Suzanne MacNeille）、琳达·理查森（Lynda Richardson）、丹·萨尔茨坦（Dan Saltzstein）的辛勤工作，他们打磨字句，让文学大师的生活生动地呈现在我们眼前。

还有《纽约时报》以外的编辑们，是他们让我们意识到这些每日刊登的文章具有结集成书的潜力。感谢三川出版社

（Three Rivers Press）的编辑阿曼达·帕顿（Amanda Patten），是她为我们点出了这些文章的潜力；感谢珍妮·泽尔纳（Jenni Zellner）将文章编选成册。

最后，要感谢这个出版项目的关键人物——《纽约时报》的亚历克斯·沃德（Alex Ward），是他沉稳的指导，使编辑部和出版商都能安心。他的决策，使这本书的制作过程和阅读过程一样令人愉快。

在以上这些人的努力下，我们向您呈现这本美妙无比的书，希望它能启发您去阅读、去旅行，最重要的是，去幻想。

莫妮卡·德雷克

文学履途：
漫游在伟大故事诞生之地

[美]《纽约时报》主编
董帅 译

图书在版编目 (CIP) 数据

文学履途：漫游在伟大故事诞生之地 / 美国《纽约时报》主编；董帅译 . —北京：北京联合出版公司，2018.10 (2018.11 重印)

ISBN 978-7-5596-2558-8

Ⅰ.①文… Ⅱ.①美… ②董… Ⅲ.①世界文学—现代文学—作品综合集 Ⅳ.① I11

中国版本图书馆 CIP 数据核字 (2018) 第 207965 号

THE NEW YORK TIMES: FOOTSTEPS

By The New York Times

北京市版权局著作权合同登记号 图字:01-2018-6356 号

选题策划	联合天际
责任编辑	李 红 徐 樟
特约编辑	节晓宇
美术编辑	晓 园
装帧设计	@broussaille 私制

未读
UnRead
文艺家

出 版	北京联合出版公司
	北京市西城区德外大街 83 号楼 9 层 100088
发 行	北京联合天畅文化传播公司
印 刷	三河市冀华印务有限公司
经 销	新华书店
字 数	220 千字
开 本	787 毫米 × 1092 毫米 1/32 10.25 印张
版 次	2018 年 10 月第 1 版 2018 年 11 月第 3 次印刷
I S B N	978-7-5596-2558-8
定 价	59.80 元

关注未读好书

未读 CLUB
会员服务平台